RITUAL

RITUAL

Sandrine Destombes

Traducción de
José Antonio Soriano Marco

es una colección de
RESERVOIR BOOKS

Título original: *Les disparus de la Durance*

Primera edición: febrero de 2024

© 2023, HugoThriller, un sello de Hugo Publishing.
Esta edición ha sido publicada por acuerdo con Hugo Publishing en conjunción
con sus agentes debidamente designados Books And More (BAM) Agency, París, Francia,
y The Ella Sher Literary Agency. Reservados todos los derechos.
© 2024, Penguin Random House Grupo Editorial, S. A. U.
Travessera de Gràcia, 47-49. 08021 Barcelona
© 2024, José Antonio Soriano Marco, por la traducción

Penguin Random House Grupo Editorial apoya la protección del *copyright*.
El *copyright* estimula la creatividad, defiende la diversidad en el ámbito de las ideas y el conocimiento,
promueve la libre expresión y favorece una cultura viva. Gracias por comprar una edición autorizada
de este libro y por respetar las leyes del *copyright* al no reproducir, escanear ni distribuir ninguna
parte de esta obra por ningún medio sin permiso. Al hacerlo está respaldando a los autores
y permitiendo que PRHGE continúe publicando libros para todos los lectores.
Diríjase a CEDRO (Centro Español de Derechos Reprográficos, http://www.cedro.org)
si necesita fotocopiar o escanear algún fragmento de esta obra.

Printed in Spain – Impreso en España

ISBN: 978-84-19437-72-3
Depósito legal: B-20.236-2023

Compuesto en M. I. Maquetación, S. L.

Impreso en Liberdúplex
Sant Llorenç d'Hortons (Barcelona)

RK 3 7 7 2 3

A mi marido…
de nuevo y siempre

1

Su lugarteniente lo había llamado hacía diez minutos, mientras despuntaba el día. Las seis de la mañana era temprano incluso para él, pero el cielo, veteado de oro y rosa, anunciaba quizá la primera jornada soleada de aquel mes de mayo. Un buen motivo para sonreír y saborear el café contemplando las escasas gabarras que remontaban el Sena.

Martin Vaas nunca se cansaba de esa vista. El alquiler de aquel piso, de apenas treinta metros cuadrados —eso si contabas los espacios abuhardillados—, era excesivo para su sueldo de oficial de la policía judicial, pero aquella vista de Notre-Dame merecía el sacrificio.

Al hacerse cargo de la 3.ª DPJ* se había instalado frente a la Île de la Cité para estar lo más cerca posible de su campo de acción. Le encantaba aquel barrio y, aunque su cargo le exigía presentarse a diario en su puesto, pasaba la mayor parte del

---

* Dirección de la Policía Judicial. La 3.ª DPJ tiene a su cargo los distritos 5.º, 6.º, 7.º, 13.º, 14.º y 15.º de París, que conforman la llamada *rive gauche* de la capital francesa. (Todas las notas son de la autora salvo que se indique lo contrario).

tiempo recorriendo la *rive gauche*, desconocida para él hacía solo dos años. Vaas no era de París, un hecho que debía hacer olvidar. Se obligaba a frecuentar los cafés, deambular por los mercados y saludar a todos los comerciantes. Iba creándose una red pacientemente.

El capitán Vaas sabía que llegaría el primero. Para reunirse con su segundo en el lugar acordado, le bastaba con andar trescientos metros.

—¡No corras! —le había dicho Lucas—. Los compañeros ni siquiera están seguros de que nos corresponda a nosotros.

Martin habría podido pedirle más detalles, pero prefería esa entrada en materia, que presagiaba un día un poco distinto.

No esperaba encontrar tanta gente en el Quai bas des Grands-Augustins. Un vehículo ligero de los servicios de limpieza del ayuntamiento estaba estacionado a cierta distancia, un corredor en chándal respondía a las preguntas de un policía y una embarcación de la brigada fluvial permanecía a dos metros del muelle, mientras dos buceadores buscaban bajo el agua, en un perímetro de diez metros cuadrados.

Vaas sacó el carné tricolor y se presentó escuetamente a quienes no lo conocían. El agente parecía aliviado por poder pasarle el relevo.

—¿Qué tenemos, Witek? —le preguntó Martin alejándolo del corredor.

—Pies, capitán.

Martin esperó a que continuara, pero el agente no añadió nada. Sin duda, pensaba que recibiría instrucciones tras semejante revelación.

Martin se mordió el interior de las mejillas. Era demasiado temprano para soltarle lo que pensaba.

—Pies… Muy bien. ¿Puede decirme algo más?

—De momento, los buceadores han sacado siete. Los han subido a bordo mientras llega la Científica.

—Pero cuando dice pies…

—Pies sueltos, capitán. En deportivas.

—En deportivas. Vale, vamos avanzando. ¿Y ese corredor ha sido el primero que los ha visto?

—Él solo ha visto cuatro, pero se ha llevado un buen susto. Ha llamado a comisaría, y a continuación le han avisado a usted. El subinspector Morgon nos ha dicho que llamáramos a la Fluvial. Llevan veinte minutos en el agua.

—Y han encontrado otros tres pies…

—No les ha costado mucho. Las deportivas estaban atadas entre sí. Esos estaban bajo el agua, no se podían ver. Ahora buscan el pie del último par, no sé si me explico. El nudo debió de desatarse.

—Entiendo. ¿Puede decirme algo más sobre esos pies? ¿Dónde acaban exactamente?

—¿Qué quiere decir?

—¿A la altura del tobillo? ¿De la pantorrilla?

—Del tobillo, diría yo, aunque no puedo asegurárselo. Solo los he visto un momento. Eran más bien unos trozos informes de carne.

—¿Y las deportivas? ¿Las ha visto mejor? ¿Eran de adulto? ¿De niño?

—De adulto, a primera vista. Había un par de Nike y otro de Adidas. Las demás no las he podido identificar.

Vaas asintió para indicar que no tenía más preguntas. Habría preferido que los buceadores de la brigada fluvial dejaran sus hallazgos directamente en el muelle, pero la zona aún no estaba totalmente asegurada.

Lucas Morgon llegó quince minutos después. A diferencia de Martin, vivía en el noroeste de París, aunque a esas horas la distancia no importaba mucho: el tráfico tardaría una hora larga en adensarse.

Con las gafas de sol sobre la cabeza, las manos en los bolsillos y una sonrisa en los labios, más que un agente de la policía judicial parecía un turista con ganas de fiesta.

—Te veo de muy buen humor… —le dijo Martin a modo de saludo.

—No me digas que un paseo en lancha con este tiempo no es una gozada…

—¿De dónde te sacas que te van a dejar subir?

—Un cadáver en los muelles, el IML* a cinco minutos… ¡Sería de idiotas no aprovecharlo!

—No hay cadáver, Lucas.

—Witek ha hablado de pies…

—Es verdad, hay pies. De hecho, hay un montón. Pero no hay cadáver.

—Entonces ¿qué buscan? ¿A las dos ranas del cuento?

—El octavo pie.

—¿Habéis encontrado siete?

—Sí, siete pies calzados con deportivas. Tres pares atados entre sí y un séptimo pie suelto.

---

* Instituto Médico Legal. El de París se encuentra a orillas del Sena, aguas arriba de la Île de la Cité.

—¿Un cojo?

—Esta mañana estás muy ocurrente… No sé si nos encontramos ante un cojo, el lote de unos traficantes de pies o un fetichista que se ha deshecho de sus trofeos, pero el caso es que no hay cadáver.

—De todas formas, intentaremos averiguar algo más, ¿no?

—Naturalmente, pero me extrañaría que el forense diera prioridad a nuestros pies.

Morgon observó el escenario, como Martin al llegar. Se acercó al borde del muelle con la lógica esperanza de ver los apéndices en la embarcación, lo que era imposible a esa distancia. Así que alzó la vista y, sin volverse, se dirigió a su superior:

—¿Crees que es una coincidencia?

—¿El qué?

—Que hayamos encontrado esos pies justo enfrente del 36. —Martin miró hacia la otra orilla, y solo en ese momento se percató de que la antigua sede de la policía se alzaba frente a ellos—. ¡No me digas que no te habías dado cuenta! —exclamó Lucas, regocijado por la estupefacción de Martin.

—Te recuerdo que yo solo conozco el Quai des Orfèvres por las películas y los libros. Soy de la generación del Bastión.*

Lucas no insistió. Sabía por experiencia que Martin Vaas no solía usar el disimulo. Solo cuando lo cogían con el pie cambiado. Había sido una forma como otra cualquiera de responder a su pregunta.

---

* Desde 2017, la sede de la prefectura de policía de París y de la dirección regional de la policía judicial, conocida como «el Bastión», se encuentra en el número 36 de la rue du Bastion. Sustituye a la situada en el famoso 36 del Quai des Orfèvres.

2

Contra todo pronóstico, el forense del IML le había prometido a Vaas que haría un hueco esa misma tarde para examinar los siete pies hallados en el Sena. Nadie esperaba ya encontrar el octavo. Los agentes de la policía técnica habían peinado el Quai des Grands-Augustins de un extremo a otro sin ningún resultado, antes de montar una carpa de paredes opacas tan cerca como habían podido del lugar del hallazgo. Habían espolvoreado la zona con Luminol. No había aparecido ninguna mancha de sangre. Habían tenido que conformarse con unas cuantas colillas y dos cascos de botellas de cerveza; un escaso botín, dada la concurrencia nocturna de las orillas del Sena. En cuanto a los buceadores, habían pescado una gran bolsa de basura que se había enganchado en un aro de amarre. Todos esos elementos habían sido enviados al laboratorio del Bastión, pero Vaas no esperaba resultados hasta pasados varios días. El juez de instrucción le había confirmado que, a falta de cuerpo, aquel caso no era prioritario.

En lugar de hacer un viaje de ida y vuelta al Bastión y perder tiempo en los transportes, Martin se había dirigido a la comisaría del 5.º distrito para efectuar algunas búsquedas mientras llegaba la hora de su cita con el forense. En primer lugar, consultó el fichero de personas desaparecidas en la región parisina. Aunque numerosas declaraciones mencionaban deportivas entre los detalles de las vestimentas, siempre se trataba de personas aisladas. Una mujer que hacía footing en el parque de Sceaux, un adolescente desaparecido en el sector de la Défense, un ciclista en el Bois de Boulogne... La lista era interminable. Cuatro mil desapariciones solo en los últimos doce meses. Martin sabía que esa búsqueda no lo llevaría a ninguna parte. Aquellos pies podían pertenecer perfectamente a turistas o haber descendido el curso del Sena desde Troyes. No obstante, para mayor seguridad, extendió la búsqueda al resto de Francia, pero tampoco así dio con ningún grupo de cuatro personas.

A falta de algún elemento tangible que introducir en las bases de datos de análisis criminal, optó por internet. En la red abundaban las páginas sobre sucesos, a veces reales y a menudo fantásticos, y no era infrecuente que Martin encontrara en ella información que a nadie se le había ocurrido consultar. De todas formas, aún tenía media hora por delante.

Probó varias combinaciones con las palabras «pies», «deportivas» y «río». Obtuvo una selección de aletas de buceo, una comparativa de las zapatillas de deporte más resistentes al agua e incluso una técnica infalible para curar las verrugas usando la piel de un plátano. A continuación, utilizó un método más directo: «Pies encontrados en el agua». El buscador le mostró más de quince millones de resultados. Martin suspiró, antes de percatarse de que el primero resumía en unas cuantas líneas la información que ofrecían las demás páginas, y que apasionaba desde hacía años a los internautas del otro lado del charco.

El fenómeno solía conocerse como «El misterio de los pies humanos del mar de los Salish». Martin ni siquiera sabía dónde se encontraba aquel mar. En tres clics, se convirtió en un experto en el tema. Desde 2007, en las orillas del mar de Salish, ya fuera en la Columbia Británica canadiense, ya en Estados Unidos, habían aparecido una quincena de pies calzados con zapatillas deportivas. Los numerosos investigadores que se habían interesado por el asunto habían concluido que las amputaciones no eran obra de un asesino en serie. Solo se habían podido identificar cuatro de los quince apéndices. Tres de ellos pertenecían a personas cuyos suicidios se había conseguido probar, mientras que el cuarto correspondía a un pescador dado por desaparecido a finales de la década de 1980. Según los especialistas, ninguna de las desmembraciones había sido deliberada. La explicación más verosímil era la descomposición de los cuerpos. Los tobillos se habían separado de las piernas, y las zapatillas de deporte, de materiales cada vez más ligeros, les habían permitido flotar durante años.

Martin leyó otros tres artículos para cruzar el máximo de información, pero ya había llegado a una conclusión: no podía tratarse del mismo fenómeno. Un detalle no encajaba. Sus pies estaban atados entre sí. Alguien había anudado las zapatillas por pares a propósito antes de arrojarlas al Sena para que las encontraran. «A menos, claro está, que cuatro individuos hubieran decidido suicidarse colectivamente con los pies atados uno a otro».

—¿Decías algo? —Martin dio un respingo. No había visto llegar a Lucas y, sobre todo, no era consciente de estar hablando en voz alta—. ¿Qué es eso de los suicidas? —insistió su segundo.

—Nada, una teoría absurda, que descarto. ¿Han terminado ya en los muelles?

—Por hoy. He ordenado mantener el perímetro de seguridad hasta mañana. Entretanto, tendremos el informe del forense y veremos si merece la pena volver allí.

—Has hecho bien.

—Lo sé. Y tú, ¿vas a compartir esa teoría o te la guardarás para ti?

Vaas le resumió en pocas palabras el resultado de su búsqueda y las conclusiones que había extraído de ella.

—¡Lástima, «La secta de los pies atados» habría sido un buen titular para *Le Parisien*! —dijo Lucas, divertido.

—Y, sobre todo, habríamos pasado a otra cosa *ipso facto*.

—¡Venga, no me digas que un caso así no te interesa un poco!

—A mí lo que me gusta es descifrar enigmas. En nuestra profesión, algunos lo llaman «investigar». Y para investigar necesito indicios, cosas a las que agarrarme.

—¡Bueno, tienes unos pies!

—Me agotas, Lucas…

—Por otra parte, no los han identificado todos.

—¿Quiénes?

—Los canadienses. Dices que solo han identificado cuatro de los quince pies. ¿Y si hay un listo que aprovecha ese fenómeno para deshacerse de sus fiambres?

—En serio, tienes que dejar de leer libruchos sobre asesinos en serie. ¿Eres consciente de que se está volviendo una obsesión?

—Confiesa que sería un cambio respecto a los ajustes de cuentas cutres y los crímenes pasionales…

—No te quejes. Eso al menos nos permite dormir tranquilos.

—¿Sigues sin querer hablar de ello?

—¿De qué?

—De por qué te fuiste de Lyon.

—¿Y eso a qué viene?

—Corren rumores… Sobre el motivo de tu traslado.

—No creía que fueras de los que prestan oídos a los rumores…

—Habitualmente no, pero ya sabes lo que pasa…

—La verdad es que no —respondió Martin, irritado.

Sonriendo burlonamente, Lucas alzó las manos en señal de rendición. No era la primera vez que se aventuraba en ese terreno, y Martin comprendió al fin que a su segundo le divertía hacerlo, le interesara la respuesta o no.

—¡Anda, vamos! —atajó apagando el ordenador—. Al final, el forense aún tendrá que esperarnos.

3

El médico forense iba con retraso, y los dos policías tuvieron que esperar más de media hora ante la máquina de café. Lucas aprovechó para darle su número de teléfono a una psicóloga con la que se cruzaban a menudo en los pasillos del IML y que se había acercado a sacar un té. La chica, una treintañera, se guardó la tarjeta en un bolsillo con una sonrisa burlona y se fue por donde había venido.

—¿Crees que me llamará?

—Por tu bien, espero que no —respondió Martin sin mirarlo siquiera.

—¿Por qué lo dices?

—No sé. ¿Quizá porque puede que saque a la luz tu verdadera personalidad?

—¡Muy gracioso! Pues yo creo que le gusto…

—Es lo que dices de todas las mujeres, Lucas.

—¿Y qué voy a decir? Parece que tengo bastante encanto…

—¿Es lo que opina tu madre?

—Y también mis tías. Yo no tengo la culpa de gustar. Y como no sé decir que no…

—… Te ves, a los treinta y siete años, con dos exmujeres y dos hijos.

—Es verdad, pero piensa en el lado bueno. Cuando sean tres y coticen, mis chavales podrán pagarme la residencia. Mientras que tú… Acabas de engrosar las filas de los cuarentones y vives solo en un estudio. Lo siento, pero, por mucho que seas mi jefe, no te considero un ejemplo a seguir, la verdad.

Martin asintió con la cabeza: lo tenía merecido.

El doctor Ferroni llevaba dos años trabajando en el IML. Había llegado a París la misma semana que Martin y establecido con él la complicidad de los expatriados que deben demostrar su valía en un ambiente ultracodificado. No obstante, los dos hombres se saludaron de acuerdo a sus respectivos títulos y graduaciones, mientras Lucas permanecía en el fondo de la sala esterilizada.

—¡Vamos, Morgon, acérquese! ¡Solo son pies! —bromeó el forense.

—Se lo he dicho muchas veces, doctor: zapatero, a tus zapatos.

—Tarde o temprano tendrá que acostumbrarse.

—Hasta ahora me las he apañado perfectamente. Usted diseca y comenta, y yo tomo nota. Además, sé que al capitán Vaas le gusta dar vueltas alrededor de la mesa. Y lo último que quiero es estorbarlo.

Lucas hablaba en broma, pero decía la verdad. Durante las autopsias, Martin no podía estarse quieto. Sentía una necesidad irresistible de observar el cadáver desde todos los ángulos posibles. Se inclinaba sobre la víctima, se acuclillaba para examinar sus costados, se acercaba para olfatearla… A veces, para poder trabajar, Ferroni no tenía más remedio que apartarlo.

Los siete pies descansaban en cuatro mesas, por pares, menos el séptimo que, al estar desparejado, aún llamaba más la atención. Pese a ello, habían decidido de común acuerdo examinarlo el último.

Los de identificación judicial habían fotografiado los miembros de todas las maneras posibles e imaginables, por lo que Ferroni no dudó en cortar el cordón de la primera zapatilla con un tajo de escalpelo. Fue más delicado al levantar las dos lengüetas. Acto seguido, intentó extraer el primer pie de su zapatilla, pero un ruido de succión lo obligó a detenerse.

—Si sigo, el calcetín podría quedarse en la zapatilla y dañar los tejidos. Tengo que cortar el cuero en ambos lados. Si no basta con eso, también habrá que retirar la suela.

—Haga lo que tenga que hacer, doctor —dijo Vaas—. Ya hemos referenciado el modelo, y siempre podemos conseguirlo en una tienda. Lo importante es que me diga a quién pertenece el pie.

—¡Pues allá vamos!

Ferroni necesitó diez minutos largos para extraer el pie de la zapatilla, y aún tomó más precauciones para cortar el calcetín gris, pegado al amasijo de carne.

Martin contenía la respiración mientras observaba el pie, ya desnudo, colocado como un trofeo sobre la mesa de acero inoxidable. No esperaba nada en particular, pero aun así le sorprendió ver que el miembro, de un color blancuzco, no había sufrido ninguna degradación. En ese momento recordó los artículos que había leído unas horas antes.

—No se ha descompuesto gracias al agua, ¿verdad?

La pregunta pareció agradar al forense.

—A la maceración en el agua, pero sobre todo a la zapatilla, que ha actuado como un envoltorio —precisó sin apartar los ojos del pie—. Se llama «saponificación». De lejos se diría que es de cera, pero al tacto se asemeja más a una esponja impregnada de jabón. Adelante, tóquelo si lo desea.

Vaas lo hizo, con un dedo enguantado, que apartó de inmediato.

—La capa exterior... He leído que es...

—Adipocera —lo ayudó el forense—. Los tejidos adiposos se han gelificado gracias al agua, en cierto modo.

—Es impresionante...

—Y una mala noticia. —Martin lo interrogó con la mirada—. En estas condiciones me temo que costará obtener una muestra de ADN.

El capitán Vaas acusó el golpe sin inmutarse. Aquel pie solo era el primero de una larga serie. Puede que consiguieran otros elementos para identificar a las víctimas.

Acto seguido, el forense se ocupó de la carne que rodeaba el tobillo. Despejó la zona y examinó detenidamente el hueso.

—¡Esto sí que es interesante! Mírelo de cerca, capitán.

Martin se situó justo en la vertical del pie y comprendió al instante a qué se refería Ferroni.

—El hueso fue serrado.

—Exactamente. ¿Ve las hendiduras? Demasiado paralelas para ser naturales.

—Entonces, este pie no se desprendió solo.

—¡Menuda ocurrencia!

Vaas le habló con más detalle de lo que había averiguado sobre los pies hallados en el mar de los Salish.

—Ahora me explico sus conocimientos sobre saponificación —dijo Ferroni sonriendo—. Efectivamente, el tobillo puede separarse del maléolo con cierta facilidad, pero lo que podemos observar en esta mesa es la parte baja de un peroné. A menos que se fracture, o lo sierren, como en este caso, no hay ningún motivo para que se parta así.

Martin lanzó una mirada a Lucas.

—¡Lo he apuntado, jefe! Un peroné serrado.

—¿Y se puede saber con qué tipo de hoja se hizo? —preguntó Vaas.

—Lo estudiaré, aunque no le prometo nada. Lo único que puedo decirle es que no tendrá la respuesta hoy.

—No pido tanto. En su opinión, ¿cuánto tiempo permaneció en el agua este pie, doctor?

—Es difícil decirlo. Y, dado el estado de los tejidos, costará determinarlo.

—Pero ¿hablamos de días, semanas, meses?

—Podría ser cualquiera de las tres opciones. Sin análisis más detallados no hay forma de saberlo. La erosión de las zapatillas quizá pueda darnos algunos indicios, pero no se haga ilusiones, solo obtendremos una estimación. En ningún caso podremos proporcionarle una fecha exacta.

—Comprendo —respondió Martin, y suspiró a su pesar.

—Voy a tomar algunas muestras, pero creo que, hoy, este pie no nos contará nada más. Le propongo que examinemos la zapatilla antes de pasar al siguiente.

Martin se acercó a la deportiva cortada. En realidad, ya no se parecía a la que había visto en internet, un modelo de cuero negro, para hombre, lanzado al mercado hacía ocho años. La que tenía a la vista era del número cuarenta y cuatro. Aparte de ese detalle, Martin advirtió que la suela interior era beis. No recordaba esa particularidad. Ferroni la sacó para examinarla mejor, y los dos hombres se sorprendieron al ver que era de corcho.

—Parece hecha a mano —opinó Lucas, que se había acercado para seguir esa etapa más técnica—. ¿Han visto los bordes? Es obra de un chapucero.

—Es una elección un poco extraña como material para unas suelas —comentó el forense—. Ningún ortopeda que yo conozca las recomendaría.

La lámina de corcho tenía exactamente cinco milímetros de grosor. No había ninguna inscripción ni ningún otro elemento que pudiera proporcionarles información alguna.

Pasaron rápidamente al segundo pie, que no les aportó nada nuevo. La única diferencia notable era que la zapatilla no llevaba una plantilla de corcho, sino la original.

Vaas se sentía cada vez más frustrado. Imaginaba perfectamente la reacción del juez si se presentaba con las manos vacías después de aquella autopsia y le soltaba que los pies pescados en el Sena habían sido serrados previamente. Sin elementos sólidos para iniciar una investigación judicial, el asunto pasaría a manos de la brigada criminal.

Tuvo que esperar al examen del cuarto pie, pero sobre todo de la cuarta zapatilla, para recuperar la esperanza. Empezaba a vislumbrarse un patrón, aunque nadie se atrevía aún a precisarlo. Durante la sexta disección, Lucas se aventuró a hacerlo:

—¡Díganme si lo ven como yo! En los tres pares, solo una de las dos zapatillas lleva una plantilla de corcho. Así que fue el fulano que serró los tobillos quien colocó las plantillas dentro deliberadamente. Salvo que estemos ante tres víctimas con la pierna derecha más corta, claro.

—En primer lugar, hablamos de dos hombres y de una mujer —repuso Martin—. El segundo par es un modelo femenino.

—Lo he dicho así para abreviar, pero no te preocupes, he escrito eso.

—Y si has escrito que un fulano les serró los pies, ya lo estás tachando.

—Pero ¡el doctor ha dicho que no era natural!

—Es verdad, pero sobre quién ha serrado los pies a quién no sabemos nada. ¿Y si se lo hicieron ellos mismos?

—¿Como el tipo de *127 horas*? ¿El que se corta el brazo él mismo para liberarse? ¿Lo dices en serio?

—Solo digo que aún no tenemos suficientes elementos para sacar conclusiones.

—Pero piensas como yo, ¿verdad?

—Una cosa no quita la otra. No puedo ir a ver al juez para anunciarle que tenemos a un fulano, o a una mujer, que se divierte serrando pies en serie. Es demasiado pronto.

—Comprendido. Entonces ¿qué decimos?

—Antes de decir nada, intentaremos comprender por qué nuestras víctimas llevaban una suela de corcho a medida en una sola zapatilla.

—Sobre eso, puede que yo tenga una idea —terció el forense.

Los dos policías se volvieron hacia él y vieron que estaba leyendo el informe preliminar.

—Aquí dice que en la superficie del agua solo había cuatro pies. Los otros tres estaban sumergidos.

Ferroni alzó la cabeza y esperó a que alguno de sus interlocutores tomara el testigo. Martin fue el primero en reaccionar.

—¡Claro! Quien dejó los pies en el agua temía que acabaran hundiéndose. Al poner corcho en las zapatillas, se aseguraba de que flotaran.

—Vale, pero ¿por qué solo en una zapatilla? —objetó Lucas—. Corría menos riesgo poniendo en las dos. Con lo barato que es el corcho…

—No lo sé. Quizá para darle más dramatismo al descubrimiento. Crees haber pescado un pie, y descubres el segundo atado a él.

—Ya —respondió Lucas, escéptico—. Y usted, doctor, ¿qué piensa al respecto?

—Ese tipo de deducciones prefiero dejárselas a ustedes. Zapatero, a tus zapatos, como dice usted. Sin embargo, tengo curiosidad. ¿En qué se basa para afirmar que dejaron los pies en el agua, capitán? Podrían haberlos lanzado al río desde cualquier lugar corriente arriba. Oyéndolo, se diría que lo considera una escenificación.

—No estaba seguro hasta ahora —respondió Vaas—, pero el corcho sugiere que no se ha dejado nada al azar, puesto que, como me ha hecho notar Lucas, los pies flotaban justo enfrente del Quai des Orfèvres.

—Comprendo. Señores, debo reconocer que su caso se vuelve más interesante por momentos —dijo el forense frotándose las manos—. ¿Qué les parece si pasamos al pie desparejado?

4

Como los seis anteriores, el séptimo pie se había conservado bastante bien gracias al fenómeno de la saponificación. Y, como en los demás casos, permanecía unido al peroné, serrado en su extremo inferior. Era el pie derecho de una mujer que calzaba un treinta y seis, mientras que la anterior usaba un treinta y ocho, y el segundo hombre, un cuarenta y dos, datos de los que Lucas había tomado nota, sin saber si les servirían para algo. Ese último pie tenía las uñas pintadas de rojo, aunque gran parte del esmalte había desaparecido. Era tan menudo que, por un momento, Martin temió que perteneciera a una adolescente. El forense lo tranquilizó con una breve explicación técnica.

—De todas formas, pediré a uno de nuestros anatomistas que lo confirme —añadió—. Pero, en mi opinión, el peroné está completamente osificado, lo que me hace pensar que se trata del miembro de un adulto. Las falanges permitirán un análisis más preciso.

Ferroni había podido sacar el pie de la zapatilla sin excesiva dificultad. Era blanca, con el contrafuerte verde, y se encontraba en muy buen estado. Costaba creer que hubiera permanecido varias semanas en el agua.

Como esperaban, contenía una plantilla de corcho, que el forense extendió sobre la mesa. A primera vista, era igual que las demás. Idéntico grosor y bordes irregulares. Pero, al darle la vuelta, el primer indicio de aquel caso apareció ante sus ojos con toda claridad.

La palabra «GANADOR», escrita en rojo y con mayúsculas, ocupaba todo el largo de la plantilla. Aunque habría que confirmarlo, parecía trazada con el mismo esmalte utilizado para las uñas. Martin empezó a ir de un lado a otro de la sala bajo la mirada intrigada de Lucas.

—¿Qué te pasa? ¿Necesitas estirar las piernas?

—Estoy pensando.

—¿Y para eso tienes que dar tantas vueltas?

Martin se paró en seco.

—Ya has visto que las otras zapatillas estaban atadas entre sí…

—Con dos nudos.

—De una forma bastante segura, ¿no?

—Ya lo creo. Lo siento por quien tenga que deshacerlos.

—Y, desde el principio, nosotros hemos pensado que la octava zapatilla debió de acabar en el fondo del Sena…

—Sería lo lógico, si no llevaba plantilla de corcho.

—Pues no tiene sentido.

—¿Ah, no?

—Tenemos tres pares cuidadosamente atados y plantillas de corcho para garantizar que los pies permanecieran a flote…

Y el par que debía centrar nuestra atención, ¿estaba mal atado? Me cuesta creerlo.

—¿Quieres decir que fue intencionado?

—Es la única explicación plausible. Nunca hubo un octavo pie, Lucas.

—Vale, ¿y entonces?

Vaas hizo una mueca. No tenía ninguna respuesta razonable.

Ferroni no podía decirles nada más por el momento. Prometió dar prioridad a los análisis, pero Martin ya solo escuchaba a medias. Buscaba una explicación lógica para lo que acababan de descubrir, temiendo que, si no aportaba un esbozo de hipótesis en su informe, le retirarían el caso.

Lucas conocía lo suficiente a su jefe para saber que intentar tranquilizarlo sería inútil. Martin era un hiperansioso que siempre necesitaba ponerse en lo peor. Una actitud que le salía a cuenta, porque, por lo general, cuando surgían los problemas, él iba un paso por delante.

—Te han serrado un pie, pero resulta que has ganado… —pensaba Vaas en voz alta mientras regresaban por los muelles a pie—. ¿Qué pudo ganar, según tú?

—¿Que no le serraran el otro? —sugirió Lucas sin ninguna convicción.

—Temía que respondieras eso…

—Lo siento.

—No te disculpes, a mí tampoco se me ocurre otra explicación. Esperaba que tú tuvieras otra.

—De todas formas, como victoria, es una porquería. Tiene que haber otra cosa.

Martin se detuvo y se quedó mirando un *bateau mouche* que remontaba el Sena. Varios turistas lo saludaron desde lejos, pero no estaba de humor para responderles.

—Sigue viva —dijo al fin con un hilo de voz.

—¿Quién?

—La propietaria del último pie. La otra explicación es que sigue viva, a diferencia de los demás.

—Vale, eso podría ser una victoria en sí, pero no tenemos nada que lo pruebe.

—No. Ni siquiera tenemos la prueba de que haya muerto alguien.

Siguieron caminando en silencio otros veinte minutos y se separaron a la altura del Châtelet: Vaas había prometido al juez que lo informaría al final del día. Eran las ocho pasadas, y no tenía la menor idea de lo que iba a decirle.

Se instaló en la cubierta superior de una gabarra que le gustaba, porque era de las menos concurridas y, sobre todo, la única en la que tenían pastís Bardouin. Esperó a beber un sorbo para sacar la libreta.

Las notas de Vaas eran ilegibles para el común de los mortales. Sus compañeros solían preguntarle si había estudiado Medicina y, cuando tenían que transcribirlas, se tiraban de los pelos, pero para él solo eran una ayuda. Rara vez las leía enteras. Se limitaba a las palabras clave, subrayadas. Desde esa mañana, había señalado ocho, pero la que le planteaba más problemas era la última.

«GANADOR». ¿Qué había querido decir quien lo había escrito? Vaas estaba al corriente de los peligrosos desafíos organizados por algunos adolescentes o adultos jóvenes, pero no conocía ninguno que pudiera entrañar la pérdida de un miembro. Y menos aún de dos. ¿Era posible que aquellos cuatro individuos se hubieran visto obligados a cortarse los pies? Atrapados bajo un árbol o una roca, ¿no habrían tenido otra forma de soltarse? La última habría podido hacerlo gracias a la fuerza de los otros tres, que se habrían liberado a sí mismos. Y había ganado conservar un pie.

«¡Sí, claro! —se dijo Martin enfadado consigo mismo—. Y para celebrarlo lanzaron sus pies al Sena, no sin antes meter un poco de corcho en sus zapatillas». Tachó nerviosamente las palabras «desafío» y «obstáculo», que acababa de escribir, y trató de concentrarse.

Si la mujer de las uñas pintadas era la única que había sobrevivido, ¿dónde estaban los otros tres cuerpos? Martin seguía convencido de que los pies en el agua eran una puesta en escena. En tal caso, dragar el tramo parisino era inútil. Se tardarían semanas y no se obtendría ningún resultado, estaba seguro. Su instinto le decía que, si los cadáveres estaban en algún sitio, no los encontraría él. Se los señalarían con el dedo.

«A no ser que no haya muerto nadie y que todo esto no sea más que una broma macabra…», pensó. Recordó que en las páginas web sobre los pies del mar de los Salish había leído que tres o cuatro eran en realidad patas de animal metidas en deportivas con rellenos de todo tipo para conseguir que flotaran. Quizá unos estudiantes de Medicina se habían divertido desmembrando los cuerpos puestos a su disposición para gastar, efectivamente, una broma de mal gusto. Era una hipótesis totalmente verosímil y seguiría siéndolo mientras el forense y su equipo no identificaran a los propietarios de los pies. Vaas escribió en la libreta que se imponía un recorrido por las facultades de Medicina. No se hacía muchas ilusiones sobre la acogida que le darían. El escándalo de los cadáveres profanados por alumnos de la facultad de París-Descartes seguía en la mente de todos. Si unos universitarios se habían divertido amputando miembros recientemente, ningún rector estaría dispuesto a confesarlo.

Apuró la copa. De todas las teorías que había pergeñado, la única que estaba dispuesto a exponer ante el juez era la de los estudiantes gamberros.

—¿Dice usted que llevaba las uñas pintadas de rojo? —repitió el juez al teléfono.

—Sí, pero insisto en que era una mujer, así que no creo que ese detalle sea…

—¿Está seguro de que es esmalte de uñas?

—Al menos lo parecía —respondió Vaas, desconcertado por la pregunta.

—Y la palabra «GANADOR» ¿estaba escrita con el mismo esmalte?

—A primera vista, sí, pero…

—Hay que pedir un análisis. De inmediato.

—Ya lo hemos hecho. Se analizarán todos los elementos…

—Hablo del esmalte, capitán. Ese análisis es prioritario, ¿me oye?

El juez Vendôme siempre se había comportado como un hombre tranquilo, por no decir taciturno. A Vaas le costaba reconocerlo.

—¿Hay algo que debiera saber, señor juez?

El silencio que siguió era una confesión en sí mismo.

—Necesito hacer algunas llamadas, capitán. Vuelvo a telefonearle mañana por la mañana sin falta. Hasta entonces, le agradeceré que no comparta esta información con nadie. Eso incluye a su equipo.

—Se supone que debo informar a mi superior…

—Deme hasta mañana por la mañana.

5

A modo de reloj, el aviso de un SMS despertó a Vaas a las siete de la mañana. El juez Vendôme lo esperaba a las ocho y media. No se trataba de una comparecencia oficial, pero estaba formulada como si lo fuera.

Martin pasó rápidamente por la 3.ª DPJ. Su superior no llegaría hasta pasada media hora larga, lo que le dejaba tiempo para entrevistarse con el juez antes de redactar su informe.

Chloé Pellegrino estaba sola en la sala común. Como no sabía qué dimensiones adquiriría aquel caso, Vaas aún no la había puesto al tanto. De todas formas, estaba muy ocupada con los dos expedientes que llevaba junto con Francis Ducamp. Lo que era como decir que los llevaba sola. A Ducamp le faltaban seis meses para la jubilación, y se tomaba días libres cada dos por tres.

—¡Hola, jefe! —lo saludó la chica—. Ayer esperaba cruzarme con Lucas y contigo…

—Lo siento, debería habértelo dicho. Fuimos directamente al IML y salimos tarde de allí. ¿Cómo va lo tuyo?

—Estamos estancados. Tengo que revisar treinta y dos declaraciones. Si me fío de las diez primeras, mi sospechoso es un varón de origen magrebí, o quizá hispano, a no ser que se trate de un asiático muy bronceado. Mide entre un metro sesenta y un metro ochenta y pico. Es moreno, tirando a pelirrojo.

—Déjame adivinar: tiene los ojos castaño azulado.

—¡Exacto!

—¿Y Francis?

—Ayer también acabamos tarde. Y además hoy tenían que llevarle un paquete a casa. Y ya sabes cómo son las entregas. Lo mismo puedes tener suerte que quedarte esperando hasta las once.

Vaas se abstuvo de hacer comentarios. Chloé no podía evitar defender a Ducamp. Lo hacía con tanta naturalidad que Martin se preguntaba si al menos era consciente de ello. A veces pensaba que debería ponerla en guardia, pero la espontaneidad de su compañera era beneficiosa para todo el equipo. A sus veintiocho años, en menos de doce meses había sabido hacerse un sitio, y nadie tenía ganas de menoscabar su energía positiva.

—Y tú, ¿qué tal? —le preguntó la chica.

—Ahora mismo no tengo tiempo, pero te cuento en cuanto vuelva. Prometido.

—Pero ¿ya te marchas?

—Solo voy al otro lado.

Desde el traslado al Bastión, «ir al otro lado» equivalía a dirigirse al Palacio de Justicia. Chloé enarcó las cejas, pero no hizo más preguntas.

El juez Vendôme no estaba solo en su despacho. Sentado frente a él había un individuo bien entrado en la cincuentena. Vaas se presentó, pero el desconocido le estrechó la mano sin decir palabra. Martin estaba seguro de haberlo visto con anterioridad, aunque no recordaba en qué circunstancias.

—Capitán, supongo que conoce al comandante de división Lazlosevic...

—Está usted en la Criminal, ¿verdad?

—En la UAC3, para ser exactos. Y todo el mundo me llama Lazlo —precisó el comandante dirigiéndose a Vendôme.

—Lazlo, pues. ¿Conoce esa unidad, Vaas?

Martin asintió con la cabeza. Había asistido a una presentación de aquel nuevo grupo de la Brigada Criminal. UAC3 era el acrónimo de la Unidad de Análisis Criminal y Comportamental de Casos Complejos. Había sido creada para paliar los errores judiciales que se habían podido dar en casos concretos, como el de Guy Georges o el de Michel Fourniret. La idea era agilizar el flujo de información entre los ministerios de Justicia e Interior, e imponer un trabajo de memoria judicial y, en consecuencia, una cultura del *cold case*. La unidad había demostrado su eficacia en muy poco tiempo, permitiendo identificar al «Picoso», un pedófilo y asesino en serie activo entre 1986 y 1997. Pese a un retrato robot bastante fiel, dicho individuo, miembro de las fuerzas del orden, había conseguido eludir los radares. Habían sido necesarios treinta años, la creación de aquella unidad y la determinación de una jueza de instrucción para que el cerco se cerrara en torno a él. Comprendiendo que sus días de libertad estaban contados, el 29 de septiembre de 2021, el Picoso se había quitado la vida.

—Entonces, ya sabe que no he venido a quedarme con su caso —dijo Lazlo, sacando a Vaas de sus pensamientos.

—Perdone, pero va usted demasiado rápido para mí. ¿De qué caso hablamos? ¿Del de los pies?

—Tendremos que empezar a llamarlo de otro modo —terció Vendôme—. Siéntese, capitán, y le explicaré. —Vaas intuía que sus dos interlocutores ya habían hablado de lo que estaba a punto de oír y, lo que era más, habían abordado cada detalle. Al final de la exposición, recibiría una propuesta que no podría rechazar—. Su informe ha encendido ciertos pilotos, capitán. No es la primera vez que la palabra «GANADOR» aparece en una investigación. Y lo mismo ocurre con los pies serrados. En total, podemos considerar que tenemos otros tres dosieres que continúan abiertos. Bueno, para ser exacto debería decir dos, lo que por supuesto no es una buena noticia. —Vaas frunció el ceño, y Vendôme comprendió por sí solo que su última frase no era nada clara—. Hace quince años llevé personalmente uno de esos casos. No teníamos ninguna pista, de modo que lo dejamos a un lado. Ayer por la tarde, oyéndolo hablar, tuve la sensación de dar un salto atrás. Quince años es mucho tiempo, me dirá usted, pero es que a mí no me gustan las historias inconclusas. Y aquella era bastante fuerte. Así que llamé a nuestro amigo aquí presente. En esa época, la UAC3 aún no existía, pero me dije que la recopilación de los archivos quizá había cambiado la situación.

—Y así es —murmuró Vaas.

—Efectivamente. Como mínimo, hay dos casos que presentan numerosas similitudes. Le proporcionaré los dosieres, y podrá comprobarlo por sí mismo.

—Ha mencionado usted un tercero…

—Ahí está el problema. Marcel Dupré —dijo Vendôme abriendo la carpeta que tenía delante—. Detenido hace veinte años por un doble homicidio. En la planta del pie de una de sus víctimas, la palabra «GANADOR».

—¿Cuándo salió?

—Nunca. Murió de cáncer hace siete años, lo que nos deja dos interpretaciones posibles. O tenemos un imitador, un admirador de Dupré, llámelo como quiera, o nunca debimos detenerlo.

—Es un poco tarde para disculparse.

—En esa época, Dupré estaba casado. Incluso tenía un hijo. Encontraríamos la forma de remediarlo.

—Entonces, resumo: tenemos un total de cuatro casos repartidos a lo largo de veinte años, pero que podrían agruparse en uno solo.

—Eso es. Bueno…, es un poco más complicado, pero ya se dará cuenta por sí mismo.

—Y usted no está aquí para sustituirme… —dijo Vaas volviéndose hacia Lazlo.

—En absoluto. Estoy aquí para ayudarle. —Martin no pudo reprimir una sonrisa irónica—. Lo sé, hay a quien le sorprende, pero la UAC3 no tiene la vocación de dirigir investigaciones. Estamos para ayudar a los equipos sobre el terreno: a la Criminal cuando faltan elementos judiciales, a la Judicial cuando ya se tiene con qué instruir… Es tan simple como eso.

—Solo que no estoy seguro de que tengamos con qué instruir —admitió Vaas buscando la mirada de Vendôme.

—Hasta ayer por la tarde, me habría sido difícil contradecirlo, pero ahora tenemos varios casos que reexaminar, entre ellos el de Marcel Dupré, oficialmente archivado.

—Muy bien. ¿Y qué voy a encontrar en esos dosieres?

Vendôme consultó su reloj e hizo una mueca.

—Como no tendrán más remedio que colaborar —dijo levantándose—, los dejo para que aborden eso sin mí.

6

El comandante Lazlo había seguido a Vaas hasta las dependencias de la Policía Judicial arrastrando los pies. Martin veía su reflejo en los cristales del Bastión. Formaban una pareja que, sin duda, hacía sonreír a más de uno. Él, aunque no superaba el metro setenta y cinco, era más bien esbelto; Lazlo, todo lo contrario: al menos quince centímetros más alto y con una masa corporal que rondaría los cien kilos. Irradiaba una fuerza magnética que debía de haber intimidado a más de un sospechoso a lo largo de su carrera. Martin conocía su reputación. Nunca había colaborado con él, pero seguía teniendo la sensación de haber coincidido con el comandante en alguna ocasión. Esperó a estar sentado con él en una sala de reuniones para salir de dudas.

—¿Solo es una sensación o está seguro? —preguntó Lazlo, más divertido que otra cosa.

—¿Importa?

—La ventaja, y a veces el inconveniente, de llevar tanto tiempo en la profesión es que todo el mundo conoce tu pedigrí. Usted habrá oído hablar de mis métodos de trabajo, de mi forma de dirigir a mis hombres. Sabrá que soy bastante intransigente y que no me gusta que me tomen por idiota. Hasta hay quien dice que me rodeo de jóvenes para suplir mis carencias en lo que respecta a la tecnología. En resumen, sabe usted un montón de cosas sobre mí sin necesidad de conocerme. Espero que no le importe que quiera estar en igualdad de condiciones. Así pues, ¿es una sensación o está seguro de haberme visto antes?

Martin no creía que su respuesta fuera a darle al comandante ninguna indicación sobre su personalidad, pero le siguió el juego.

—Solo una sensación.

—¡Si llega a decir que está seguro, le pongo una medalla! Tiene razón, me había visto antes. Una vez, dos minutos, como mucho. En el pasillo de una comisaría, hará treinta y cinco años. Usted tendría, ¿cuánto...?

—Siete años. Y de eso hace treinta y tres.

—Si usted lo dice... Yo debía de llevar tres o cuatro en el cuerpo.

Lazlo no añadió nada más. Dejó que Vaas digiriera la información sin evitar su mirada. El capitán de la Policía Judicial había escondido las manos debajo de la mesa e intentaba mal que bien relajar las mandíbulas.

—¿Cómo sabe que era yo? —preguntó al fin.

—¿Que era aquel chaval de aspecto frágil que me preguntó si su padre aún tenía para mucho? No voy a engañarlo, Vaas. No lo habría reconocido en la vida. Lo sé gracias a su expediente.

—Esa información no figura en él.

—No, no figura, como tampoco figura el motivo de su petición de traslado. Yo soy de la vieja escuela, ya se lo he dicho. Si con la informática no lo averiguo todo, descuelgo el teléfono.

—¿Con qué derecho?

—Relájese, Vaas. No soy su enemigo. Me gusta saber con quién trato, eso es todo. Y el hecho de que usted decidiera adoptar el apellido de su madre me basta.

—Una vez más, eso no es asunto suyo.

—Mensaje recibido, pero tendrá que aprender a confiar en mí. Vendôme ha sido un poco escueto en su forma de exponerle los hechos. Supongo que no quiere hurgar en la herida. El caso que dejó a un lado, como él dice, habría merecido el despliegue de varias unidades. Entre nosotros, creo que en su momento la pifió y que por eso quiere que retome usted el caso. Debe de suponer que lo tendrá de su lado. Quiero decir que tenemos mucho trabajo por delante y que esta investigación no se ventilará en cuarenta y ocho horas.

Martin se había ofrecido a ir a por dos cafés. Delante de la máquina, repasó la conversación para digerirla mejor. No estaba dispuesto a permitir que Lazlo le hiciera perder la confianza. Al volver a entrar en la sala de reuniones, era otra vez el capitán Vaas que todo el mundo conocía: un hombre sosegado y reflexivo.

Por su parte, Lazlo había aprovechado su ausencia para dejar sobre la mesa los tres dosieres de los archivos. Los había colocado por orden cronológico. En cada tapa había un pósit con un número. Un dos en la primera y un tres en las otras dos.

Martin dudó un instante.

—¿Es acaso el número de homicidios por dosier? —preguntó al fin.

—Exactamente.

—Entonces, sin contar mi caso, estamos ante ocho homicidios no resueltos…

—A no ser que los dos primeros puedan imputársele realmente a Marcel Dupré.

—¿Usted lo cree?

—Es demasiado pronto para decirlo. Solo he tenido esta noche para estudiar el caso. Los dos cuerpos aparecieron en su propiedad. El tipo poseía cincuenta hectáreas de terreno.

Lazlo le hizo un rápido resumen de lo que había podido leer en el dosier.

Marcel Dupré vivía aislado con su mujer y su hijo cerca del pueblo de Rochebrune, en los Altos Alpes. No se relacionaba con mucha gente ni tenía muy buena fama en la zona. Era un individuo irascible, al que no le gustaba que cruzaran sus tierras. Durante la investigación, nadie había hablado a su favor.

El primer cuerpo había aparecido el 1 de mayo de 2003 en la orilla izquierda del Durance. Pertenecía a una mujer de treinta y cinco años, asesinada a puñaladas. Llevaba ropa de senderismo y botas de montaña.

Para poder identificarla, había sido necesario descubrir un segundo cadáver tres semanas después, en el mismo sitio exacto.

—Kelly y Tom Browning —prosiguió Lazlo—, apodados «los desaparecidos del Durance» por *Le Dauphiné*. El jefe de Tom Browning, al ver que su empleado no volvía, había alertado a las autoridades. Los gendarmes buscaban a una pareja; tuvieron que esperar varias semanas para reconstruirla.

—Y al marido, ¿también lo apuñalaron?

—No. Murió deshidratado.

Vaas frunció el ceño, pero no hizo ningún comentario.

—Y, aparte del hecho de que los cuerpos fueran encontrados en las tierras de Dupré, ¿qué tenemos? —preguntó.

—No mucho. Se sabe que el 19 de abril los Browning visitaron un museo de la zona, a orillas del embalse de Serre-Ponçon, y luego comieron en el Belvédère, que está justo al lado. A partir de ese momento, nada. Simplemente, se volatilizaron.

—Eso sigue sin explicar por qué se acusó a Dupré…

—Dupré y su familia estuvieron en el museo esa misma mañana. Luego comieron a dos metros de la mesa de los ingleses.

—No es gran cosa…

—Nunca he dicho lo contrario. Si quiere mi opinión, el vecindario debió de susurrar al oído de los gendarmes que el tipo no era trigo limpio. Ya sabe cómo son estas cosas. En cualquier caso, los compañeros llegaron a la conclusión de que los Browning habían sido retenidos como prisioneros en casa de los Dupré. En los alrededores no vive nadie, así que no se les oyó gritar. Además, en su informe hicieron constar que, el día en que realizaron el registro, uno de los graneros estaba anormalmente limpio. Cualquiera sabe qué significa un granero anormalmente limpio…

—¿No habían hecho una primera inspección en casa de los Dupré tras encontrar el cadáver de la mujer?

—Ya se lo he dicho, Vaas. Nadie sabía quién era la víctima hasta que apareció el cuerpo de su marido. Naturalmente, habían interrogado a los Dupré, pero nada permitía considerarlos sospechosos. La investigación estaba en un callejón sin salida. Los compañeros no averiguaron lo del museo hasta más tarde.

Vaas comprendió que, a falta de indicios, la única pista que se había contemplado había sido la de los Dupré. Iban a tener que empezar desde cero.

—¿Y quién tenía «GANADOR» escrito en la planta del pie?

—El marido. Y en realidad no estaba escrito. Estaba grabado en la carne misma. Tom Browning apareció con una sola zapatilla. El pie descalzo estaba tan sucio que la inscripción no se descubrió hasta el momento de la autopsia. —Vaas asintió lentamente, ensimismado—. ¿En qué piensas?

Lazlo había pasado al tuteo con tanta naturalidad que Martin no pudo menos que imitarlo.

—En lo mismo que tú, supongo. Tom Browning había ganado el seguir vivo un poco más.

—Si la investigación sobre su mujer no se hubiera llevado tan mal, quizá se le habría podido salvar —repuso Lazlo.

Vaas acusó el golpe. Al encontrar los pies en el Sena el día anterior, había sabido instintivamente que se había iniciado una cuenta atrás. Simplemente no había comprendido cuál.

—¿Y los otros casos? —preguntó por formalidad.

A modo de respuesta, Lazlo abrió la segunda carpeta y, sin decir nada, extendió sobre la mesa las fotos de Identificación Judicial.

7

El segundo caso era el del juez Vendôme. Vaas tenía delante el informe de investigación redactado hacía quince años.

El 5 de junio de 2008, tres adolescentes habían encontrado dos cuerpos sentados bajo el puente ferroviario de Liverdun, en la orilla izquierda del Mosela, a unos veinte kilómetros de Nancy. Los chavales, que a esas horas deberían haber estado en el instituto, esperaron hasta la caída de la noche para comunicar su descubrimiento a los gendarmes. A las veintidós horas, el juez Vendôme y los equipos técnicos y científicos de la Policía Judicial de Nancy estaban en el lugar del hallazgo.

Habían podido identificar rápidamente a las dos mujeres, de veintiséis y veintiocho años, unas turistas alemanas que, una semana antes de su muerte, se habían alojado en un albergue juvenil de Nancy. Viajaban con un amigo, un hombre de treinta y dos años que respondía al nombre de Mattis Krüger, en paradero desconocido. Habían buscado activamente a Krüger en calidad de principal sospechoso, hasta el descubrimiento de su cadáver, cinco semanas más tarde, en el mismo lugar.

Las similitudes con el caso Dupré-Browning no acababan ahí. Como Kelly Browning, las jóvenes alemanas habían sido apuñaladas repetidas veces. Agatha Weber, la víctima más joven, había recibido dos puñaladas en el estómago, que no habían tocado ningún órgano vital. La tercera la había alcanzado en el corazón. Kirsten Bloch mostraba un corte profundo en el tórax, pero la hoja había chocado con el cartílago costal. Luego, el asesino le había cortado el cuello. Lo había conseguido al segundo intento.

Mattis Krüger había corrido una suerte similar a la de Tom Browning: muerte por deshidratación. El informe del forense precisaba que debía de haber estado privado de alimentos durante varias semanas y que no había bebido nada durante los cuatro últimos días de su vida.

—Tom Browning fue hallado tres semanas después de su mujer —comentó Vaas.

—Puede que tuviera menos aguante que el alemán… —respondió Lazlo en un tono neutro.

—Pero, sobre todo, eso quiere decir que la duración de la vida del superviviente es variable.

—La condición física de la víctima debe desempeñar un papel. Krüger era un hombretón. Un metro noventa y ochenta y ocho kilos. Deportista, no fumador… ¡Y, por si fuera poco, vegetariano!

Vaas no pudo evitar sonreír. Lazlo tenía un corpachón aún más impresionante, pero su tez grisácea y su sobrepeso sugerían unos hábitos mucho menos saludables que los del alemán.

—No lo entiendo… —dijo recuperando la seriedad—. Krüger llevaba la palabra «GANADOR» grabada en la planta del

pie. De acuerdo, los dos casos son antiguos, pero el AnaCrim*
ya existía. Los investigadores deberían haber descubierto la relación entre ambos.

—Olvidas que a Dupré lo inculparon enseguida. En su momento, a los compañeros no debió de parecerles necesario introducir los detalles del caso en las bases de datos. Así que los
equipos de Vendôme no tenían ninguna referencia.

—¿Y el tercer caso?

Lazlo abrió la última carpeta frunciendo los labios.

—Este es un poco distinto. No se habla de ningún pie que
llevara grabada la palabra «GANADOR».

—¿Entonces?

Por toda respuesta, Lazlo le tendió las fotos de Identificación Judicial.

Tres imágenes. Tres cadáveres. Un adolescente, una mujer y un
hombre. A los dos primeros les habían amputado ambos pies.
El tercero conservaba el izquierdo.

—Si hubiera una víctima más, podría ser mi caso —dijo
Vaas con un hilo de voz.

—Podría…, si estos cuerpos no hubieran aparecido en
2018. Te presento a François Spontini, su hijo Paco y la novia
del padre, Julie Verne. Hacían lo que yo llamaría un viaje de
integración por las gargantas del Tarn.

---

* Contracción de «análisis criminal». Programa informático que posibi-
lita la búsqueda y detección metódicas de las relaciones entre datos, policia-
les o no, en apoyo de la práctica judicial.

—¿Un viaje de integración?

—Quince días aislados del resto del mundo para limar asperezas.

—No comprendo.

—Porque no eres adolescente. El padre debió de pensar que la excursión haría que su hijo le perdonase.

—¿Le perdonase qué?

—Que hubiera dejado a la madre del chico por una chavala a la que le llevaba veinte años.

—Ya. Es verdad que ella parece bastante joven.

Lazlo se lo confirmó. Julie Verne acababa de cumplir veinticinco años. Tenía apenas diez más que su futuro hijastro. Esa circunstancia no había facilitado la transición, ni para Paco ni para su madre. Las relaciones eran tensas. Al ver que su hijo no volvía del viaje, la exmujer de Spontini creyó por un momento que la pareja se había puesto de acuerdo para inquietarla. Pasadas cuarenta y ocho horas, denunció la desaparición del grupo. Tres días más tarde, los cuerpos de Julie Verne y Spontini hijo aparecieron a orillas del Tarn.

—Y el padre, ¿cuánto tiempo después?

—Seis semanas. Ya nadie esperaba hallar el cuerpo.

—¿Los investigadores lo creían culpable de la muerte de Paco y Julie?

—No descartaban esa posibilidad, pero Spontini no encajaba en el perfil.

—¿Por?

—Lo encontrarás todo en el dosier, aunque es un desastre. Raras veces he visto tantas estupideces juntas en tan pocas líneas. El psicólogo al que consultaron sabía tanto de criminología como yo de ballet acuático. Lo cierto es que costaba aceptar que un padre pudiera matar a su hijo después de haberle serrado los dos pies.

—¿Después?

—Sí, todas las amputaciones se efectuaron *ante mortem*.

Vaas encajó el dato sin inmutarse, aunque le helaba la sangre.

—El pie derecho de Spontini padre, ¿nunca apareció? —preguntó para zanjar el asunto.

—Nunca. Y los de las otras dos víctimas tampoco. No estoy seguro de que los compañeros se esforzaran mucho en dar con ellos. Además, si conoces un poco la zona, sabes la cantidad de efectivos que habría habido que movilizar para hacer bien las cosas.

—Eso podría explicar lo del corcho… —murmuró Vaas para sí mismo.

—Ahora soy yo el que no comprende.

—Las zapatillas que encontramos en el Sena llevaban plantillas de corcho. Por eso flotaban.

—¿Crees que quien lo hizo quería asegurarse de que se encontraran los pies?

Vaas se encogió de hombros. Solo era una hipótesis.

—¿Cómo llegaste a relacionar los tres casos, si en este no tenías ningún pie con la palabra «GANADOR»?

—Ya sé que tú pones el foco en esa inscripción, pero mi búsqueda se centraba en los pies amputados.

—Si pongo el foco en ella, como tú dices, es por una razón.

—Crees que aún puedes salvar a la última víctima…

—¿Tú no?

—Me atengo a los hechos. Si damos por sentado que Dupré no estuvo implicado en todo esto, tenemos cuatro casos en un periodo de veinte años. Un número creciente de víctimas, ni la más mínima pista y un tiempo limitado. ¿Cómo te las vas a apañar?

—¿No has dicho que estabas aquí para ayudarme?

8

Martin miraba las tres carpetas abiertas ante él. La suya no estaba sobre la mesa, pero ya se sentía desbordado. Lazlo lo observaba de reojo.

—¿Quieres un consejo de un perro viejo?

Vaas asintió imperceptiblemente con la cabeza.

—Olvida todo lo que acabas de leer y concéntrate en tu caso. Quédate con los puntos en común y aparta las divergencias. Siempre tendrás tiempo de volver a ellas.

—Pero las divergencias pueden decirnos muchas cosas…

—¿Como qué?

—La evolución del asesino, bien en la elección de sus blancos, bien en su *modus operandi*.

—Identifica los puntos fuertes de cada dosier y olvida las fechas exactas, los nombres de las víctimas, su historia. Todo eso es circunstancial.

—¿Cómo puedes estar tan seguro?

—Tienes turistas ingleses y alemanes, y franceses de excursión. Hombres y mujeres, incluso un adolescente. Los blancos son aleatorios. Los eligieron en función del lugar en el que se encontraban, en un momento equis.

—¡Exacto, hablemos del lugar! Es el único punto en común de todos los casos, incluido el mío. —Lazlo esperó a que se explicara—. Los ríos. Todas las víctimas fueron halladas cerca de un río.

—Entonces, llama a los dosieres así. —Martin lo interrogó con la mirada—. Olvídate de los Browning, Mattis Krüger, Spontini y compañía. Llama a los casos Durance, Tarn y Sena.

—¿Y eso qué cambia?

—Cambia que irás a lo esencial, Vaas. No podrás digerirlo todo de una sentada, y, como tú mismo has dicho, el tiempo es limitado. Si quieres tener alguna posibilidad de salvar a ese tipo, tienes que dejar cosas a un lado.

—No es un tipo.

—¿Cómo dices?

—Mi pie «GANADOR» pertenece a una mujer. Me parece que es un detalle a tener en cuenta.

Una hora después, Martin ponía al corriente a su equipo delante de una pizarra ya bastante llena. Con el apoyo del juez Vendôme, había obtenido la autorización de su superior para movilizar a todos los miembros de su unidad. En una mañana, el caso del Sena se había convertido en prioritario.

Como le había sugerido Lazlo, había dividido la pizarra blanca en cuatro columnas. Cada una llevaba el nombre de un río. Para que su equipo pudiera situarse, había clavado en la pared un mapa de Francia y trazado un círculo con rotulador negro alrededor de las regiones afectadas.

Debajo del que en adelante sería el nombre de cada caso, había escrito los de las víctimas y el año de su muerte.

Chloé Pellegrino fue la primera en intervenir.

—En veinte años, nuestro hombre ha pasado por el sudeste, el este, el sudoeste y, ahora, París. No aguanta mucho tiempo en ningún sitio…

—No tiene por qué ser así —repuso Lazlo, que se había sentado al fondo de la sala de reuniones, dedicada ahora a la investigación—. Todos son lugares bastante turísticos. Podría haber aprovechado sus vacaciones.

—¿Piensa usted que es un asesino oportunista? —preguntó la chica con una pizca de excitación en la voz.

Lazlo sonrió antes de responder.

—He leído en su expediente que ha empezado estudios de Criminología…

—¿Ha leído mi expediente?

El tono de Chloé no era en absoluto agresivo, incluso parecía halagada por el hecho de haber despertado tanto interés.

—He consultado los de todos ustedes. Espero que no les importe. —Chloé le sonrió a su vez, cosa que no hicieron los otros miembros del equipo. Lucas Morgon se había erguido en la silla y se había echado hacia delante, dispuesto a plantar cara al comandante, al contrario que Francis Ducamp, que se había hundido en el asiento un poco más—. Tranquilícense, no los investigo a ustedes —dijo Lazlo entre conciliador y divertido—. Nada de lo que he averiguado saldrá de aquí. Y, respondiendo a su pregunta, Pellegrino, sí, creo que estamos ante un asesino oportunista. Por eso será aún más difícil atraparlo. No busquen un patrón en la elección de sus blancos o del lugar en el que los ejecuta, no lo encontrarán.

—Olvidas un detalle —le hizo notar Martin—. Nuestro individuo necesitaba una base en cada región. No se tiene prisionero a un hombre entre tres y seis semanas en una casa de vacaciones.

—Es cierto —admitió Lazlo—. Puede que, después de todo, en el momento de los asesinatos viviera en esos sitios, o puede que tuviera residencias secundarias. Todo lo que digo es que, cuando acabemos de seguir esa pista, nuestra víctima parisina estará muerta y enterrada.

Vaas no quiso alimentar el debate. Debía tener presente su prioridad.

—Muy bien —dijo acercándose a la pizarra—. Tenemos cuatro casos en los cuatro rincones de Francia. Los puntos comunes: varias víctimas, la última de las cuales aparece siempre semanas después. ¿Qué más?

—Las últimas víctimas son todas hombres —propuso Chloé.

—Siento contradecirte, pero nuestro séptimo pie pertenece a una mujer. Y, a juzgar por el número que calza, cabe suponer que es menuda, lo que aún complica más las cosas.

Chloé hizo una mueca, como siempre que cometía un error. Había leído el informe preliminar por encima, y ahora se arrepentía. Lucas Morgon, más rodado, acudió en su ayuda reactivando el tema.

—Las primeras víctimas murieron por heridas de arma blanca —dijo con voz segura—. *A priori*, un cuchillo. Las últimas, por deshidratación. De hecho, si obviamos la amputación, los hombres encontrados en último lugar no presentaban ninguna herida.

—Así pues, tenemos dos *modus operandi* —dijo Martin apuntándolo en la pizarra—. ¿Algo más?

—Hay una cosa extraña —continuó Lucas—. Pese a las repeticiones, nuestro asesino sigue siendo un aficionado. —Martin le indicó por señas que se explicara—. Hablo de las víctimas apuñaladas. En cada ocasión, nuestro hombre asesta al menos dos golpes, si no más. Las primeras puñaladas nunca son mortales. Lo normal sería que, después del tercer o cuarto asesinato, le hubiera cogido el tranquillo. Pero no. O es un auténtico zote o lo hace aposta.

—¿Piensas que lo hace por sadismo? —preguntó Chloé de inmediato.

—Ni idea. Eres tú quien ha decidido meterse en la cabeza de esos tarados —replicó Lucas, acompañando la respuesta con un guiño.

—¿Qué opinas tú, Ducamp? —los interrumpió Martin para mantener la tensión.

No sin esfuerzo, el veterano del equipo enderezó el cuerpo en la silla y resopló audiblemente. A diferencia de los demás miembros de la unidad, no le gustaba expresar lo que tenía en mente. Siempre había conseguido evitarlo, hasta que Vaas se había puesto al mando de la 3.ª DJP. Se aclaró la garganta y se lanzó:

—Partimos de la base de que solo hay una persona a la que salvar, pero en realidad no tenemos ni idea. Podría ser que los propietarios de los otros pies siguieran con vida.

Martin sintió que un viento glacial atravesaba la sala. Miró la pizarra, releyó sus notas y se volvió de nuevo hacia Ducamp.

—Las primeras víctimas fueron asesinadas pasada apenas una semana… —le recordó.

—¿Y? No sabemos cuándo tuvieron lugar esas amputaciones.

—El estado de los miembros hace pensar que los pies se maceraron en el agua durante varios días, si no semanas.

—No digo que no, pero, como parece que estamos ante un chiflado, a saber si, antes de amputárselos, no los tuvo con los pies en remojo en un barreño durante días. Podría habérselos serrado ayer por la mañana, justo antes de arrojarlos al Sena.

Martin lo miró estupefacto. Le había preguntado por guardar las formas. Ducamp nunca había mostrado implicación en aquel tipo de debates y generalmente hacía sus comentarios sin auténtica convicción. Vaas no dudaba de sus cualidades como investigador, simplemente pensaba que sus treinta años en el cuerpo habían acabado con su motivación.

Le dio las gracias con un movimiento de la cabeza y se volvió hacia Lazlo. El jefe de la UAC3 abrió las manos y se encogió de hombros. No podían descartar esa hipótesis.

9

Aunque comprendía las recomendaciones de Lazlo, Vaas seguía pensando que un análisis de los otros casos, por somero que fuera, les proporcionaría datos útiles para sus indagaciones. En consecuencia, había asignado un dosier a cada miembro de su equipo, que, además del trabajo de investigación que realizarían conjuntamente, debería entrar en contacto con al menos uno de los protagonistas de los casos no resueltos.

A Chloé le había tocado en suerte el del Mosela y los turistas alemanes, supervisado por Vendôme quince años atrás. De inmediato le había pedido una entrevista al juez, que, pese a su apretada agenda, había conseguido hacerle un hueco a primera hora de la tarde. Todo el mundo se había percatado de que Vendôme visitaba la sede de la Policía Judicial mucho más a menudo desde que Chloé se había incorporado al equipo. La propia Chloé, consciente de ello, había aceptado el encargo enarcando las cejas dos veces. Sabía que era atractiva y no dudaba en aprovecharlo, con mucha picardía, pero sin abusar.

Francis Ducamp se encargaría del dosier del Tarn, es decir, el de la familia recompuesta, cuyos miembros habían sufrido la amputación de ambos pies, salvo el padre, que había conservado el izquierdo. Martin le había sugerido que hablara con los gendarmes de la región para comprobar si, en los años transcurridos desde los hechos, habían hallado más restos de las víctimas o sabían de alguna vivienda en la zona en la que alguien pudiera tener prisioneras a varias personas sin que fuera posible oírlas gritar. Francis había cogido la carpeta sin mostrar la menor reacción. Desde entonces estaba en su despacho, con el teléfono en una mano y el bolígrafo en la otra.

La última misión, y la más delicada con diferencia, le había correspondido a Lucas Morgon. Consistía en detectar un posible error judicial en el caso Dupré, llamado ahora Durance. Como un equilibrista, Lucas tendría que encontrar un modo de obtener más información sin que nadie dedujera de ello que se cuestionaban las conclusiones alcanzadas veinte años atrás. La unidad de la Policía Judicial tenía cosas mejores que hacer en los próximos días que provocar guerras internas y soportar la presión de un Ministerio de Justicia reacio a reabrir un caso.

Lazlo, Vaas y Morgon, sentados a una mesa con los documentos a la vista, reflexionaban juntos sobre la mejor estrategia.

—Hablar con la viuda de Dupré sería un error —dijo la voz grave de Lazlo—. Su marido hizo uso de todos los recursos posibles para que revisaran su juicio. Nunca lo consiguió. Si vamos a verla veinte años después, comprenderá lo que ocurre de inmediato.

—Y, cuando detuvieron a Dupré, su hijo solo tenía cinco años —les recordó Lucas—. Hablar con él tampoco serviría de nada.

—A todo esto, ¿dónde estuvo encarcelado Dupré? —preguntó Martin.

—En Arlés —dijo Lucas con un ojo en el dosier.

—Podrías hablar con los funcionarios. Preguntarles si lo visitaban con regularidad o se relacionaba con algún preso en particular.

—¿Buscas un imitador? —terció Lazlo—. ¿Un tipo que hubiera tomado el relevo?

A Martin le sorprendió que, una vez más, el jefe de la UAC3 le hubiera leído el pensamiento tan rápidamente.

—Digamos que eso solventaría buena parte de nuestros problemas. Ningún error judicial que admitir y el nombre del sospechoso al que buscar. Vale la pena intentarlo, ¿no? —Lazlo no tenía nada que objetar—. Los Browning son las primeras víctimas de una larga serie —continuó Martin con decisión, como si quisiera convencer a su auditorio—. Estamos obligados a interesarnos por ellos. Es nuestro punto de partida. El inicio de un *modus operandi*.

—Eso no lo sabes.

Lazlo lo había dicho en un tono tranquilo pero tajante. Vaas tuvo la desagradable sensación de que le leían la cartilla, y no le gustaba que lo hicieran en presencia de alguno de los miembros de su equipo. Tuvo que hacer un esfuerzo para responder en un tono neutro.

—¿Quieres decir que la UAC3 puede haber pasado por alto otros casos?

Lazlo sonrió ante la pulla.

—El caso Durance ni siquiera debería haber surgido durante mis búsquedas. Se suponía que estaba cerrado. Podemos atribuirlo a un golpe de suerte o a un mal etiquetado de los datos, elige lo que quieras. Pero demuestra una cosa: basar tu investigación en esa afirmación sería arriesgado.

«Tu investigación»: Lazlo había sabido apaciguar los ánimos con dos simples palabras.

Acordaron que, antes de tomar cualquier otra iniciativa, Lucas sondeara al director de la prisión de Arlés.

Una hora antes había llegado un primer informe de los equipos técnicos y científicos. Vaas le propuso a Lazlo que lo estudiaran juntos. No solía trabajar así, pero no quería dar la sensación de que iba por libre. Los días venideros presagiaban horas sombrías. Potencialmente, tenían cuatro víctimas a las que salvar o al menos tres cadáveres que desenterrar. Nunca le habían confiado un asunto de tanta envergadura, pero no necesitaba ser un lince para saber que todos sus movimientos se vigilarían de cerca.

El informe señalaba que los pies habían permanecido varios días en el agua. Los análisis no permitían dar fechas más precisas. Los dos investigadores echaron un rápido vistazo a los porcentajes de nitrato y flúor, leyeron por encima el estudio bacteriológico y fueron directamente a las conclusiones del jefe de servicio. El agua contenía una tasa anormalmente alta de pesticidas, lo que excluía de hecho que los miembros hubieran sido arrojados al río en el tramo parisino. Esa composición del agua se encontraba en lugares situados en las inmediaciones de zonas agrícolas o industriales. Los primeros registros podían corresponder a varias provincias francesas. La más cercana a París era el de Sena y Marne.

—La teoría de Ducamp podría ser acertada.

—¿Cuál? ¿La de los pies sumergidos en un barreño durante días? ¿Con qué fin?

—Ni idea. Quizá nuestro hombre se dijo que después serrarlos sería más fácil. Lucas tenía razón. No parece muy hábil con un objeto cortante. Quizá sea falta de fuerza. Dejándolos en remojo, ablandó la carne.

—Aún tenía que cortar los cartílagos y el hueso…

—¡Qué conversación tan divertida! —exclamó Lucas desde el pasillo—. ¿Comparan sus métodos para trocear el pavo en Navidad?

Martin siempre dejaba las puertas abiertas, estuviera donde estuviese. No le gustaba sentirse encerrado. Así que estaba acostumbrado a ese tipo de interrupciones. Le hizo señas a Lucas para que entrara.

—¿Ya tienes algo?

—He telefoneado al director de la prisión de Arlés, pero no es con él con quien debo hablar. Solo coincidió con Dupré los dos últimos años, cuando el tipo ya estaba con la quimio. Ha podido hablarme de su trayectoria, pero no de sus relaciones ni sus visitas. Su mujer no iba a verlo desde hacía mucho tiempo, y huelga decir que su enfermedad lo había aislado bastante.

—Entonces ¿de qué trayectoria te ha hablado? —preguntó Martin desconcertado.

—El tal Dupré tenía mal karma, por si te interesa. Llegó a Arlés en noviembre de 2003. Un mes después lo evacuaban a toda prisa debido a unas inundaciones. Seguí la operación en directo en la tele. ¡Fue enorme! Los guardias serraban los barrotes a mano para sacar a los preventivos.

Lazlo, que recordaba perfectamente aquel episodio terrible, tomó el relevo.

—El traslado de los presos tuvo que hacerse en barca. Los nuestros no tenían ni idea de cómo garantizar la seguridad. Veías a los detenidos con la cara pegada al suelo y a los polis, con una rodilla en su espalda. Interior se atrevió a decir a los periodistas que era el procedimiento habitual. ¡Como si fuera el pan nuestro de cada día! Y encima, si no recuerdo mal, había un montón de gente a la que evacuar.

—¡Vaya si la había! —exclamó Lucas—. Tenías el grupo de los corsos, el de los vascos, el de Action Directe… Estaba hasta Girard, el que se cargó al juez Michel en Marsella. Y allí es adonde fue a parar nuestro Dupré.

Para atender lo más urgente, a los presos considerados más peligrosos los habían trasladado a la prisión de las Baumettes, en Marsella. Por algún motivo que nadie había sabido explicar, Marcel Dupré formaba parte del convoy. La prisión aún no era objeto de quejas oficiales por insalubridad, pero la vida en ella resultaba difícilmente soportable. Dupré, alejado de su familia y rodeado de malhechores mucho mejor organizados que él, no había tardado en hundirse en una depresión. Un psiquiatra consiguió que lo trasladaran a un centro de detención de Salon-de-Provence, al que habían llevado a los demás presos, pero Dupré ya no levantó cabeza. En 2009 pudo regresar a la prisión de Arlés. Tres meses después le detectaban el primer tumor.

A Vaas le sorprendía que su segundo hablara con tanta empatía de Dupré. Aquel individuo había sido condenado por un doble homicidio y, mientras no se demostrara lo contrario, era culpable. Martin sospechaba que Lucas ya se había hecho una opinión sobre el tema. Tendría que hablar con él y recordarle que debía mantener una actitud objetiva.

—¿Sabemos si tuvo compañeros de celda? —preguntó para volver a centrar el asunto.

—En Arlés, no, pero en las Baumettes o en Salon, seguramente. Es una de las cosas que debo verificar. Pero tengo algo

mejor. El director de Arlés me ha dado el nombre del psiquiatra que trató a Dupré. Lo he localizado. Al parecer, lo siguió
durante varios años, quizá esté dispuesto a contarme algo más.

—Por supuesto, no te revelará nada sobre su estado de salud,
pero quizá te dé información sobre sus relaciones.

Morgon se despidió de ellos con un gesto de la cabeza y se
fue por donde había venido.

Martin retomó la lectura del informe, pero Lazlo lo interrumpió enseguida.

—Tienes un buen equipo —dijo mirando hacia la sala común.

—No me quejo.

—¿Los elegiste tú?

—A la mayoría. Ducamp estaba aquí mucho antes que yo.

—Lo imaginaba —dijo Lazlo sonriendo—. ¿Y conocen tu
historia?

El rostro de Vaas se endureció.

10

Vaas y Lazlo habían vuelto a zambullirse en el informe de los equipos científicos. Al descubrir que, a pesar de la saponificación, se habían podido conseguir dos muestras de ADN, el corazón de Martin se había acelerado. Pero cuando leyó que en el Fichero Nacional de Huellas Genéticas no se había obtenido ninguna coincidencia, el desengaño había sido inmediato: lo único que podía concluirse era que dos de las víctimas nunca habían sido condenadas, ni siquiera encausadas por infracciones penales.

El corcho hallado en las zapatillas tampoco proporcionaba información nueva. Estaba compuesto de gránulos de entre dos y siete milímetros. El material era cien por cien natural, antiestático e hidrófugo. No obstante, los analistas habían establecido la lista de los usos más habituales del producto y precisado que el corcho de cinco milímetros de grosor, como el encontrado en las deportivas, se vendía generalmente en rollos.

—Aislamiento térmico —leyó Lazlo—, revestimiento de suelos y paredes, decoración, tableros para chinchetas… Tengo la sensación de estar leyendo un anuncio de Leroy Merlin.

A punto de perder la paciencia, Vaas empezó a pasar las páginas más deprisa.

—¿Has visto algo sobre el esmalte de uñas? —le preguntó al comandante.

—¿El esmalte?

—Ayer por la tarde, al presentar mi informe, Vendôme se puso nervioso cuando le dije que uno de los pies tenía las uñas pintadas. Quería estar seguro de que se analizaba el esmalte.

—¿Dijo por qué?

—No, y esta mañana no me he acordado de preguntárselo.

Lazlo cogió la documentación del Mosela, recopilada en su día por Vendôme, y examinó el informe de la policía científica.

—¡El motivo está aquí! —dijo dando golpecitos con el índice en un párrafo—. Una de las alemanas llevaba las uñas de los pies pintadas. Solo que, durante los análisis, descubrieron que era sangre de Mattis Kruger recubierta con una base transparente.

—Pero a Krüger lo encontraron cinco semanas más tarde que a ella… —repuso Vaas, desconcertado.

—Eso es.

Vaas buscó una explicación lógica sin conseguir encontrarla.

—Hay una cosa que no entiendo —dijo al fin.

—¿Solo una?

—Hace dos años que trabajo con Vendôme. Aunque no siempre estamos de acuerdo, si hay algo de lo que no puedo acusarlo es de ser un vago. Más bien al revés. Antes de cerrar un caso, tiene que dejarlo todo bien atado. Me cuesta creer que en esa época dejara correr aquello, cuando se había encontrado con tres cadáveres en cinco semanas, uno de ellos con una palabra grabada en la planta del pie y otro, con las uñas pintadas con sangre. No es propio del Vendôme que yo conozco.

Antes de hablar, Lazlo comprobó con una mirada que nadie podía oírlos.

—Efectivamente, Vendôme tiene muy buena reputación, pero no siempre ha sido así. Lleva diez años en París y hará todo lo posible por seguir aquí, pero, antes de llegar a la capital, estuvo en un montón de sitios. Suele decirse que los jueces se mueven mucho. Él no paraba quieto.

—¿Algún motivo en particular?

—Su ambición, sencillamente. Quería hacerse un nombre, y rápido, pero, para eso, tenía que encadenar resultados positivos. Si un caso se complicaba, se lo endosaba a un colega con un pretexto cualquiera o lo alargaba hasta su partida. Todo el mundo lo sabía, pero nadie se quejó en serio.

—¿Cómo sabes todo eso?

—Cuando llegó, me tocó trabajar con él varias veces...

—Y, como de costumbre, lo investigaste... —lo interrumpió Vaas con una sonrisa amarga.

—Es cierto, pero, como de costumbre, eso no me impidió hacerme mi propia opinión. Ahora que ha llegado a donde quería, Vendôme cumple, y cumple bien. Lo que pasara antes no es asunto mío. —Aquella explicación no acababa de convencer a Vaas. Un caso como el del Mosela debía de haber hecho mucho ruido. No era posible desentenderse de él sin más—. Me he tomado la molestia de leer los recortes de prensa que incluye el dosier —continuó Lazlo—. Aquellos tres alemanes vivían al margen de la sociedad. Sin trabajo ni domicilio fijo. Sus padres no tenían noticias suyas desde hacía tres años. En su mochila se encontró un poco de hierba y una bolsita con éxtasis.

—En resumen, a todo el mundo le traía sin cuidado lo que les hubiera pasado, ¿no es eso?

—Más o menos. Su gobierno no hizo gestión alguna y la familia se limitó a repatriar los restos. Vendôme no tenía ninguna pista y debió de adivinar que aquella investigación era un peligro. En su defensa hay que reconocer que, cuando le hablaste de los pies del Sena, no intentó escurrir el bulto. Me llamó enseguida y me pidió que trabajara toda la noche, si era necesario, para proporcionarle material con el que preparar la instrucción del caso.

—¿Crees que ve esto como una redención?

—A primera vista, eso parece.

Vaas empujo hacia él la hoja que tenía en las manos desde el comienzo de la conversación.

—De todas formas, nuestro esmalte no contiene restos de sangre. Y la inscripción «GANADOR» que había bajo la plantilla, tampoco.

Esperó a que el comandante de la UAC3 leyera el análisis incluido en el dosier. El esmalte tenía la composición estándar, salvo por el hecho de que algunos productos químicos, como el formaldehído y el ftalato de dibutilo, habían desaparecido de la fórmula. El ingeniero que firmaba el informe apuntaba la hipótesis de un esmalte conocido como bío o natural y precisaba que actualmente era un producto fácil de encontrar en el mercado. Una comparación de las fórmulas de los diferentes fabricantes podría permitir identificar la marca. Bastaba con solicitárselo al jefe de servicio. Lazlo se aguantaba la risa.

—Adelante, ve a mendigar un presupuesto para averiguar la marca de un esmalte de uñas de venta libre. A veces, me pregunto dónde tienen la cabeza...

—Al menos sabemos que no es sangre —se limitó a decir Vaas—. Lo que significa que tenemos un *modus operandi* más.

—De todas maneras, no coincidía. En el caso del Mosela, la sangre del ganador estaba en las uñas de la perdedora. Mientras que aquí...

—El esmalte se encuentra en las de la ganadora —completó Vaas—. Esta investigación es para volverse loco. Cuando crees tener un patrón, el siguiente paso lo desmiente. Acabaré pensando que hay tantos culpables como víctimas...

—Es una hipótesis que no puedes descartar.

Vaas se dejó caer sobre el respaldo de la silla y cruzó las manos detrás de la cabeza. Con la mirada en el techo, intentó resumir lo que habían averiguado.

—Los pies permanecieron varios días en el agua, pero no en el lugar en que los encontramos. Por su composición, esa agua podría proceder de alguna zona de Sena y Marne.

—O de cualquier otra región agrícola o industrial de Francia —repuso Lazlo—. Solo han precisado que la zona más próxima a París estaba en Sena y Marne.

Vaas admitió que su resumen carecía de objetividad con un movimiento de la cabeza.

—Dos de nuestras víctimas no figuran en el Fichero Nacional Automatizado de Huellas Genéticas —continuó en un tono neutro—. Ergo, nunca las han condenado ni tampoco encausado en un caso penal que requiriera una comparación de ADN.

—Y, hasta ahora, nunca las habían declarado desaparecidas.

Vaas no había contemplado esa posibilidad, y se lo reprochó a sí mismo. Tenía que procurar imaginar todas las eventualidades.

—El pie desparejado, que es de mujer —prosiguió—, tenía las uñas pintadas con esmalte bío. Quien escribió la palabra «GANADOR» debajo de la plantilla lo hizo con el mismo esmalte.

—Eso es interesante —lo interrumpió Lazlo irguiéndose en la silla. Vaas, con la cabeza echada hacia atrás, lo miró de soslayo—. En su informe, tu segundo escribió que el esmalte estaba muy descascarillado.

—Exacto.

—No entiendo mucho del asunto, pero el esmalte debe de tardar cierto tiempo en despegarse de ese modo… —Vaas se encogió de hombros: tampoco era un especialista en el tema—. Si la palabra se escribió con su esmalte —continuó Lazlo—, quiere decir que la víctima viajaba con él.

—¿Y?

—Y sin embargo no se molestó en darse otra capa. Lo dejó tal cual.

—Porque no tenía la posibilidad de hacerlo —dijo Vaas completando el razonamiento de Lazlo—. El esmalte se escamó mientras estaba prisionera.

—No es más que una hipótesis, pero se sostiene, ¿no?

Vaas se disponía a oponer a la teoría del comandante otras explicaciones plausibles, cuando Chloé irrumpió en la sala.

—¡Hombre, Pellegrino! ¡Llega en el momento justo! —exclamó Lazlo a modo de saludo—. ¿Sabe usted mucho sobre belleza de los pies?

Tras enarcar las cejas, la chica desechó la pregunta con un gesto de la mano.

—Si no le importa, intercambiaremos consejos de estética otro día. Ahora mismo tengo algo mejor que ofrecerles.

—¿Ya has hablado con Vendôme?

—No se trata de eso. Tengo la identidad de las víctimas.

11

El subinspector Morgon se estaba quitando el casco de la moto cuando recibió el mensaje de Chloé Pellegrino. Pasó las fotos de las cuatro víctimas del Sena e intentó memorizar sus nombres. Respondió que no podía asistir a la reunión informativa, pero que se pondría al día en cuanto llegara al Bastión.

Morgon era un agente de calle. A diferencia de su superior directo, se sentía más a gusto actuando que pensando. A su capitán le gustaba aquella fase de la instrucción, que los obligaba a reunir el mayor número posible de datos antes de sacar conclusiones. Para Lucas, una investigación no empezaba de verdad hasta que sabía dónde buscar. Martin le había confiado el caso archivado del Durance, y estaba decidido a echar el resto.

Había conseguido hablar por teléfono con la secretaria del psiquiatra que había tratado a Marcel Dupré en prisión. Ella le había respondido que el doctor Nidal se encontraba casualmente en París para asistir a un coloquio sobre neurociencia. Lucas le había dejado un mensaje, pero no había esperado a que el psiquiatra le devolviera la llamada para dirigirse al Palacio de Congresos, que estaba a cinco minutos en moto.

Mostró la placa a las azafatas y pidió que emitieran un anuncio en la sala de recepción donde los participantes estaban haciendo una pausa para tomar algo. Era un método poco ortodoxo, pero le traía sin cuidado. La conversación no duraría más de un cuarto de hora. El psiquiatra se perdería como mucho diez minutos de conferencia.

En un primer momento, el doctor Nidal se mostró afable y dispuesto a ayudar a las fuerzas del orden en su investigación. Sin embargo, no pudo ocultar su sorpresa cuando Morgon le explicó por qué deseaba hablar con él. Dupré llevaba siete años muerto, y hasta ese momento nadie había mostrado interés por su personalidad. Lucas no había olvidado la consigna: guardarse de sembrar la duda sobre la culpabilidad de Dupré.

—Ante todo, querríamos saber si Marcel Dupré se relacionaba con otros presos —probó a decir.

—Esa información se la podrían haber facilitado los funcionarios de la prisión… —respondió Nidal, perplejo.

—Digamos que nos interesa averiguar si pudo influir en alguno de ellos.

—Influir, ¿en qué sentido?

Lucas comprendió que, si quería obtener respuestas, no tenía más remedio que hacer concesiones.

—Creemos que alguien ha intentado imitar los asesinatos de Dupré.

El psiquiatra no pudo evitar esbozar una sonrisa irónica.

—Acabáramos… Y piensan que ese *copycat* trató con Dupré en la cárcel.

—Es una posibilidad que no podemos descartar.

—Bueno, pues, francamente, me extrañaría mucho.

—¿Por qué?

—Porque nunca creí en la culpabilidad de Dupré.

Lucas sacó la libreta para ocultar su sorpresa. Sabía que no se le daba bien disimular. Se aclaró la garganta y reanudó la conversación como si tal cosa.

—No estoy aquí para cuestionar el veredicto —dijo con tanta calma como pudo—, pero, si tiene algo que contarme, lo escucho.

—Sería complicado sin faltar al secreto profesional —repuso el psiquiatra—. No obstante, puedo asegurarle que la personalidad de Dupré era justo la opuesta a la descrita en su expediente.

—Continúe.

—He llegado a leer que Dupré era un individuo agresivo, amargado e irascible. Cinco minutos a solas con él le habrían bastado para darse cuenta de lo equivocada que estaba esa descripción.

—A usted lo llamaron para que lo tratara por una depresión… —apuntó Lucas.

—Así es.

—Luego le detectaron un cáncer…

—No lo conocí en su mejor momento, lo admito, pero podría decir lo mismo de todos mis pacientes.

—Muy bien, entonces explíqueme cuál era, según usted, su personalidad.

—Marcel Dupré no era un dominante. Tenía una fuerte tendencia a minusvalorarse, incluso a marginarse. Vivía permanentemente en la culpa…

—Porque había matado a dos turistas ingleses —lo atajó Lucas.

—Si los hubiera matado durante un ataque de locura, una pérdida momentánea del control, no digo que no, pero el doble homicidio del que hablamos estaba demasiado calculado para podérselo atribuir. Dupré se situaba en la categoría de los sumisos, no de los depredadores.

—Pudo engañarlo —insistió Lucas—. O reaccionar frente a su nuevo entorno. Dupré vivía aislado con su familia, no se relacionaba con nadie. Ambos sabemos que el universo carcelario puede transformar a un hombre.

—Totalmente cierto. De hecho, yo no habría dudado en diagnosticarle lo que en nuestra jerga llamamos un «miedo social». Pero me cuesta creer que la prisión fuera el detonante de ese comportamiento. Creo que Dupré estaba constituido así.

—¿Constituido?

—Es una pena que no pueda usted asistir a la conferencia que acaba de empezar —dijo el psiquiatra con una sonrisa—. Trata precisamente sobre la amígdala límbica. Según el neuropsicólogo portugués António Damásio, esa glándula sería la responsable de nuestro comportamiento, ya sea agresivo, violento, o bien lo contrario, pusilánime. Le sorprendería.

—Ya he visto a otros criminales engañar a todo el mundo —dijo Lucas para provocarlo mientras apuntaba escrupulosamente todo lo que oía.

—El análisis del comportamiento no es una ciencia exacta, y yo he podido equivocarme en mis diagnósticos, pero usted quería mi opinión, y se la he dado.

Lucas comprendió que no obtendría nada más del doctor Nidal en relación con Dupré. No había esperado conseguir tanto, así que no tuvo ningún problema en volver al punto de partida.

—Dupré fue a prisión por un crimen especialmente retorcido. Eso pudo inspirar a más de uno.

—Aunque Dupré no fuera el autor, es verdad que ese tipo de crímenes podría haber fascinado a ciertos detenidos —admitió el psiquiatra.

—¿Piensa en alguno en particular?

—Ha pasado mucho tiempo y, como puede imaginar, no conocía a todos los presos, pero me viene a la memoria uno. No lo trataba, ni siquiera llegue a verlo, aunque mis pacientes lo nombraban a menudo. Era un individuo que no dejaba indiferente. Por lo que pude deducir, tenía un gran poder de atracción sobre sus compañeros. Algunos lo temían y otros lo admiraban.

—¿Recuerda su nombre?

—Orban. Grigore Orban, pero todo el mundo lo llamaba «el Navaja». Creo recordar que era de origen rumano.

—¿Sigue en prisión?

—No sé decirle. Ya no trabajo en centros penitenciarios.

Lucas escribió el nombre con mayúsculas y lo subrayó dos veces. Antes de poner fin a la entrevista, repasó rápidamente los puntos que había anotado.

—Me gustaría mostrarle a cuatro personas y que me dijera si alguna de ellas le dice algo.

Pasó las fotos que había recibido poco antes, identificando a los individuos uno tras otro. El doctor Nidal observó todas las caras dos veces, pero ninguna le resultaba familiar.

—Lo siento. No conozco a ninguna de esas personas, y sus nombres no me dicen nada.

—Tenía que intentarlo… —musitó Lucas—. Una última cosa, doctor Nidal. ¿Sabe por qué la mujer de Dupré dejó de visitarlo?

—Marcel se negaba a hablar de ello. Le sugiero que se lo pregunte a la interesada directamente.

Lucas sabía que esa opción no estaba en el plan. Su equipo y él debían demostrar a Vendôme ante todo que la inocencia de Dupré ya no estaba en duda, pero la hipótesis del *copycat* no podía descartarse. Incluso tenían, al fin, un primer sospechoso al que agarrarse. Grigore Orban, alias el Navaja.

12

Dos horas antes, cuatro nombres habían engrosado el fichero de personas buscadas. Cuatro adultos cuya desaparición se había considerado lo bastante inquietante para que la información se difundiera. Apenas recibida la alerta, Chloé Pellegrino había consultado el dosier y hecho varias llamadas antes de asegurar a su superior que por fin conocían la identidad de las víctimas de las amputaciones.

La primera denuncia la había puesto la madre de Nathan Percot. Su hijo de veintiséis años se había marchado de viaje con unos amigos y no había tenido noticias suyas en quince días. El grupo, residente en un pueblo cercano a Guéret, en la provincia de Creuse, había decidido ir a pie hasta Brujas para ver a unos conocidos. Tenían un presupuesto reducido. Ni hoteles ni restaurantes. Esperaban dormir donde aceptaran alojarlos o en tienda de campaña, y comer gastando lo mínimo. Un viaje iniciático que pretendía ser no solo ecológico, sino también no consumista. Incluso habían dejado en casa los móviles y cualquier otro aparato electrónico que hubiera permitido geolocalizarlos.

Por todos esos motivos, el gendarme que había registrado la denuncia no había considerado preocupante la desaparición y había tratado de razonar con la madre y tranquilizarla. Cuatro jóvenes que disfrutaban de semejante libertad no podían menos que perder la noción del tiempo. Para que la situación se tomara en serio, había sido necesario que, un mes más tarde, los padres de los otros tres viajeros se unieran a la mujer. Cuarenta y dos días antes, Nathan Percot, Clara Faye, Jordan Buch y Zoé Mallet habían hecho un alto en Gien, en la provincia de Loiret. Desde entonces, nadie había sabido decir dónde estaban. El grupo avanzaba a un ritmo moderado de quince kilómetros por día y ya habría debido llegar a su destino.

—De todas formas, me sorprende que los compañeros hayan introducido los nombres en el fichero —comentó Lazlo mientras Chloé los ponía en antecedentes—. Pueden haber sufrido algún contratiempo. Dada la distancia que iban a recorrer, no sería extraño.

—Se comprometieron a dar noticias semanalmente. Y Percot le prometió a su madre hacerlo más a menudo.

—Aun así…

—Clara Faye no llamó a su hermana por su cumpleaños —añadió Chloé. Lazlo alzó las cejas, a la espera de un argumento de más peso—. Son hermanas gemelas y, naturalmente, están muy unidas. Era la primera vez que iban a estar tanto tiempo alejadas la una de la otra. Ya sé que cuando viajas se te puede ir el santo al cielo, pero olvidar tu propio cumpleaños es menos probable.

—¿Qué más se sabe? —terció Martin.

—Nuestras cuatro víctimas tienen entre veinticuatro y veintinueve años. Se conocen desde la escuela y forman dos parejas.

Nathan lleva cinco años con Clara; Jordan y Zoé están juntos desde hace ocho.

—Tan jóvenes y ya comprometidos… —rezongó Lazlo.

—Me lo ha quitado de la boca —bromeó Lucas Morgon, que acababa de hacer su aparición.

—Te hemos esperado todo lo posible —se disculpó Chloé—, pero ya conoces la paciencia del jefe.

Martin sonrió en silencio mientras leía concienzudamente el dosier que les había fotocopiado Pellegrino. Se acercó al mapa de Francia y cogió unas cuantas chinchetas.

—Aquí pone que Nathan telefoneaba a su madre todas las semanas —empezó a decir.

—La llamó por primera vez desde Issoudun y, luego, al llegar a Gien —respondió la joven agente, que había memorizado buena parte de la información.

Vaas señaló las paradas en el mapa con chinchetas.

—Dicho de otro modo, lo hacía cada cien kilómetros —constató—. ¿Sabía la madre cuál era la siguiente etapa? En el informe no veo nada…

—He llamado al compañero que tramitó la denuncia. Cuando se lo preguntó, la mujer se echó a llorar. Está convencida de que su hijo le dijo algo al respecto, pero no consigue recordarlo.

—Y el gendarme, ¿le sugirió destinos?

—¿Basándose en qué?

—Trazando una línea recta de cien kilómetros hacia el norte, por ejemplo.

—No se lo he preguntado, pero me lo habría dicho, ¿no?

Chloé comprendió el mensaje sin necesidad de que su jefe lo explicitara. Después de la reunión, no tendría más remedio que volver a llamar al compañero.

Chloé había colocado en una segunda pizarra las fotos de las cuatro víctimas. Debajo, había apuntado su estatura, peso, color de ojos y la ropa que llevaban al salir de Gien. Las zapatillas coincidían con las encontradas en el Sena.

Se había interrogado a la última persona que los había hospedado, pero su testimonio no había aportado nada. Los jóvenes habían pasado la noche en una estancia que su anfitrión acababa de reacondicionar como alojamiento rural. Aún no tenía los permisos necesarios para alquilarla, así que les había permitido utilizarla gratis. Las dos parejas se habían marchado después de desayunar. El hombre, que solo había intercambiado con ellos unas cuantas trivialidades, no tenía la menor idea de cuál era su siguiente destino.

Clara Faye era la más joven del grupo. Con un título de marketing en el bolsillo, aún no había encontrado trabajo y, según su hermana, se había apuntado al viaje para regalarse una bocanada de oxígeno. A falta de medios para independizarse, seguía viviendo con sus padres, y empezaba a ahogarse. Nathan, su novio, estaba en una situación parecida, con la diferencia de que su madre creía que seguía a su lado por gusto.

Zoé, de veinticinco años, vivía con Jordan en una casita de pueblo de sesenta metros cuadrados que había heredado de su abuela. La pareja planeaba casarse de allí a un año, cuando hubieran ahorrado un poco de dinero. Ella trabajaba en un centro de estética; él, en un banco. Sus empleos eran lo opuesto a sus ideales. Habían emprendido aquel viaje para no olvidarlo. Su proyecto era abrir una tienda de alimentación solidaria. Sus amigos de Brujas habían montado tres, y aquella visita debía permitirles familiarizarse con el tema.

—Tengo intención de llamar a todas las familias para obtener algo más de información —continuó Chloé—. Puede que, con el tiempo, hayan recordado algún detalle sobre el recorrido del viaje.

Martin aprobó la idea con un movimiento de la cabeza.

—No merece la pena que les cuentes lo que pescamos ayer —le advirtió.

—Jamás se me habría ocurrido. Compadezco a quien tenga que decirles que, en vez de los cuerpos, solo hemos encontrado los pies.

—Sugiéreles varias localidades como posible fin de etapa —añadió Vaas—. A ver si a alguna de ellas les suena algo…

—Vale, pero ¿cuáles?

Martin no respondió. Abandonó la sala y empezó a abrir todos los cajones que encontraba en la sala común. Sus hombres lo observaban desde el umbral de la puerta.

—¿Necesitas ayuda? —le preguntó Lucas cuando su jefe la emprendió con los de su mesa.

—¿Nadie tiene un trozo de cordel? —respondió Martin sin levantar la cabeza.

—¿De qué tamaño? —preguntó Chloé.

—Cincuenta o sesenta centímetros deberían bastar.

—Ahí no lo encontrarás, pero puedo ayudarte.

La chica se agachó y empezó a quitarle el cordón a una de sus Converse.

—Toma, está casi limpio, pero te lo advierto, no me iré sin él.

Vaas lo cogió, regresó ante el mapa, se agachó y colocó el cordón sobre la escala.

—¿Se puede saber qué haces? —le preguntó Lucas.

—Preparar una vara de cien kilómetros —respondió Lazlo volviendo a sentarse.

—Mi madre lo habría llamado un patrón —dijo Martin sonriendo—. Pero cada maestrillo tiene su librillo.

Determinada la medida, Vaas clavó el cordón en Gien, último alto conocido de los cuatro viajeros, y utilizó un rotulador para señalar las poblaciones que se encontraban a un centenar de kilómetros en dirección norte.

—Sugiéreles Provins, Fontainebleau, Melun, Évry, Étampes y Rambouillet. A ver si les dicen algo.

—Podrían haber llegado a París —dijo Ducamp desde el fondo de la sala.

—¿Y pulirse la mitad del presupuesto en una noche? —respondió Lucas—. Me extrañaría.

A nadie se le ocurrió nada que replicar, y la lista fue ratificada.

Chloé ya estaba en su mesa, mientras que Ducamp arrastraba los pies en dirección a la suya. Vaas le había encargado que hablara con los comerciantes de Gien e Issoudun con la esperanza de que alguno pudiera proporcionarles información.

Lazlo, Lucas y él se habían quedado solos en la sala de reuniones. Morgon abrió su libreta para revisar con sus compañeros lo que había oído en boca del psiquiatra, pero el comandante se le adelantó dirigiéndose a Vaas con voz grave:

—Supongo que eres consciente de que tres de las localidades que has elegido están en Sena y Marne…

—¿Y qué? —terció Lucas, intuyendo que ese dato era importante, sin saber por qué.

—Pues que, según el análisis bacteriológico, el agua en la que permanecieron los pies podría provenir de esa zona. Digo bien: podría.

—La distancia no la he decidido yo, y el norte es la dirección más lógica para ir a Bélgica —respondió Martin con los ojos todavía en el mapa.

—No digo lo contrario, Vaas, solo quiero hacerte notar que sería un error que orientaras la investigación a tu albedrío.

Martin se volvió y apoyó ambas manos en la mesa para sostener mejor la mirada de su interlocutor.

—Yo no oriento nada —dijo con voz fría—. Évry y Étampes están en la provincia de Essonne y Rambouillet pertenece al de Yvelines. Es más, soy muy consciente de que nuestros cuatro viajeros pudieron ser interceptados mucho antes de llegar a su siguiente destino. Pudieron retenerlos en cualquier punto entre Gien y una de esas poblaciones, pero necesito delimitar nuestro territorio de caza. ¿Más tranquilo, o tengo que seguir justificándome?

13

Martin Vaas había puesto como excusa que tenía que añadir algunas precisiones al informe de Chloé para ausentarse unos instantes de la sala de reuniones.

—¿Son imaginaciones mías, o el ambiente está un poco tenso? —le preguntó Lucas al comandante sin más preámbulos.

—En absoluto.

—¿Llevaría usted la investigación de otra manera?

—Tal vez no.

—Pero piensa que perdemos el tiempo…

—Nunca he dicho eso.

Las respuestas del comandante eran lacónicas, pero su tono parecía irónico.

—Pues está poniendo a prueba a Vaas.

—Se podría ver así.

—¿Con qué objetivo?

Lazlo enderezó el cuerpo en la silla, se acodó en la mesa y apoyó las palmas de las manos en el tablero. Su tono se volvió serio.

—Solo hace unas horas que conozco a su jefe e intuyo en él todas las dotes de un buen investigador, simplemente me preocupa que pierda el norte.

—¿Porque cavila sobre la última etapa de nuestros viajeros?

—No, porque cree tener la posibilidad de salvar a esos cuatro chicos. Si encuentra a la ganadora con vida, ya será mucho. En cualquier caso, mucho más de lo que se había hecho hasta ahora.

Lucas se abstuvo de hacer ningún comentario. Conocía lo bastante a Martin para saber que, efectivamente, removería cielo y tierra para encontrarlos a todos. También él estaba dispuesto a patearse toda el área que su jefe acababa de identificar, si eso podía ayudar.

—La ganadora es Clara Faye, la jovencita, ¿no? —preguntó para cambiar de tema.

—Era la única que calzaba unas Stan Smith, así que es lógico pensarlo.

Morgon se acercó a la pizarra y miró con más atención la foto de la chica de veinticuatro años.

Morena, ojos negros y almendrados, tez opalina, facciones delicadas… En su ficha ponía que solo medía un metro cincuenta y ocho. Los gendarmes no habían preguntado a sus padres qué número calzaba, aunque no se les podía reprochar. Lucas no lo necesitaba. Sabía la respuesta. Clara usaba un treinta y seis, y se pintaba de rojo las uñas de los pies.

Para su sorpresa, Martin volvió a la sala con renovadas energías.

—La orden de búsqueda empieza a dar frutos —dijo yendo hacia el mapa y cogiendo una chincheta, que clavó cuarenta kilómetros al norte de Gien—. Tres días después de abandonar Gien, fueron vistos en Montargis. La policía les pidió la documentación mientras hacían un pícnic a la orilla de un canal.

—A ver si lo adivino —dijo Lucas en son de broma—: los compañeros los tomaron por perroflautas.

—No me han dado más detalles. Todo lo que sé es que dijeron que estaban haciendo una pausa antes de continuar su viaje.

—Imagino que no especificaron adónde se dirigían… —supuso Lazlo.

Vaas negó con la cabeza. Pero no estaba dispuesto a que lo desanimaran. Acababan de reducir el área de búsqueda a casi la mitad.

—El aviso se ha dado esta mañana —añadió en tono optimista—. Todavía podemos tener sorpresas positivas.

Lazlo acabó admitiendo que, efectivamente, era un gran avance.

Lucas seguía escrutando las fotos de las cuatro víctimas. Estaba a menos de cincuenta centímetros de la pizarra.

—Apenas son mayores que mis sobrinos —murmuró para sí mismo.

—Y yo podría decir que tienen la edad de mis hijos —convino Lazlo—, pero eso no nos ayudaría.

—La sensibilidad y la empatía no son su fuerte, ¿verdad?

—Treinta años en la Criminal dejan huella.

—¿Por eso se pasó a los *cold case*?

—Por eso y por otras muchas razones, pero me parece que tenemos cosas mejores que hacer que hablar de mi trayectoria.

Vaas miraba a Lazlo de reojo. No acababa de entender a aquel comandante de la policía de reputación intachable que decía estar allí para ayudarlos. Tan pronto mostraba complicidad como les llevaba la contraria. Martin se dijo que también a él le interesaba averiguar más cosas sobre aquel nuevo colaborador que les había impuesto Vendôme. Había construido su equipo y adiestrado a cada uno de sus miembros para sacar el mayor partido tanto de su lado bueno como del malo. Lazlo era una nueva pieza en el tablero, y le correspondía a él atribuirle un lugar, no a la inversa.

—Lucas, hace un momento has asegurado que tenías una pista… —dijo sin más preámbulos

El subinspector apartó la vista de la pizarra, fue a sentarse a la gran mesa y sacó su libreta, aunque toda la información seguía fresca en su cabeza.

—Grigore Orban —anunció—. Alias el Navaja.

—Toda una declaración de principios —comentó Lazlo.

—No lo sabe usted bien… El susodicho estuvo en el centro de detención de Salon-de-Provence por las mismas fechas que nuestro Marcel. Mientras volvía aquí, me ha dado tiempo a hacer una pequeña investigación. Salió de allí hace unos quince años. Dieciséis, para ser exactos. Desde entonces, ha estado detenido varias veces, pero ninguna por delitos graves. En todas las ocasiones, la prisión preventiva ha cubierto la condena. Ahora bien, si sumamos todos los días que ha pasado entre rejas, acumula casi nueve años. Todo un récord, considerando que solo tiene treinta y cinco.

—¿Qué clase de delitos?

—El tipo ha sabido diversificarse. Tenemos extorsión, atraco a mano armada, agresión con arma blanca y también dos violaciones, para completar el retrato.

—¿Y nunca ha cumplido una condena larga? —preguntó Lazlo, asombrado.

—La única vez que pagó su merecido fue cuando cometió el atraco. Es lo que lo mandó a Salon. Orban tenía apenas veinte años, y está claro que aquello le sirvió de lección. Después, siempre se las ha arreglado para no salir muy trasquilado. Pruebas insuficientes, ausencia de testigos, coartadas caídas del cielo… ¿Sigo?

—Nos hacemos una idea… —rezongó Lazlo.

—¿Y qué te hace pensar que el tal Orban podría interesarnos?

—Cuando supe que solo era un chaval cuando cumplía su pena con Dupré, creí que el loquero se había equivocado de hombre. Oyéndolo, parecía que estuviéramos ante Guy Georges en persona. Así que volví a llamarlo, claro, pero se reafirmó. El pequeño Grigore, a sus diecinueve añitos, dictaba la ley en el patio de recreo. Los internos más curtidos lo respetaban y los demás lo temían. Por lo que comprendí, Dupré pertenecía más bien al segundo grupo. De hecho, el doctor Nidal me pintó un retrato bastante sorprendente de nuestro Marcel. Para él, había que clasificarlo entre los sumisos. Un pusilánime que se mantenía en segundo plano. Nidal nunca lo creyó culpable.

—Dupré no sería el primero que engaña a un comecocos —repuso Lazlo.

—Es lo que yo le dije, pero Nidal no creía que fuera el caso. Sea como fuere, según él, si a alguien podían interesarle los asesinatos de Dupré era a Orban.

—¿Sabes por qué lo apodaban el Navaja?

Lucas miró a Martin con un brillo en los ojos.

—El fulano nunca ha necesitado un arma de fuego para hacerse respetar. Lo suyo es la navaja de afeitar. Según la leyenda, su padre le enseñó a usarla a los cinco años. Digo la leyenda porque el progenitor nunca ha salido de Rumanía y la historia procede del propio Orban.

—La leyenda del Barbero de los Cárpatos —bromeó Lazlo—. Mola, ¿eh?

Martin sonrió a su vez, antes de fijarse en su segundo. Lucas se meneaba nerviosamente en la silla.

—Te guardas algo. ¿Qué más has averiguado?

Lucas se relajó al fin, satisfecho con su golpe de efecto.

—A las dos chicas a las que violó, les dejó un recuerdo. Una bonita marca en forma de estrella en la planta del pie.

14

Lucas Morgon había seguido dos pistas falsas antes de localizar definitivamente a Orban. Grigore vivía en Saint-Étienne desde hacía seis meses. Nada más llegar, había confraternizado con los ultras del club de fútbol local, así que la policía no le quitaba ojo, máxime con sus antecedentes.

Martin no tenía claro el siguiente paso. Lo único que señalaba a Orban era el testimonio indirecto de un psiquiatra. El doctor Nidal no lo había tratado, ni siquiera lo conocía personalmente. Para dar su nombre se había basado en los chismes de otros reclusos. El hecho de que Orban hubiera coincidido con Dupré en un centro penitenciario no era un delito en sí. Desde luego, el perfil del rumano llamaba la atención, no menos que su apodo, pero eso distaba de ser suficiente.

—Mándame a Saint-Étienne —le propuso Lucas—. Les pides a los compañeros que lo lleven a comisaria con cualquier excusa, y yo me encargo de interrogarlo.

—Eso no es muy ortodoxo…

—¡Venga ya! El tipo tiene tantas cuentas pendientes que debe de estar acostumbrado a que lo citen por nada…

Vaas lo pensó con calma. Sabía que un cara a cara aportaría más respuestas que cualquier vigilancia. Tampoco podía desdeñar el tiempo que ganarían. Si Orban los llevaba a una vía muerta, podrían tacharlo de la lista y concentrarse en las otras pistas de la investigación.

—De todas formas, me gustaría que le dedicáramos cinco minutos a su perfil —dijo para refrenar el ímpetu de Lucas—. ¿Qué sabemos hasta ahora?

Chloé, que había permanecido en el umbral durante la conversación, se acercó y se sentó a la mesa. Solo faltaba Ducamp, que no había soltado su teléfono en dos horas. A la lista de los comerciantes de Issoudun y Gien se habían añadido los de Montargis. Cuando quería, Francis podía ser muy obstinado. Eran ocasiones raras, así que Martin no tenía la menor intención de interrumpirlo en su tarea.

—Sabemos que salió del centro de detención de Salon en 2007 —empezó diciendo Lucas, que, de pie en el fondo de la sala, no podía estarse quieto.

—Y esa información nos interesa porque…

—¡Porque el caso del Mosela es de 2008! Los tres alemanes del juez Vendôme aparecieron muertos cinco años después de que Dupré asesinara a los ingleses.

—Entonces —dijo Martin—, si te sigo, Orban habría podido asesinar a las víctimas del Mosela, pero también a las del Tarn, la familia recompuesta.

—¡Exactamente!

—Chloé, ¿tienes el expediente de Orban? —La chica asintió y esperó sus instrucciones—. Comprueba que no estaba preso cuando se cometieron esos dos asesinatos múltiples.

—Ya lo he hecho —respondió Chloé con aplomo—. Estaba fuera las dos veces.

—¿Y qué opinas de su perfil? Psicológicamente, quiero decir.

Chloé titubeó y buscó a Lucas con la mirada. El subinspector estaba consultando su móvil, así que ella se volvió hacia Lazlo.

—Si lo que busca es mi apoyo —dijo el comandante, divertido—, lo tiene.

—Es que…, Martin…

—¿Sí?

—Acabo de empezar el curso —balbuceó Chloé—. No me siento capaz de ofrecerte un perfil psicológico decente.

—No te pido tanto. Solo te pregunto qué piensas de ese tipo. Así, a bote pronto. —La chica tragó saliva con tan poca discreción que Martin tuvo que aguantarse la risa—. Relájate, Chloé, no me basaré en tu opinión sin más. Cuando se trata de hacerse una idea sobre alguien, eres la más perspicaz de todos nosotros con diferencia, así que me gustaría saber lo que piensas, eso es todo.

Chloé frunció los labios y se encogió de hombros.

—Vale, pues entonces, pienso que ciertos aspectos de su personalidad podrían corresponder al individuo que buscamos, pero otros no encajan.

—Te escuchamos.

—Ese tipo tiene toda la pinta de ser un sádico. He leído el informe sobre la violación de esas dos pobre chicas. Parece evidente que el acto sexual no era su principal motivación. Consiguió que lo invitaran a su casa y, luego, se divirtió humillándolas. Les ató una correa al cuello y las obligó a dar vueltas por el piso a cuatro patas.

—¿Una correa? —exclamó Lucas.

—Bueno, utilizó lo que tenía a mano. Unos pantis con la primera y el cordón de una cortina con la segunda. Y les hizo lamer el parqué.

—Creo que lo hemos pillado —la atajó Martin.

—El acto en sí, la penetración, duró menos de un minuto. Estamos ante un eyaculador precoz, muy poco dotado por la naturaleza, además.

Lucas soltó un silbido.

—¡Jamás pensé que un día te oiría decir eso!

—No es culpa mía —dijo la chica, roja como un tomate—, forma parte del perfil. Las víctimas precisaron que Orban tenía el pene del tamaño de un meñique. En Medicina se le llama «micropene», y es una particularidad frecuente entre los asesinos en serie.

—¿Qué tamaño se supone que tiene un micropene? —quiso saber Lucas.

—Ya te asegurarás más tarde —lo cortó Martin—. Ahora concentrémonos en Orban.

Lucas puso cara de decepción, pero le hizo una seña a Chloé para que continuara.

—Después de la relación sexual, les grabó una estrella en la planta de los pies. Como para dejar su marca.

—Y, a pesar de eso, ¿se libró con la prisión provisional? —preguntó Lazlo, asombrado.

—Peor aún. Lo soltaron a las tres semanas de llegar a Fleury. La acusación de la primera víctima no se sostenía. El miedo la paralizó y no fue capaz de identificar formalmente a Orban. Además, los compañeros de la Científica no tenían ningún material que aportar. El juez de instrucción no pudo montar más que un caso, el de la segunda víctima. Solo que Orban, que no había abierto la boca durante toda la instrucción, acabó presentando una coartada inatacable. La mujer de un prestigioso cirujano. La noche de la violación, dijo haber estado con él.

—¿La mujer de un cirujano? —preguntó Lazlo incrédulo—. ¿Con Grigore Orban, un individuo de la peor ralea?

—A algunas les ponen los chicos malos… —apuntó Lucas.

—¡No me diga! Si quiere mi opinión, eso huele a chantaje a la legua. Otro tipo de clase alta que se encanalló para empolvarse la nariz y que utilizó a su mujer para salvar el culo.

—Puede ser —los interrumpió Chloé—. Pero la cuestión es que el juez no tuvo más remedio que liberarlo.

—Y todo eso, ¿qué nos dice? —preguntó Martin para recentrar el debate.

—Que Orban podría ser lo bastante depravado para divertirse con sus víctimas cortándoles los pies o haciendo creer a una de ellas que iba a salvarse grabándole la palabra «GANADOR».

Martin cerró los ojos: estaba registrando la información.

—Dices que hay otros rasgos de su personalidad que no encajan…

—En cuanto a eso, lo que me desconcierta es más el aspecto técnico. La marca en la planta de los pies podría haberla hecho con una navaja. Pero, si nos fiamos de los diferentes informes, lo que se utilizó para matar a todas las primeras víctimas fue un cuchillo. Y, además, no dejo de repetirme lo que señaló Lucas. Las cuchilladas eran torpes. Orban domina la navaja desde niño. No cuadra.

—Puede que no se encargara él de eso…

Ducamp los había sorprendido a todos metiendo baza en la conversación. Nadie sabía cuánto tiempo llevaba en el umbral de la puerta. Martin disimuló su asombro. En los dos años que llevaba al mando de la unidad, el veterano nunca se había mostrado tan incisivo.

—¿Qué quieres decir? —le preguntó en un tono que pretendía ser natural.

—Chloé opina que es un depravado. Que disfruta humillando a sus víctimas. Puede que las obligue a matarse entre sí.

La agente Pellegrino golpeó la mesa con la palma de la mano.

—¡Eso es! ¿Cómo no se me ha ocurrido antes?

Martin miró a Ducamp con ojos nuevos. Su implicación y sus comentarios mejoraban por momentos.

—De todas formas, hay dos o tres cosas que no hemos tenido en cuenta —intervino Lazlo—. En la época de los asesinatos del Mosela, Orban tenía ¿cuántos años? Veinte, como mucho. ¿No era un poco joven para embarcarse en ese tipo de ritual?

—No sería el primer caso… —respondió Chloé con seguridad.

—Muy bien, estoy dispuesto a creerlo, pero ¿se conformaría con hacerlo cada cinco o diez años? Quiero decir, la violación de esas dos chicas parece muy *light* comparada con los escenarios de nuestros crímenes.

—¿*Light*?

—No se suba a la parra, Pellegrino, ya sabe lo que quiero decir…

Martin comprendió que Chloé hacía esfuerzos sobrehumanos para no replicar.

—Es verdad que parece un comportamiento bastante errático —dijo para calmar los ánimos—. Has hablado de dos o tres cosas. ¿Cuáles son las otras?

—Ya sé que es una tontería, pero Saint-Étienne no está en el itinerario de nuestros chicos. Si Orban se encuentra en su casa en estos momentos, esa bonita teoría se va un poco al garete.

Nadie podía despejar esa duda. Cuando la policía de Saint-Étienne afirmaba que no le quitaba ojo, era una forma de hablar. No se les había ordenado llevar a cabo una vigilancia estrecha. El rumano podía perfectamente encontrarse a mil kilómetros de su casa.

—Pide a los compañeros que pasen por su domicilio —atajó Martin—. Al menos sabremos si merece la pena desplazarse hasta allí.

—¿Desplazarse? —preguntó Lazlo—. No te comprendo. Si está en su casa, ¿para qué?

—No sé tú —respondió Vaas con frialdad—, pero lo que es yo no he leído en ninguno de los informes que el torturador de nuestras víctimas se quedara noche y día junto a ellas mientras las tuvo en su poder.

15

Estamos haciendo todo lo posible para que la situación vuelva a la normalidad. Los equipos del RAID* se encuentran en la zona para velar por la seguridad de los vecinos. Hemos podido evacuar a los heridos, en su mayoría leves. No obstante, uno de ellos está en una situación de absoluta urgencia. Les mantendremos informados sobre la evolución de su estado. También quiero recordar que, al parecer, dos oficiales de policía permanecen retenidos como rehenes en uno de los bloques de viviendas y que sacarlos ilesos de la zona es una de nuestras prioridades. Se han iniciado las negociaciones, pero no dudaremos en lanzarnos al asalto si la situación lo exige. De hecho, el GIGN** permanece en alerta para reforzar a los equipos del RAID si fuera necesario. Como habrán comprendido, en el momento en que hablamos, las fuerzas del orden están movilizadas para conseguir restablecer la calma aquí, en La Cotonne.

La flamante prefecta de la provincia del Loira habría prescindido de buena gana de aquella rueda de prensa improvisada. No había tenido más que cinco minutos para digerir el informe

---

* Grupo de intervención de la Policía Nacional.
** Grupo de intervención de la Gendarmería Nacional.

del negociador del RAID, que también estaba un poco desbordado. En menos de media hora, un centenar de periodistas había desembarcado en Saint-Étienne con el inevitable séquito de unidades móviles. Los peces gordos del Hôtel de Beauvau no tardarían en entrar en escena. La prefecta no tenía ningunas ganas de aparecer bajo los focos en compañía del ministro del Interior. Hay honores de los que es mejor prescindir.

En un visto y no visto, lo que debía ser una misión rutinaria se había transformado en una pesadilla para las altas instancias de la provincia. Nadie estaba en condiciones de explicar con claridad cómo se había envenenado la situación a aquella velocidad, pero, al iniciarse el informativo de las ocho de la tarde, los telespectadores descubrieron que el barrio de La Cotonne de Saint-Étienne estaba en pie de guerra. De las cuatro esquinas de la barriada se elevaban columnas de humo negro. En cada cruce se alzaba una barricada. Una multitud enmascarada con pañuelos agitaba en el aire armas improvisadas. Barras de hierro, bates de béisbol, cadenas antirrobo... Cualquier objeto contundente servía. Algunos jóvenes, más audaces, lanzaban cócteles molotov frente a ellos. Los antidisturbios trataban de mantener un cordón de seguridad, pero las imágenes retransmitidas en directo por las cadenas de noticias evidenciaban su impotencia. Bastaba verlos retroceder para comprender que la vía diplomática no había funcionado.

Con los ojos clavados en el televisor, también Martin Vaas intentaba entender por qué se había descontrolado la situación de aquella manera. Cuatro horas antes, le había pedido a su homólogo en Saint-Étienne que simplemente comprobara si Grigore Orban seguía en la región. El capitán Chevignon había aceptado, precisando que enviaría a dos de sus mejores hombres al domicilio del susodicho. Vaas le había manifestado su extrañeza. No se trataba de detener a Orban. Chevignon le había respondido que no estaba dispuesto a sacrificar a dos agentes por un simple control. Los uniformados no estaban bien vistos en la barriada de La Cotonne y los oficiales en los que estaba pensando sabrían mostrarse más discretos. En esos momentos, el capitán debía de lamentar amargamente sus palabras.

Los primeros informes hablaban de un rodeo urbano cuyo recorrido habría acabado en el parabrisas del coche camuflado de los dos policías. Chevignon no se había creído esa versión ni por un instante. Las directrices del momento eran claras. Las fuerzas del orden ya no debían intentar intervenir en esas corridas motorizadas a menos que la vida de un ciudadano estuviera en peligro. Sus hombres conocían las consignas y, sobre todo, sabían reconocer una situación explosiva. Estaban en territorio enemigo, donde las insignias de la República ya no intimidaban a nadie. Jamás habrían asumido el riesgo de intervenir. El capitán de Saint-Étienne tenía una teoría más elaborada que —lo sabía perfectamente— jamás se haría pública.

—¿Y qué teoría es esa? —no pudo evitar preguntar Vaas.

—Los vigías han debido de reconocer a mis hombres a su llegada. Cada vez son más numerosos, así que, a menos que aparques a dos kilómetros, es difícil pasar a través de la red.

—Usted ha dicho que no dejarían que los identificaran…

—He dicho que sabrían ser discretos. En las barriadas es imposible pasar desapercibido. Ahora bien, si respetas los códigos, puede no pasar nada. En mi opinión, han llegado en mal momento. Durante una venta importante o algo por el estilo.

Los vigías debían de tener la consigna de no dejar entrar a nadie.

—Entonces, según usted, lo del rodeo, ¿es una cortina de humo? —preguntó Lucas Morgon, que también participaba en la conversación telefónica.

—Yo diría más bien que una distracción planificada. Un señuelo para mantener ocupados a los curiosos mientras se hacía la transacción. Solo que ha salido mal.

—Es lo menos que puede decirse...

—Me ha pedido mi opinión, y se la he dado —respondió Chevignon, irritado—. Pero ya lo leeremos en la prensa. Una vez más, la policía ha ido a hostigar a los habitantes de los barrios sensibles. Lo cierto es que mis hombres han caído en una trampa. Pero ¡eso ya no tenemos derecho a decirlo sin que nos llamen fachas!

Vaas le indicó por señas a Morgon que no entrara al trapo. El capitán Chevignon no tenía noticias de sus dos hombres, su frustración era comprensible.

—En cuanto a su sospechoso —continuó Chevignon más calmado—, es imposible saber si está en casa en estos momentos. Como muy pronto, tendrán la respuesta mañana. Y eso... contando con que el RAID consiga sofocar los disturbios antes de que acabe la noche, porque, si no, habrá que sitiar la barriada, se lo digo yo.

16

Los ojos de Vaas saltaban una y otra vez de las pizarras que recapitulaban la investigación a la pantalla del televisor, instalado ahora en la sala de reuniones. Su concentración dejaba mucho que desear y su mente seguía dándole vueltas a la conversación con Chevignon. Había procurado encontrar las palabras adecuadas para calmar a su homólogo, pero sabía por experiencia que no habían servido para nada. A él también le habría irritado que le hablaran de esperanza o de estadísticas favorables si dos de sus hombres hubieran estado en peligro. El sonido de la tele estaba quitado. Todo el equipo seguía la evolución de los acontecimientos al compás de los flashes informativos que se sucedían en la franja inferior de la pantalla. Titulares desmesurados, resúmenes sensacionalistas, frases sacadas de contexto... El cóctel perfecto para mantener la tensión y la audiencia.

Sin embargo, los medios no mencionaban la situación de los dos policías, y Martin se preguntaba si no habrían llegado a un acuerdo con el Hôtel de Beauvau. Poner el foco sobre las barricadas para dejar las manos libres al RAID, agazapado en segundo plano.

—¡Deberías apagar eso! —exclamó Lazlo en un tono que pretendía ser cordial.

—No hasta que los hombres de Chevignon estén sanos y salvos —respondió Vaas sin mirarlo siquiera.

—Entonces, dile a Vendôme que te retire del caso. —Esta vez, Martin se volvió hacia el comandante de la UAC3 con el rostro tenso—. No creas que no me hago mala sangre por esos dos compañeros —dijo Lazlo para intentar calmarlo—. Pero nosotros no podemos hacer nada. Nuestros mejores hombres están sobre el terreno, y no tenemos otra opción que la de dejarlos actuar.

—Se nota que no eres tú quien ha mandado a esos chicos al frente.

—¿Qué pasa, te consideras responsable de esta cagada?

—¿Hay algún otro?

—Perdona, Vaas, pero tu sentimiento de culpa me parece un poco pretencioso. —Martin acusó el golpe y apretó las mandíbulas—. Deberías poner la tele más a menudo —continuó Lazlo—. Los chavales de las barriadas no te han esperado a ti para amotinarse. Las pifias de este estilo son el pan nuestro de cada día. De modo que sí, por lo general nuestros hombres se posicionan en el exterior de la zona de combate, pero todos sabemos que este tipo de situaciones puede producirse.

—De acuerdo. Tal vez no sea el responsable de esta cagada, como tú la llamas, pero yo veo las cosas así: si un compañero me hubiera llamado para verificar la dirección de un sospechoso, yo le habría dicho que sí sin vacilar. Y si el sospechoso viviera en un barrio sensible, habría mandado a uno de mis mejores hombres, una vez más, sin dudarlo. Así que, aunque nadie pudiera prever este caos, tendrás que admitir que, si yo no hubiera llamado a Chevignon, en estos momentos sus dos hombres estarían a su lado. —Lazlo no intentó cuestionar la lógica de Vaas. Se limitó a encogerse de hombros, y luego posó la vista en la pizarra que exhibía las fotos de los viajeros desaparecidos—. No me he olvidado de ellos —se justificó Martin torpemente.

—No he dicho lo contrario. Creo que todos estamos cansados y que quizá sea el momento de hacer una pausa.

—Ve tú, yo me quedaré un poco más.

Chloé y Lucas, que habían asistido a la escena sin decir nada, abrieron cada uno un dosier para que su jefe supiera que no estaría solo durante las próximas horas. Lazlo distendió los labios hasta formar lo que sin duda consideraba una sonrisa.

—Puesto que aún no podemos localizar a Orban —dijo levantándose con esfuerzo—, les dejo que sigan estudiando las personalidades de nuestras cuatro víctimas potenciales.

—¿Potenciales? —preguntó Chloé.

—Potencialmente vivas, si lo prefiere, porque, a riesgo de tensar aún más el ambiente, le recuerdo que nada nos garantiza que aún tengamos a cuatro personas a las que salvar. La joven Clara Faye es quizá la única que podría seguir aún prisionera. Y eso es mucho decir… Dada su constitución, es muy posible que ya haya muerto por deshidratación.

—¡Hala! —exclamó Lucas—. ¡Desde luego, es usted el optimismo en persona!

—No tener en cuenta esa posibilidad sería una ingenuidad por nuestra parte —respondió Lazlo impertérrito—. Y más vale que nos preparemos para ello, si no queremos lamentarlo los diez próximos años. Sin embargo, eso no significa que abandone la esperanza ni que levante el pie del acelerador. Pero creo que seré más útil en la UAC3.

—¿Qué vas a hacer allí? —le preguntó Vaas, decidido a no dejar que se fuera sin haber suavizado la tensión.

—Ver si encuentro más coincidencias. Ayer por la tarde hice algunas búsquedas basándome en la información de Vendôme. Ahora que tengo más datos podré ampliar la consulta.

—¿Crees que puede haber otros casos?

—No lo sé. Tenemos un doble homicidio que data de hace veinte años, cometido o no por Dupré. Un triple asesinato, de hace quince, que podría atribuirse a Orban. La familia recompuesta fue asesinada hace cinco años. Quizá también por Orban. Y ahora tenemos estas cuatro víctimas.

—¿Y? —preguntó Martin, que no sabía adónde quería ir a parar Lazlo.

El comandante de la UAC3 avanzó hacia la puerta, pero se volvió antes de salir para dirigirse a todos los presentes.

—¿No hay nada que les incomode en todo lo que acabo de exponer? —Miró uno tras otro a los miembros del equipo de la 3.ª DPJ, pero las quince horas de trabajo encarnizado los habían dejado sin energías—. Cada cinco años nos ha regalado este pequeño ritual del ganador. Cada cinco años salvo…

—Salvo una vez —lo interrumpió Chloé sacando fuerzas de flaqueza—. No hay ningún caso que date de hace diez años.

—Exacto.

Martin y Lucas se levantaron a la vez para acercarse a la pizarra. Ahora que habían centrado la atención en la cronología de los casos, la evidencia les saltaba a la vista.

—¿Cómo no hemos caído antes? —murmuró Lucas.

Martin también buscaba una respuesta.

—Ayer por la mañana encontraban ustedes unos pies en el Sena —dijo Lazlo, todavía en el umbral de la puerta—. Esta noche saben a quiénes pertenecen e incluso tienen un sospechoso. ¡Si quieren autoflagelarse, por mí perfecto, pero con moderación, por favor!

—¿Crees que nos hemos perdido una secuencia? —le preguntó Vaas sin apartar los ojos de la pizarra.

—Es posible. Una vez más, cuando consulté las bases de datos tenía mucha menos información. Además, lo hice en plena noche, así que estaba solo. Voy a poner al día a uno de mis hombres para que se dedique a ello más a fondo.

—¿A estas horas? —preguntó Martin, sorprendido.

—¡Esta vez me he organizado! Me está esperando en su puesto, como un buen chico.

Un efecto estroboscópico se proyectó sobre la mesa blanca y atrajo la atención de todos. No era más que el reflejo del colorido grafismo de un flash informativo, pero logró el efecto deseado. Todos tenían los ojos clavados en el televisor. La cadena, a la que le había faltado tiempo para crear un logotipo de los disturbios de Saint-Étienne, había interrumpido el bucle de imágenes de las barricadas en llamas para pasar una nueva secuencia aún más impactante. La franja inferior de la pantalla resumía por sí sola la situación. Ahora los cordones de los antidisturbios estaban recibiendo disparos de mortero.

—Van a tardar en conseguir sacarlos de ahí… —dijo Lucas con un hilo de voz.

Martin se guardó sus comentarios y soltó una gran bocanada de aire antes de volverse de nuevo hacia la pizarra. Lazlo aprobó su decisión con un movimiento de la cabeza y retomó el hilo de lo que estaba diciendo.

—No me limitaré a buscar casos de pies amputados o con la palabra «GANADOR». Me fijaré en las muertes por deshidratación o los cortes hechos en pies. Si es el individuo al que buscamos, Orban pudo adquirir práctica de diversas maneras.

—¿Crees sinceramente que puede ser nuestro hombre?

—No lo sé. Su perfil es interesante, pero, hasta que no le echemos el guante, es difícil pronunciarse.

—Y visto el panorama, tardaremos en poder poner los pies en su casa.

—Yo que tú evitaría ese tipo de expresiones hasta que acabe la investigación. —Vaas desafió al comandante con la mirada durante una fracción de segundo, antes de esbozar una sonrisa—. De cualquier modo —añadió Lazlo—, voy a pedir a mis hombres que amplíen la búsqueda. Hay que tener la mente abierta. Ninguno de los casos es exactamente igual. En todos hay pequeñas disonancias.

—Como si nos enfrentáramos a diferentes torturadores —apuntó Martin por segunda vez.

17

Indudablemente, la posibilidad de que varios asesinos hubieran colaborado en la creación de un mismo ritual era la peor pesadilla para cualquier investigador. Los indicios dejaban de ser válidos de un crimen a otro; las coartadas de un día eximían al culpable del día anterior. Ningún procedimiento podía resistir tantas contradicciones.

Según Chloé, Grigore Orban había pasado la mayor parte de 2013 entre rejas. En buena lógica, si el comandante de la UAC3 regresaba con un caso de hacía diez años similar a los demás, habría que tachar al rumano de la lista de sospechosos.

«En buena lógica», se repitió Martin Vaas mientras pedaleaba en dirección al Bastión. Tenía que llover a cántaros o haberse anunciado un temporal para que Martin utilizara el transporte público. Tardaba lo mismo, pero al capitán de la 3.ª DPJ le gustaba esa media hora en la que solo los malos conductores interrumpían sus pensamientos. Se había pasado la noche intentando desmontar su propia teoría de que había varios culpables. Por la mañana había decidido darse esos treinta minutos más para llegar a una conclusión.

El casó Dupré era el punto de partida de la investigación. En 2003, los cuerpos de una pareja de ingleses habían aparecido a orillas del Durance con algunas semanas de diferencia. La mujer había muerto de varias puñaladas; el hombre estaba deshidratado. No les habían amputado ningún miembro, pero el marido tenía la palabra «GANADOR» grabada en la planta del pie. Poco después del hallazgo del primer cadáver, los gendarmes habían detenido a Marcel Dupré. El psiquiatra que lo había tratado lo creía inocente y el acta de acusación era más que floja. Pero, si Dupré no había cometido aquellos asesinatos, la pista de Orban también se derrumbaba. ¿Cómo, si no, se habría enterado de los detalles de aquel doble homicidio? Por supuesto, Dupré había tenido el acta ante sus ojos y oído los informes de los peritos durante el juicio oral; pero a Martin le costaba creer que aquel hombre tuviera ganas de jactarse de unos hechos que siempre había negado. «A no ser que quisiera hacerse el duro —razonó—. Solo que el psiquiatra lo cataloga como sumiso. Dupré no buscaba hacerse notar, sino más bien lo contrario».

Martin seguía sin estar convencido. Orban podía haber leído un resumen del caso en la prensa, junto con el nombre del presunto culpable. La idea de copiar aquel *modus operandi* podía haber germinado al ver llegar a Dupré a la prisión de Arlés. Lo único seguro era que Orban no podía haber matado a aquellos dos ingleses. En el momento de los hechos tenía catorce años. Los asesinos en serie podían ser precoces, pero no tanto.

Martin evitó por los pelos un patinete que circulaba en dirección contraria por un tercer carril bici improvisado. Apoyó un pie en el suelo para no caerse, ladró un insulto por una cuestión de principios y reanudó la marcha y sus razonamientos.

«Vale, Orban se inspiró en el doble homicidio del Durance. ¿Y después? —Martin miraba la calzada, pero lo que veía eran las pizarras de la sala de reuniones—. Llegamos a 2008, o sea, han pasado cinco años tras el asesinato de los ingleses. Poco después de salir de la cárcel, Orban pasa a la acción. Mata a tres alemanes, graba «GANADOR» en el pie del último superviviente y utiliza su sangre para pintarle las uñas de los pies a una de las chicas. ¿Por qué no? Perfecciona el ritual, le añade su pequeño toque personal. ¿Y luego?».

Luego, un vacío de diez años, puesto que el triple homicidio del Tarn databa de 2018.

«¿Esperarías diez años antes de cometer un nuevo crimen? Es mucho, pero durante ese tiempo has entrado y salido de la cárcel un montón de veces. Esa podría ser la explicación. Solo que tu toque personal se intensifica».

Ahora el ritual era más complejo. Tres cadáveres, cinco pies amputados. El último en morir había conservado el izquierdo, sin nada grabado en él.

—Dime, Orban, ¿qué pasó? —jadeó Martin subiendo una pendiente.

«¿Los años de cárcel te endurecieron? ¿Las reglas del juego ya no te bastaban? ¿Te dijiste que cortar pies molaba más? Puedo comprenderlo, supongo que hacer siempre lo mismo acaba cansando. Además, el hecho de que en el lote hubiera un niño debió de añadir morbo. ¡Te estabas convirtiendo en un auténtico malo! Queda saber si fuiste tú quien asestó las puñaladas o si los obligaste a matarse entre sí. Lucas y Chloé tienen razón. Eres demasiado hábil con la navaja para necesitar dos intentos. Debiste de disfrutar viéndolos apuñalarse entre ellos, como debiste hacerlo asistiendo a la deshidratación de los últimos supervivientes».

Había empezado a sudar. Al llegar tendría que cambiarse de camisa. Se detuvo en un semáforo rojo. Dos coches patrulla con los girofaros encendidos y las sirenas aullando pasaron frente a él y lo devolvieron de golpe a la realidad. Volvió a ver las imágenes de La Cotonne, emitidas hacía una hora. Nada más levantarse, había encendido el televisor y se había quedado ante la pantalla más de veinte minutos, hipnotizado, sin acordarse de tomarse el café que se había preparado. Un horizonte apocalíptico sembrado de carrocerías quemadas y barricadas hechas con palés carbonizados y contenedores de basura volcados. Ahora las humaredas grises se desvanecían sobre la barriada, acentuando la atmósfera fantasmagórica. Los periodistas hablaban de una tregua entre las cinco y las siete de la mañana, pero los enfrentamientos ya se habían reanudado. Seguían sin mencionar a los dos policías. Vaas se había abstenido de llamar a Chevignon. Si la situación hubiera cambiado, se habría enterado de una forma u otra.

El semáforo se puso en verde. Martin sacudió la cabeza para ahuyentar aquellas imágenes. Casi había llegado, pero seguía teniendo las ideas igual de confusas. Debía tomar una decisión.

—Lo que nos lleva al día de hoy —dijo en voz alta entre jadeo y jadeo.

«Cinco años inactivo, y vuelves a las andadas. La tomas con cuatro viajeros a los que apenas les sacas diez años. Cada vez le echas más pelotas. Cuatro individuos en la flor de la vida a los que dominar… No es algo que pueda hacer cualquiera. ¿Cómo lo consigues? ¿Engatusas a las chicas para que te acompañen a tu madriguera? ¿O los atontas a todos a golpes? ¿Comes con ellos y los drogas?».

Martin renegó contra sí mismo. El cómo llegaría en su momento. No debía dispersarse, tenía que seguir centrado en los rituales.

Esta vez no había cadáveres con miembros amputados, sino siete pies pescados en el Sena.

«¿Quieres que nos lancemos a la caza? ¿Por qué, si no, ibas a arrojarlos al Sena, enfrente de la antigua sede de la policía? ¿Querías restregarnos por las narices que llevas quince años actuando con total impunidad? Nos desafías. O quizá te hayas cansado de tu propio juego. Ya no te basta. Quieres que las víctimas alberguen la esperanza de que las salvarán».

Solo le quedaban trescientos metros por recorrer, y sabía que no conseguiría aclarar aquella cuestión aunque repitiera el mismo trayecto otras veinte veces. Todo lo que acababa de construir podía desmoronarse en un segundo. Para que su castillo de naipes se viniera abajo, bastaba con que Lazlo tuviera otro caso que presentarles.

18

Para su sorpresa, Martin encontró la sala común vacía. El equipo debía de haber quedado en el bar de al lado, y él rara vez se apuntaba, convencido de que sus subordinados le agradecerían que los dejara a su aire de vez en cuando. Fue hasta su escritorio, abrió un cajón, cogió una camisa casi planchada de entre dos carpetas y se quitó la que llevaba puesta rápidamente.

—¡Justo a tiempo! —dijo Chloé, que acababa de pillarlo con el torso al aire.

Martin cogió la camisa limpia y, torpemente, intentó taparse con ella.

—Lo siento, creía que había cerrado la puerta —farfulló.

—¡Bonito tatuaje! ¿Un recuerdo de la adolescencia?

Chloé se había sentado frente a él sin dejar de mirarlo.

—Si no te importa, me gustaría acabar de vestirme tranquilo.

—¿No has dormido en casa?

—¿De dónde sacas eso? Además, no es asunto tuyo.

—¡Denúnciame por acoso!

Martin sabía perfectamente que la chica solo le tomaba el pelo, pero no podía evitar sentirse incómodo. Resopló ruidosamente y se puso la camisa.

—¿Qué tal si me dices a qué has venido a mi despacho?

—Llevamos media hora llamándote. Los demás ya se han ido. A mí me ha tocado hacerte de chófer.

—¿Y adónde vamos?

—A Chinagora.

—¿Adónde?

—¡Siempre se me olvida que eres lionés!

Chinagora era un complejo hotelero construido en los años noventa cuya arquitectura se había inspirado en la Ciudad Prohibida de Pekín. Estaba al este de París, a unos dos kilómetros por el bulevar Periférico. Las enormes pagodas en las inmediaciones de la capital no eran la única peculiaridad del lugar. El conjunto se había construido en la confluencia del Sena y el Marne.

—¿Quién nos ha dado el aviso? —preguntó Martin aferrado a la manilla de la puerta del acompañante.

—Los compañeros de Alfortville. Chinagora depende de ellos.

—¿Y no han podido decirte más?

—Quien estaba al teléfono era Lucas. Han mencionado un cadáver en el agua, sin pies. Ya es bastante, ¿no?

Vaas asintió sin apartar los ojos de la carretera. El tráfico era denso, como siempre a esas horas, pero a Chloé parecía traerle sin cuidado. Zigzagueaba entre los vehículos y no daba a los moteros la menor oportunidad de adelantarla. A Chloé no le gustaba llegar la última. Jamás.

Morgon, Ducamp y los equipos técnicos y científicos charlaban en el aparcamiento del hotel Huatian Chinagora. A Martin le extrañó no ver ninguna bolsa mortuoria en las proximidades.

—Bueno, ¿qué tenemos? —preguntó acercándose a ellos.

—El otro día me trajo usted unos pies sin cuerpos —dijo en broma el forense, que acababa de sumarse al grupo—. Ahora me regala cuerpos sin pies. Déjeme adivinar, capitán Vaas: de pequeño necesitaba usted acabar los puzles a toda costa, ¿verdad?

El doctor Ferroni no solía trasladarse a los escenarios de los crímenes. Prefería enviar a sus ayudantes y aprovechar el tiempo en el IML. Vaas le dio las gracias con un gesto de la cabeza.

—¿Podemos ver el cadáver? —dijo a modo de respuesta.

—Están intentado descolgarlo —respondió Lucas. Martin lo miró intrigado—. Hemos llamado a los bomberos para que nos echaran una mano, pero no hay manera. Lo han atado a conciencia.

—¿Y qué sabemos por ahora?

—Su nombre.

—¿En serio?

—Los de la brigada fluvial le han hecho una foto y me la han mandado. Mira. El cuerpo está en muy mal estado, pero no hay ninguna duda. Es Jordan Buch.

—¿El mayor de los cuatro?

—El mismo.

Vaas volvió a ver la fotografía colgada en la sala de reuniones. Jordan Buch, veintinueve años y novio de Zoé Mallet. Era el mayor del grupo, y el más responsable. Los padres de las demás víctimas lo habían descrito como un joven serio en el que todos confiaban. Quizá por esas razones era precisamente a él a quien acababan de encontrar.

Martin intentaba analizar la situación, pero las preguntas se atropellaban en su mente.

—¿Quién lo ha encontrado?

—Un barquero que remontaba el Sena —respondió el responsable de la policía técnica.

—¿Un barquero? —preguntó Vaas extrañado observando la confluencia de los dos ríos—. ¿Lo ha interrogado alguien?

—Solo por radio. El hombre ha esperado a pasar las esclusas para comunicarlo. Al parecer, parar le habría hecho perder el cargamento.

—Perdón, pero ha debido de virar a un centenar de metros del muelle —dijo Martin irritado—. ¿Cómo ha podido distinguir el cadáver?

—Relájate —le recomendó Lucas—. Mira el plano general que me han hecho los compañeros desde su embarcación…

Martin cogió el móvil, pero tardó un poco en comprender lo que veía. Jordan Buch estaba colgado de un aro de amarre. El cuerpo se encontraba en posición vertical y con los brazos en cruz. Los peronés cortados apenas asomaban fuera del agua. Para completar el cuadro, habían colocado el cadáver justo en la punta de la estructura.

—Un mascarón de proa… —murmuró.

—¿Cómo dices?

—Me ha recordado los mascarones de proa.

—Yo no lo había visto así, pero ahora que lo dices… En todo caso, comprendo que atrajera la mirada del barquero.

A Martin le habría costado contradecirlo.

—Doctor Ferroni, ¿cree que podrá dar prioridad a esta autopsia? —preguntó, incapaz de apartar la vista de la pantalla del móvil.

—Ni que decir tiene. El juez Vendôme ya me lo ha pedido.

Vaas giró sobre sí mismo en busca del juez de instrucción.

—Está bloqueado en un atasco —explicó Lucas sin necesidad de que le preguntara.

—La próxima vez, ponle a Chloé de chófer.

—¿Habláis de mí? —preguntó la chica con voz alegre detrás de ellos.

—¿Dónde estabas? —quiso saber Lucas.

—Haciendo el trabajo que no ibais a tardar en encargarme —respondió Pellegrino con una sonrisa—. He hablado con el jefe de seguridad del complejo hotelero. Bueno, respecto a las cámaras, las hay en los muelles de descarga, en los restaurantes, en dos o tres cruces estratégicos, en la entrada del hotel, en el aparcamiento del hotel y hasta en el hotel, pero ninguna está orientada hacia el vértice en el que confluyen los dos ríos. Después de todo, no tenían ningún motivo para colocar una allí.

—Nuestro asesino debió de llegar tan cerca como pudo del punto de amarre —supuso Martin—. Puede que dejara el coche aquí mismo, en este aparcamiento. Merece la pena ver las grabaciones.

—Lo tengo previsto, pero, si me fío del jefe de seguridad, y, viendo al tipo, tiendo a creer lo que dice, es imposible que nuestro hombre entrara en el complejo sin llamar la atención. En su opinión, tuvo que llegar forzosamente por el río.

—Queda saber por cuál —suspiró Lucas—. Tenemos el Sena y el Marne.

—También pienso darme una vuelta por las esclusas —añadió Chloé—. La mayoría están informatizadas, pero los escluseros siguen controlando el tráfico. Si nuestro asesino navegaba con la corriente, es posible que alguno de los vigilantes del canal lo recuerde.

—¿Con la corriente?

—Río abajo.

—Pero ¿dónde has aprendido todo eso?

Chloé sonrío con picardía, señal de que la respuesta era del dominio privado.

19

Lucas Morgon sostenía la placa ante la mirilla bien a la vista mientras repetía por tercera vez el motivo de su visita.

Martin había decidido que asistiría solo a la autopsia de Jordan Buch, mientras su segundo ahondaba en la pista Orban. Por el momento, el rumano seguía siendo el principal sospechoso, y Lucas había decidido estudiar su expediente un poco más a fondo. La situación en Saint-Étienne hacía inútil desplazarse hasta allí, pero Orban había vivido en la región parisina en distintos periodos de su vida. Lucas había encontrado el nombre de una antigua novia, una tal Véronique Laval, que residía en Bobigny, en la provincia de Sena-Saint Denis.

Lucas se sorprendió al ver que quien le abría la puerta era una mujer de sesenta años largos, vestida con una chilaba turquesa y dorada, y calzada con babuchas. Pese a su mirada turbia y su penoso maquillaje, al ver el rostro de Lucas, Véronique Laval sintió la necesidad de arreglarse el pelo con la mano.

—Inspector, ¿dice usted? —preguntó la mujer con voz estropajosa.

—Subinspector, señora. Me gustaría hacerle algunas preguntas...

—Pero no se quede en el rellano… —dijo ella volviéndose hacia el interior del piso—. Aún daremos que hablar.

Lucas la siguió por un pasillo estrecho y mal iluminado. El salón todavía era menos acogedor. Sórdido, sucio, asfixiante. Lucas buscaba el adjetivo apropiado. Tras echar un vistazo al asiento que le ofrecían, aceptó acomodarse.

El aire viciado por el olor a tabaco le quitó las ganas de tomar café, aunque no rehusó la taza que le tendía su anfitriona.

—Le ofrecería algo más fuerte —dijo la mujer sentándose frente a él en el sofá—, pero me dirá que está de servicio…

—O que son las nueve de la mañana, como prefiera.

Véronique Laval soltó una risita con una mano delante de la boca.

—Bueno, joven, usted dirá. ¿Qué lo trae a mi casa de buena mañana?

—Me gustaría que me hablara de Grigore Orban. Si nuestra información es correcta, ustedes se trataron hará unos quince años…

—¡Tratarnos! —exclamó la mujer riendo de nuevo—. Qué forma tan fina de decirlo… Es verdad, nos tratamos, ya lo creo.

Lucas sacó la libreta, aliviado por tener algo distinto a la mirada socarrona de su interlocutora en lo que posar los ojos.

—En esa época, Orban debía de tener unos veinte años —empezó a decir torpemente—. Usted…

—¿Qué? ¿Quiere saber cuántos le sacaba exactamente?

—En absoluto, iba a preguntarle si hacía mucho tiempo que lo conocía.

Los labios de Véronique Laval esbozaron un rictus.

—No se preocupe, estoy acostumbrada. A Grigore y a mí nos separan treinta años. Bueno…, treinta y pico. —Lucas intuía que ese pico rondaba el lustro—. Y lo conocí cuando no tenía más que dieciséis —puntualizó la mujer—. Su información solo es correcta a medias.

—¿Puedo preguntarle en qué circunstancias lo conoció?

—¡Puede preguntarme todo lo que quiera! —se burló la mujer una vez más—. Mi vida es un libro abierto.

—No pido tanto. —Véronique Laval probó a poner morritos—. ¿Cómo lo conoció? —insistió Lucas en tono más perentorio.

—Era su jefa. Trabajó para mí durante dos o tres años. Yo tenía un bar en la Costa Azul.

—En el historial de Orban no he visto por ninguna parte que hubiera trabajado en su bar…

—¡Cálmese, subinspector! ¡Desde entonces ha llovido mucho! Grigore hacía trabajillos, cosas sin importancia.

—Le pagaba en negro, ¿no es eso?

—¡Ya estamos! El chico necesitaba ganarse la vida, pero no tenía experiencia ni demasiadas habilidades. Le hice un favor, como un hada madrina, ¿comprende?

—Un hada madrina que lo hacía currar… —comentó Lucas tomando notas—. Y en esa época, ¿ya eran amantes?

Véronique Laval descruzó las piernas para extenderlas a lo largo del sofá, en una pose que debía de parecerle sugerente.

—¿No irá a ponerme las esposas por abusar un poquito de un menor, inspector?

Esta vez, Lucas no la corrigió sobre su graduación.

—Eso ya habrá prescrito —dijo sonriendo para tranquilizarla.

Lucas entendía perfectamente que un chico de dieciséis años pudiera sentirse atraído por una mujer con experiencia, y sin duda aquella la tenía. Lo que le extrañaba era lo opuesto. Pese a sus ajadas facciones, Lucas adivinaba que Véronique Laval había sido hermosa y, según ella, había tenido un negocio propio, que debía de haberle proporcionado cierta independencia. ¿Qué podía haber visto en Orban?

—¿Cómo describiría a Grigore Orban, señora Laval?

—Puede llamarme Véronique —dijo la mujer en un tono casi agradable—. Pero antes, dígame, ¿qué ha hecho esta vez?

—¿Esta vez? Entonces, sabe que Orban ha tenido cuentas con la justicia…

—¿Que si lo sé? ¿A casa de quién cree que corría cada vez que salía de la cárcel? Soy su hada madrina, ¿recuerda?

—¿Me está usted diciendo que todavía se tratan? —preguntó Lucas de inmediato con el bolígrafo en alto.

—No. Hace cinco o seis años que corté los lazos con él —admitió la mujer a regañadientes.

—¿Por qué motivo?

—Es personal.

Esta vez el tono de Véronique no era nada zalamero.

—Creía que podía hacerle todas las preguntas que quisiera… —le recordó Lucas.

La mujer bajó las piernas del sofá y se alisó la chilaba con la palma de la mano.

—Con los años, Grigore cambió. Se volvió… más duro. Supongo que la cárcel tuvo bastante que ver con eso.

Lucas presentía que la conversación que le interesaba iba a empezar al fin.

—Más duro, ¿en qué sentido?

—Es difícil de explicar. Grigore nunca fue cariñoso. Hay que decir que la vida tampoco lo había sido con él, pero, cuando estaba conmigo, era diferente. Amable, atento, enternecedor. Era un chico llenó de ambiciones, pero no había recibido ninguna educación. Sus padres lo abandonaron a su suerte. ¿Lo sabía? Lo mandaron lejos de Rumanía a los trece años. En Francia, Grigore iba a vivir con un tío. Solo que el tío en cuestión empezó a explotarlo enseguida, sin olvidar levantarle la mano cada vez que no estaba satisfecho con él o había empinado el codo. Cuando Grigore se presentó en mi bar en busca de trabajo, ya hacía seis meses que se había fugado y que vivía en la calle.

Lucas empezaba a impacientarse. Se sabía aquel rollo de memoria. La culpa era de la mala suerte, unos padres violentos y una infancia de maltratos. Estaba harto de que le explicaran que el responsable de todas las conductas desviadas era el destino, el mal karma o Dios sabía qué.

—¿Qué ocurrió exactamente? —preguntó para volver a centrar la conversación—. Nadie decide poner fin a una relación de quince años sin un buen motivo. Usted dice que se volvió más duro, pero ese cambio no debía de ser reciente. ¿Qué hizo para que usted le cerrara su puerta?

Ahora Véronique Laval mostraba signos de agitación. Empezó a quitarle el polvo al cojín en el que había apoyado los pies hasta hacía unos instantes. Lucas intentó mostrar complicidad.

—Quedará entre nosotros, Véronique. Cuénteme lo que pasó.

La mujer ahogó un sollozo e inclinó el torso hacia delante. Lucas la observó mientras se quitaba las babuchas con delicadeza y, a continuación, apoyaba los pies en la mesita baja, con las plantas vueltas hacia él.

En respetuoso silencio, Lucas dejó transcurrir unos segundos antes de formular la única pregunta que le vino a la cabeza, pese a que la respuesta era obvia.

—¿Fue él quien se lo hizo?

—Un pequeño recuerdo, sí. No lo he vuelto a ver desde entonces.

Le había hecho cortes en las plantas de ambos pies. No eran estrellas, como las que les había grabado a las dos chicas a las que había violado.

En la de su pie derecho, podía leerse: «GANADOR».

20

—¿Y «PERDEDOR» en el izquierdo, dices?

La videollamada no impedía a Martin mantener los ojos clavados en las vísceras de Jordan Buch. El forense le había permitido coger la llamada en la sala de autopsias. Chloé y Ducamp se encontraban en la torre de control de una esclusa, mientras que Lucas hablaba sentado tranquilamente en la terraza de un bar.

Al ponerse al mando de la 3.ª DPJ, Vaas había implantado una norma: cuando una información podía cambiar el curso de la investigación, había que compartirla de inmediato con el resto del equipo, sin importar el medio utilizado.

—¿Cuándo ocurrió exactamente? —preguntó alejándose unos instantes de la mesa de autopsias a petición de un Ferroni ligeramente irritado.

—Hace cinco o seis años. Véronique Laval no ha podido ser más concreta. Tengo la sensación de que ha dejado de contar los años.

—¿Y te ha dicho qué pasó?

—Me ha costado hacerla desembuchar, pero ha acabado contándomelo todo. Orban estaba de paso en París y, como de costumbre, le hizo una visita. Los dos amantes no se habían visto desde hacía casi un año. Por lo que ella dice, nuestro Grigore no se queda mucho tiempo en ningún sitio. Cuando le he explicado que llevaba seis meses en Saint-Étienne, se ha sorprendido. Según ella, es un récord.

—Interesante.

—Eso mismo he pensado yo. Como iba diciendo, su relación era esporádica, pero a ellos les convenía perfectamente, tanto al uno como a la otra. Véronique siempre se ha visto a sí misma como el puerto de amarre de Orban.

—¿La llamas Véronique? —preguntó Chloé, extrañada.

Lucas inició una justificación inútil, que Martin atajó de inmediato.

—La cuestión es que esa noche Orban llegó bastante achispado —continuó Morgon—. Acababa de celebrar algo, aunque no le explicó qué.

—¿Y ella no insistió en saberlo? —preguntó Martin, sorprendido.

—Al parecer, no era el estilo de su relación. El caso es que, a los diez minutos de llegar, él la pilló por banda, y a Véronique le pareció más brutal que de costumbre.

—¿Más brutal?

—Son sus palabras, no las mías.

—¿Le has preguntado cómo solían desarrollarse sus relaciones sexuales? —preguntó Chloé, cuyas palabras quedaron medio ahogadas por una sirena de niebla que sonaba a lo lejos.

—Quieres saber si le he hablado del micropene de su amante, ¿no es eso?

—Eso es.

—No he podido hacerlo. Se me ha adelantado ella. Véronique me ha explicado que, a veces, sus relaciones podían ser violentas, pero que para Orban esa era una forma de compensar. En cualquier caso, no se ha quejado.

—Entonces ¿qué quería decir con lo de brutal? —insistió Martin.

—Que, aunque sus relaciones podían ser fogosas, nunca había habido humillación y que quien iniciaba un juego lo hacía con el consentimiento del otro.

—¿Y esa vez no fue así?

—Lo cierto es que no. La tomó por la fuerza una primera vez sin ninguna consideración: la volvió de cara a la pared, le levantó el vestido y apartó las bragas para ganar tiempo. En quince segundos, el asalto había acabado. Una vez más, la cito a ella. La dejó tal como estaba para ir a coger una cerveza al frigorífico y, cuando volvió, le reprochó que no lo había satisfecho. Ella se quedó un poco sorprendida, porque ese comportamiento no era propio de él. Orban siempre le hacía arrumacos después de correrse. Era su forma de hacerse perdonar su bajo rendimiento.

—¿Otra vez sus palabras?

—Otra vez. Pero, en fin, hasta ahí se lo habría podido pasar. Fue a partir de ese momento cuando se le fue la chaveta. Le dijo que se pusiera a cuatro patas y lamiera el suelo mientras él se masturbaba. Pero, después de lo que acababa de pasar, Véronique no estaba precisamente de humor para eso. Se negó. Al principio, él fingió tomárselo bien y le propuso atarla, en lugar de lo otro. Ella le dejó hacerlo porque era uno de los juegos habituales de la pareja. En esa ocasión, además de las manos, le ató los tobillos. Fue en ese momento cuando sacó la navaja.

Empezó a hacerle cortes en el pie derecho. Para quien no lo recuerde, es el que llevaba la palabra «GANADOR» grabada. Véronique empezó a gritar, así que la amordazó. Cuando acabó la faena, le acarició el pelo y empezó a hablarle con ternura. Ella lloraba de tal manera que se ahogaba. Orban le dijo que, si prometía ser buena, le quitaría el pañuelo que le había metido en la boca. Y, al parecer, añadió, y os leo mis notas: «Te voy a hablar de una historia de amor que me han contado».

—¿Una historia de amor? —preguntó Martin.

—Sí, al principio, yo también creí que había oído mal. Véronique le indicó que aceptaba moviendo la cabeza, y él le quitó la mordaza. En cuanto estuvo en condiciones de hablar, ella le suplicó que la soltara, pero Orban le tapó la boca con la mano para hacerla callar y le susurró al oído: «Me gustaría que, la historia que te voy a contar, la viviéramos juntos, pero antes necesito que me demuestres que puedo confiar en ti». Véronique esperó a que le quitara la mano de la boca y, al instante, lo llamó enfermo. Orban se volvió loco de rabia. Le metió el pañuelo en la boca otra vez, hundiéndolo aún más.

—¿Y después? —le urgió Martin.

—Lo de después, me temo que os va a dejar frustrados…

—¡Si tu historia acaba ahí, te lo confirmo!

Lucas creyó oír troncharse a Chloé, pero siguió hablando con total seriedad:

—Él empezó a contarle la dichosa historia de amor, pero Véronique se desmayó en cuanto Orban la emprendió con su segundo pie.

—¿Estás de coña?

Chloé lo había dicho tan alto que hasta Ferroni la oyó, lo que le hizo levantar la vista de las vísceras de Jordan Buch. Un poco tarde, Martin tapó el auricular con la mano, se disculpó con un gesto de la cabeza y fue a refugiarse al fondo de la sala de autopsias.

—No, no lo estoy, Chloé. Véronique recuerda que Orban dijo: «Érase una vez...», y empezó a hacerle cortes en la planta del pie izquierdo. Luego, todo es borroso. Conserva en la memoria trozos de frases, pero nada concreto. Algo sobre una «prueba de amor» y un «patrón que siempre es el mismo». Es todo lo que recuerda. Después, un agujero negro. Cuando se despertó, Orban se había marchado. Le había sacado el pañuelo de la boca y desatado una mano. No ha vuelto a verlo desde entonces.

—¿Y no intentó hacérselo pagar? —preguntó Chloé, indignada.

—Nunca. Si quieres mi opinión, sigue colada por él.

Nadie estaba en condiciones de comentar lo que acababan de oír. Todos se imaginaban la escena. Una mujer abandonada por su amante, al menos treinta años más joven, desnuda en una cama, con las plantas de los pies llenas de cortes. ¿A quién habría podido quejarse? Había seducido a un chaval de dieciséis años y mantenido con él una relación que se había prolongado casi quince, durante los cuales el chico había pasado tanto tiempo en libertad como entre rejas. Véronique le había dicho a Lucas que había cortado los lazos con Orban. La verdad era mucho más amarga. Él había acabado dejándola. Orban le había dado a entender que lo había perdido, y ahí estaban sus estigmas para recordárselo.

—¿Cuándo dices que ocurrió eso? —preguntó Chloé, rompiendo el incómodo silencio.

—Hace cinco o seis años.

—Se correspondería con la época de las violaciones. Sería antes o justo después. Si al menos consiguiéramos tener la fecha exacta, eso nos permitiría situarnos.

—Puedo pedirle que haga un esfuerzo, pero tengo la sensación de que ha puesto todo su empeño en olvidar ese episodio.

—Dile que no pretendemos hacérselo revivir. Bastaría con que intentase acordarse de algún hecho que le dejara huella durante las semanas posteriores, o poco tiempo después, y que pudiera fechar. Podría ser cualquier cosa. Un fallecimiento, un viaje, un cambio de peinado, eso es lo de menos. Puede que eso le venga a la memoria.

—La próxima vez te llevo conmigo, será más sencillo.

—¿Y frustrar tu cara a cara con Véronique? Eso nunca.

—Chloé —los interrumpió Vaas—, ¿por qué es tan importante que sepamos la fecha exacta?

—Me gustaría saber si hubo una escalada en sus actos. Si las violaciones las cometió después, sería desconcertante.

—Te recuerdo que los primeros asesinatos que estamos dispuestos a adjudicarle a ese individuo datan de hace quince años. Como escalada, las he visto más lineales…

—Lo sé, jefe, no consigo entender su funcionamiento. Si realmente fue él quien mató a los tres alemanes, debería haber matado a esas dos chicas y no limitarse a violarlas. Por otro lado, tenemos esas inscripciones en las plantas de los pies. No puede ser una coincidencia.

A Martin le habría gustado poder aportar al equipo un principio de respuesta, pero también él se sentía superado. Nada encajaba. Cada vez que creían tener un indicio, surgía una incoherencia.

—Y de esa historia de amor, ¿qué piensas, Chloé?

—¿Me lo preguntas a mí porque soy mujer?

—No, Chloé, te lo pregunto porque, una vez más, pienso que quizá tú tengas alguna idea.

Martin no podía ver la cara que ponía su compañera, pero el tono de su voz era de disculpa.

—Esta vez, confieso que estoy en blanco. Ni siquiera imaginaba que Orban fuera capaz de pronunciar esas palabras.

21

Chloé Pellegrino no paraba de darle vueltas a la cabeza mientras estacionaba en el aparcamiento de la presa del Port-à-l'Anglais. Había dejado a Francis Ducamp en una boca de metro después de que hubieran interrogado sin éxito a los vigilantes de las dos primeras esclusas del Marne, aguas arriba de París. Esperaba que Ducamp la acompañara en su recorrido por las esclusas del Sena, pero su compañero y superior jerárquico, considerando sus respectivas graduaciones, le había endosado una de sus excusas, a las que Chloé cada vez prestaba menos atención. Cubrir a un compañero o trabajar sola *de facto* la mayor parte del tiempo no le planteaba ningún problema. Lo que le molestaba era que Francis no confiara lo suficiente en ella para decirle la verdad. Al contrario que Martin y Lucas, estaba convencida de que las reiteradas ausencias de Ducamp no se debían a su falta de motivación. Desde luego, estar a unos meses de la jubilación debía de hacer que las piernas te pesaran más, sobre todo cuando se trataba de ir de puerta en puerta, tarea que les encomendaban a menudo. Pero esa no era la única explicación. Francis nunca había ocultado que no ambicionaba subir en el escalafón. A diferencia de Lucas, que había solicitado el ascenso, había llegado a subinspector por antigüedad. Su objetivo, decía las pocas veces que se sinceraba, era volver sano y salvo a casa cada noche y cuidar de su mujer, con la que llevaba treinta años. Chloé respetaba eso, a veces incluso lo envidiaba. Pero, desde hacía algunos meses, su compañero había cambiado. Se había encerrado en sí mismo, ya no hablaba más que de asuntos de trabajo, evitando conscientemente cualquier tema personal. Ella había intentado tirarle de la lengua unas cuantas veces, pero Francis se había convertido en un maestro en el arte de la evasiva. Hacía tiempo que debería habérselo explicado a Martin, pero nunca se decidía a hacerlo. Confiaba en que aquel caso, que por fin parecía interesar a Francis, consiguiera reintegrarlo al equipo al cien por cien.

La conversación con el esclusero del Port-à-l'Anglais no duró más de quince minutos. El hombre, que estaba en su puesto desde las seis de la mañana, momento en el que la presa entraba en funcionamiento, aseguraba que, entre esa hora y las ocho, solo había regulado transporte fluvial. No había visto pasar ninguna embarcación pequeña. Chloé le preguntó, por preguntar, cuándo cerraba la esclusa, y al oír que la actividad se detenía a las ocho de la tarde abandonó toda esperanza. Si hubieran dejado el cuerpo de Jordan Buch en Chinagora en pleno día, su presencia habría sido advertida de inmediato.

Chloé no tenía intención de continuar su recorrido. Río arriba oiría lo mismo, y las probabilidades de que el hombre al que buscaban hubiera remontado el Sena eran escasas. No imaginaba a su asesino arriesgándose a recorrer todo el tramo parisino con un cadáver a bordo. La brigada fluvial hacía rondas regulares y prestaba especial atención a las embarcaciones de recreo. Tenía que resignarse. El hombre o la mujer que buscaban había debido de aparcar el coche tan cerca como había podido de los muelles y encontrado un modo de llevar el cuerpo a la punta de Chinagora en plena noche. A lo largo del Sena había embarcaciones ligeras entre las que elegir.

Llegó al coche con el ánimo por los suelos. Le habría gustado que su iniciativa hubiera dado frutos, máxime teniendo en cuenta que sus últimos análisis psicológicos del asesino dejaban mucho que desear. Chloé agradecía a Martin que confiara tanto en ella, pero eso le añadía una presión que su jefe no podía ni imaginar.

Llevaba dos días con sus noches buscando un patrón, un perfil que se correspondiera con alguno de los modelos que había estudiado. Había empezado el curso de Criminología hacía poco, pero la ciencia del comportamiento siempre la había fascinado, y había leído todo lo que había podido encontrar sobre el tema.

Sin embargo, aquel caso era un auténtico rompecabezas. Orban lo tenía todo para ser un buen sospechoso: una infancia de maltratos, una anatomía que lo penalizaba… Dos elementos que podían explicar su comportamiento violento y dominante.

Antes de ejecutar a sus presas, las mantenía cautivas. ¿Les hacía creer que había alguna posibilidad de que las liberara? Respecto a la víctima a la que le grababa la palabra «GANADOR» en la planta del pie, no cabía duda. Pero ¿y las otras? ¿Las obligaba a apuñalarse mutuamente? Chloé había estudiado a fondo el dosier del Mosela para sondear mejor al juez Vendôme y porque Martin se lo había pedido. Intentó aplicar su razonamiento a las tres víctimas alemanas, que formaban —había acabado leyéndolo entre líneas— un triángulo amoroso. Mattis Krüger, ¿se había visto obligado a matar con un cuchillo a sus dos amantes y compañeras de viaje para tener la posibilidad de salvarse? Chloé cerró los ojos y trató de imaginarse la escena. Había leído testimonios que iban mucho más allá de aquella perversidad. Quizá Orban encontrara excitante causar la muerte por persona interpuesta.

—¡Solo que también es un violador! —dijo en voz alta abriendo la puerta del coche.

Las dos alemanas no habían sido agredidas sexualmente. Los informes de las autopsias lo habrían señalado. ¿Cómo se las había arreglado aquel individuo para dominarse?

Se sentó al volante, pero optó por seguir pensando con calma en lugar de meter la llave en el bombín.

A su antigua amante le había sorprendido que Orban se hubiera vuelto sedentario desde hacía seis meses. El asesino al que buscaban había cometido sus fechorías por media Francia. «Más nómada, imposible». El hecho de no saber dónde se encontraba el rumano en esos momentos dejaba planear una duda, pero, si su equipo y ella comprobaban que actualmente estaba en Saint-Étienne, ¿iban a eliminarlo como sospechoso por ese motivo? Martin tenía razón en una cosa. Orban podía perfectamente haber secuestrado a sus víctimas y regresado a su casa para crearse una coartada. «Solo que La Cotonne se encuentra en pie de guerra desde hace dieciséis horas. Si ayer por la tarde estaba en su casa, le habría sido imposible salir de la barriada, coger un tren, matar a Jordan Buch y dejar el cuerpo aquí al lado». Chloé creía tener algo, pero prefería esperar la confirmación de la presencia de Orban en La Cotonne para hablar de ello.

Luego volvió a pensar en el testimonio de Véronique Laval, en lo que le había hecho Orban pese a sus quince años de relación. Aquella mujer lo había tomado bajo su protección cuando solo era un adolescente. Por lo que contaba ella, parecía que el chico se había dejado querer. ¿Qué había podido transformarlo hasta el punto de maltratar de aquel modo a una persona de confianza? «Y eso de la historia de amor, ¿de qué coño va? —gruñó golpeando el volante con la palma de la mano—. Tú no sabes qué es el amor. Tu única relación estable la has vivido con una mujer que podría ser tu madre. Fuera de eso, prefieres maltratar y humillar a aquellas cuya mirada temes. Temes que te juzguen, que se burlen de ti. De modo que sí, puede que obligar a tus víctimas a matarse entre sí te la ponga dura. Pero la cronología no se sostiene».

—¡No pudiste hacerles aquello a los alemanes!

Chloé se quedó sorprendida de su propia afirmación. La había hecho en voz alta, quizá para darle más concreción. No, Orban no podía haber matado a los alemanes quince años antes. Si hubiera probado semejante sadismo, semejante poder, habría repetido su salvajada. Enseguida. No se habría conformado con violar a sus víctimas unos años después. En ese momento, Chloé recordó las palabras de Martin sobre la posibilidad de que hubiera varios asesinos.

—No mataste a los alemanes —repitió—, pero te contaron su historia.

22

Habían pasado dos días desde el hallazgo del cuerpo de Jordan Buch, tiempo más que suficiente para que la prensa se apoderara del suceso. Un cadáver amarrado a un muelle a las afueras de París como un mascarón de proa daba para emborronar muchas páginas y llenar de expertos varios platós. La filtración procedía probablemente del barquero que había alertado a las autoridades, a no ser que un miembro de las fuerzas del orden o un bombero hubiera querido darse importancia. A fin de cuentas, el origen no era relevante, puesto que las autoridades ya habían tomado las riendas de la comunicación. El fiscal general había soltado un discurso impecable prometiendo que se removería cielo y tierra para esclarecer el asunto. Como muestra de transparencia, se había distribuido información carente de auténtica solidez. Mediante una hábil combinación de frases hechas, el fiscal había logrado la proeza de silenciar el nombre de la víctima sin que nadie pudiera reprochárselo. Los padres de Jordan Buch, a los que, por supuesto, habían avisado, se habían personado para identificar el cuerpo de su primogénito. Vaas había estado a su lado, con un nudo en la garganta, cuando la madre le había dado un beso en la frente a su hijo. La familia había respirado aliviada al saber que no se divulgaría el nombre del joven. No obstante, Martin les había explicado el principal motivo de esa decisión. Comunicar la identidad de su hijo podía poner en peligro a sus amigos. Un buen periodista habría acabado descubriendo que Jordan Buch no viajaba solo. A partir de ahí, empezaría a investigar y no tardaría en comprender que sus compañeros se encontraban en paradero desconocido. Hablar de ellos no sería en absoluto una buena publicidad.

La autopsia determinó que Jordan Buch había muerto unas doce horas antes del hallazgo de sus restos. Había recibido tres puñaladas. Solo una había sido letal; las otras dos únicamente le habían causado heridas superficiales.

Chloé había formulado la hipótesis de que cada víctima se había visto obligada a asestar una puñalada bajo la presión del torturador. Por el momento, nada ni nadie podía contradecir ese supuesto, pero el sadismo que implicaba contribuía a tensar el ambiente.

Jordan Buch no había sufrido malnutrición; por el contrario, todo hacía pensar que lo habían obligado a alimentarse a la fuerza. Su última comida había consistido en arroz y carne de cerdo. Como sus tres amigos, Jordan era vegetariano.

Le habían seccionado los peronés utilizando una sierra o un cuchillo largo y dentado. El doctor Ferroni no había podido ser más preciso. Los cortes habían sido cauterizados someramente, y se habían detectado marcas oscuras un poco más arriba de los gemelos. En opinión del forense, se trataba de las señales dejadas por sendos garrotes aplicados para contener la hemorragia. Los muñones no habían tenido tiempo para cicatrizar, y Ferroni calculaba que las amputaciones se habían realizado el día anterior o el mismo día del hallazgo de los siete pies en el Sena. Todo el mundo recordaba el estado de los tejidos y el fenómeno de la saponificación. La tesis según la cual los pies habrían permanecido varios días en remojo antes de que los amputaran parecía confirmarse. Identificar el par que pertenecía a Jordan Buch no había resultado difícil. Era un débil consuelo, pero los padres podrían enterrar los restos de su hijo en su integridad.

En las últimas cuarenta y ocho horas, había habido otras novedades. La primera les había producido un enorme alivio. Las revueltas en la barriada de La Cotonne de Saint-Étienne continuaban, y, aunque su intensidad había disminuido sensiblemente, los dos oficiales de policía atrapados en la zona habían podido huir de allí. Vaas había sabido por el capitán Chevignon que no habían tomado a sus hombres como rehenes en ningún momento. En cuanto la situación había degenerado, después de que una motocicleta se estrellara deliberadamente contra ellos, habían abandonado el coche para ponerse a cubierto y pasado dos días con sus noches escondidos en los pasillos de un subterráneo, sin cobertura ni posibilidad de comunicarse con el exterior. Al amanecer del tercer día de disturbios, habían aprovechado un momento de calma para subir al exterior con la suficiente batería para indicar su posición y permitir a una unidad del RAID que los rescatara.

Martin no se había atrevido a preguntarle a su homólogo si sus hombres habían podido ver a Orban antes del rodeo urbano. Saber si aún debían considerarlo un sospechoso en el caso de Vaas ya no era, ciertamente, la prioridad de Chevignon.

La otra novedad procedía de Lazlo. No había dado con nada reseñable que datara de hacía una década. Ningún caso de miembros seccionados ni de inscripciones en la planta de un pie. Había encontrado cortes más o menos profundos, pero los *modus operandi* eran demasiado distintos para tomarlos en consideración.

Por sí sola, la información era una buena noticia. Ningún nuevo cadáver que lamentar, ningún caso suplementario que estudiar. Sin embargo, tampoco permitía eliminar a Orban de la ecuación. Aunque Chloé había conseguido convencer a Martin de que el rumano no había cometido los asesinatos de los alemanes, seguía siendo un candidato potencial para los del Tarn y, ahora, también para el del Sena. Orban había perdido la chaveta con su amante cinco años atrás. Lucas había acabado obteniendo una fecha exacta de Véronique Laval. Las violaciones de las dos jóvenes se remontaban a 2017, es decir, a un año antes. Orban había empezado a grabar estrellas en los pies de sus víctimas antes de inscribir «GANADOR» y «PERDEDOR» en los de su amante. La violencia seguía una curva ascendente; la cronología se respetaba. Los asesinatos de la familia recompuesta hallada en las gargantas del Tarn se habían cometido unos meses después del episodio con Véronique Laval, en el verano de 2018. Una vez más, podía tener que ver con un patrón de escalada. Quedaba saber por qué Orban había esperado otros cinco años para volver a las andadas en la región de París. Sus arranques de violencia parecían responder a otro ritmo.

Lucas Morgon se había entrevistado con dos conocidos de Grigore Orban. Un antiguo codetenido y uno de sus cómplices en un atraco, reconvertido en «hermano mayor» en una asociación de barrio. Los dos le habían dicho más o menos lo mismo. Orban era carismático y lo bastante inteligente para hacerse respetar como jefe de una banda, pero su susceptibilidad lo hacía imprevisible. Podía ponerse hecho una furia por un simple malentendido. Más de un detenido lo había sufrido en carne propia.

Lucas también había podido hablar por teléfono con la consejera penitenciaria de inserción y libertad condicional del centro de detención de Arlés. La mujer recordaba perfectamente a Orban, aunque su relación con él se remontaba a hacía dieciséis años. Grigore tenía diecinueve, pero aparentaba diez más. La funcionaria, ya jubilada, había dudado mucho antes de proponer una atenuación de la pena. Orban era difícil de evaluar, pero ella había estudiado atentamente su historial, considerado su caótica trayectoria desde la infancia y argumentado en su favor. Su opinión había sido tenida en cuenta, y la consejera lo había lamentado amargamente. Unos días después de su puesta en libertad, Orban la siguió cuando ella salía de casa, esperó a que llegara a su coche y la empujó contra la puerta. Le levantó el vestido con una mano y la penetró brutalmente con un dedo mientras le susurraba al oído que, desgraciadamente, no podía entretenerse, pero que otro día le daría las gracias como era debido. La mujer había puesto una denuncia, que anulaba de inmediato la libertad condicional. La policía se había presentado en la dirección que figuraba en el expediente, la de Véronique Laval, que en esa época vivía en la Costa Azul. Naturalmente, el pájaro había volado. La vivienda estuvo bajo vigilancia varias semanas, sin ningún resultado. Tres años después, volvían a detenerlo.

Esos elementos completaban el retrato de Grigore Orban y, llegado el momento, tendrían mucho peso en el sumario, pero no aportaban respuestas sobre el paradero de tres víctimas que vivían de prestado. Porque, tras el hallazgo del cadáver de Jordan Buch, todo el equipo de la 3.ª DPJ estaba de acuerdo en una cosa: Nathan Percot, Zoé Mallet y Clara Faye, sus compañeros de viaje, seguían con vida. Incluso Lazlo había acabado aceptando esa idea. Los restos de Buch exhibidos de aquella forma eran un mensaje. Había sido el primero en morir, pero lo seguirían otros cadáveres.

23

—Estamos ante otro *modus operandi* más —dijo Martin con irritación en la sala de reuniones—. Hasta ahora, el asesino actuaba tranquilamente en un lugar, y podría haber seguido haciéndolo durante mucho tiempo sin que se estableciera una relación entre los distintos casos. Al arrojar los pies al Sena, atrajo nuestra atención voluntariamente. ¿Por qué?

Se lo preguntaba a los miembros del equipo a la vez que a sí mismo.

—¿Porque estaba hasta la coronilla? —sugirió Lucas.

—¿Es todo lo que tienes que proponer?

—Lo que quiero decir es que su pequeño ritual ya no le proporciona suficiente satisfacción, necesita añadirle un poco de morbo. ¿Mejor así?

Martin tenía los nervios de punta, y eso empezaba a notarse dentro del equipo. Soltó un suspiro.

—¿Tú estás de acuerdo con eso, Chloé? —preguntó en tono más suave.

—Sí y no.

La joven miraba la pizarra con demasiada concentración para percatarse de que todos esperaban que se explicara.

—Chloé, ¿estás con nosotros?

—Perdón… —murmuró la chica saliendo de su ensimismamiento—. Es que la cronología sigue sin cuadrarme.

—¿Por qué? Quedamos en que Orban no había matado a los alemanes, pero, mientras no se demuestre lo contrario, lo demás encaja.

—Justamente. Si admitimos que no los mató, tuvo que hacerlo otro. Y no pudo ser Marcel Dupré, puesto que estaba en la cárcel por el asesinato de los ingleses.

—Hasta ahí, te sigo. Y ya volveremos a tocar ese punto más tarde.

—Vale, pero entonces, si Orban también empezó a practicar ese ritual, puede decirse que es bastante nuevo para él. Pensar que ya se ha cansado de él es un poco absurdo, ¿no?

—Puede que el tipo se canse con facilidad —propuso Lucas sin convicción.

—O que el hecho de haber esperado cinco años para volver a actuar lo haya puesto al rojo vivo —sugirió Ducamp sin levantar la vista de un dosier.

—Sí, esa podría ser la explicación —admitió Chloé—. Pero no parece que la paciencia sea su fuerte.

—Tal vez esa pausa de cinco años forme parte del ritual —volvió a apuntar Ducamp—. Un paso obligado o algo por el estilo.

—¿Quieres decir que los culpables estarían obligados a seguir ciertas reglas para participar en ese ritual? —preguntó Martin, que no estaba seguro de haber comprendido.

—Entonces ¡estamos hablando ni más ni menos que de una secta! —replicó Lucas—. ¿Y cuál sería su nombrecito? ¿La Cofradía de los Cortadores de Pies? ¡Tenéis que dejar de fumar, chicos!

—Estamos barajando hipótesis, Lucas —le recordó Martin—. Solo hipótesis.

—Pues oyéndoos no parece que busquemos a un asesino, sino a un montón.

Para su desconcierto, nadie lo contradijo.

—Si hubiera que respetar una regla sobre el tiempo —dijo Lazlo, que intervenía por primera vez—, mis hombres habrían encontrado algún caso que se remontara a hace diez años, a no ser que tengamos un agujero en la raqueta.

—Tal vez no —respondió Chloé—. Sabemos que Orban no habría podido llevar a cabo ese ritual diez años antes, cumplía una pena de cárcel, pero pudo ocuparse algún otro, haciéndolo de tal modo que los cuerpos nunca aparecieran.

Con los ojos cerrados, Martin se pasó la mano por el cuello. Salvo Lazlo, todos comprendieron que estaba asimilando aquella idea antes de discutirla.

—Si lo he entendido bien, Chloé, hay tantos culpables como casos, ¿es eso? La base del ritual no cambia, pero cada uno puede añadir un toque personal.

—Digamos que eso es lo que tengo en mente.

La chica lo había dicho con un hilo de voz, disculpándose casi por proponer un planteamiento tan intrincado.

—¿Y de qué asesinatos sería culpable Orban, según tú? —la animó Martin.

—Ahora mismo, yo diría que de los del Tarn.

—¿La familia recompuesta? ¿Por qué ellos y no las víctimas del Sena?

—Por la cronología, una vez más. A las tres víctimas las asesinaron poco después de que a Orban se le fuera la pinza con su amante. La tomó con la única persona a quien le importaba, lo que quiere decir que estaba bajo presión. La historia de amor de la que le habló se estaba transformando en una obsesión.

—¿Y cometió ese acto una sola vez, sin intentar reincidir?

—Creo que satisfizo una fantasía. Solo que, como suele ocurrir con las fantasías, hacerla realidad no lo dejó realmente satisfecho. En mi opinión, Orban no encaja en el perfil de los asesinos en serie. Busca constantemente apaciguar su ira, pero no necesita intelectualizarla. Aprovecha todas las oportunidades que se le presentan.

—Vale, estoy dispuesto a seguirte, una vez más, pero dices que fue Orban quien mató a las víctimas del Tarn, porque esa historia de amor lo obsesionaba. ¿Cuál es la relación? Elimina a un hombre acompañado por su hijo adolescente y una mujer demasiado joven para ser su madre. No acabo de ver qué historia de amor representa esa familia.

—No tengo todas las respuestas, Martin, solo digo que eso cuadra con las fechas. Sé que quedan muchas preguntas por responder. Para empezar, no sabemos nada sobre esa dichosa historia de amor. Ni siquiera sabemos de qué clase de amor habla. ¿El de dos amantes apasionados? ¿El de una madre por su hijo? ¿Es una historia inacabada o, al contrario, un amor consumado?

—Cuando pensamos en una gran historia de amor —dijo la voz grave de Lazlo—, solemos imaginarnos una tragedia.

—Para empezar, ¿cuántas veces ha estado casado usted? —replicó Chloé.

—Dos, pero en ningún momento he dicho que haya vivido grandes historias de amor —respondió Lazlo, riendo—. La prueba es que sigo teniendo muy buenas relaciones con mis ex. Ahora, joven, antes de arrojarme la primera piedra, relea a los clásicos. Las historias de amor más hermosas han inspirado los dramas más hermosos.

—¡Esa historia de amor es una excusa! —exclamó Lucas, exasperado—. Un señuelo para alejarnos del tema.

—¿Por qué no? Explícate.

Martin se lo había dicho con voz pausada. El tono estaba subiendo, y él tenía que mantener el espíritu de camaradería del grupo. Lucas asintió para indicar que había recibido el mensaje y continuó con más calma.

—Me cuesta creer que la motivación de nuestros asesinos, y observad que acepto la idea de que son varios, haya sido una historia de amor. Como mucho, les habrá servido de coartada. Porque, francamente, ¿qué tiene que ver el amor con cortes, puñaladas, amputaciones, etcétera, etcétera?

—La vinculación entre las víctimas —respondió Lazlo.

Lucas no se esperaba esa respuesta. Frunció el ceño, intentando comprender a qué se refería el comandante de la UAC3, antes de pedirle con un gesto que se lo aclarara.

—Si nos fijamos en la vinculación entre las víctimas, ¿qué tenemos? —Lazlo alzó una mano al tiempo que lo preguntaba e hizo una breve pausa a la espera de que su auditorio se concentrara en sus dedos. Una vez obtenida su atención, empezó a contar—: A orillas del Durance, tenemos a un matrimonio inglés. En el Mosela, si hemos de creer a Chloé, a un trío de alemanes…

—Una trieja —dijo la chica por formalismo.

—¿Cómo?

—Una relación triangular, ahora las llaman trieja.

—Vale, una trieja, aunque, entre usted y yo, su generación podía haber inventado un nombre mejor, la verdad. Como decía, un matrimonio, una trieja (no cuenten conmigo para que escriba eso en mi informe), otra pareja con un adolescente de por medio en el Tarn y, en el Sena, dos parejas jóvenes de expedición.

—Lo he comprendido —dijo Lucas—. Tenemos parejas a punta pala. Entonces ¿se supone que el hecho de que nuestras víctimas tuvieran una relación amorosa es suficiente motivo para matarlas? Es un poco flojo, ¿no? Porque, si se trata de eso, resulta muy preocupante…

—Estoy de acuerdo con Lucas —terció Martin—. Infligir semejantes torturas por tan poco…

—Como he dicho hace un momento —lo interrumpió Lazlo—, allí donde hay amor, hay tragedia. A diferencia de Chloé, no creo que las víctimas se vean obligadas a matarse entre sí. Más bien, pienso que las fuerzan a sacrificarse.

24

Nadie podía decir si lo habían apuñalado sus compañeras de viaje o si se había sacrificado, pero el resultado estaba a la vista. Nathan Percot había muerto de dos puñaladas en pleno pecho. Su cuerpo acababa de aparecer al alba. Habían pasado siete días desde el descubrimiento de los pies. Esta vez, el asesino, o el torturador —el equipo de la 3.ª DJP ya no sabía cómo llamarlo—, había dejado los restos del joven flotando en las aguas de un puerto de recreo a las afueras de París.

Todo el equipo se había reunido en el lugar; hasta Lazlo había querido desplazarse hasta allí.

El puerto, llamado Port-aux-Cerises, se encontraba en una isla de recreo de Draveil, un lugar turístico situado en la provincia del Essone. Las ciento sesenta hectáreas de terreno, distribuidas alrededor de un estanque y dedicadas al descanso o las actividades deportivas, lo convertían en un sitio muy frecuentado en esa época del año. El juez de instrucción había respirado aliviado al enterarse de que quien había descubierto el cuerpo había sido un exmilitar, empleado de la oficina del puerto, no una familia que hubiera pernoctado allí. Toparse con un cadáver medio sumergido, con los pies serrados y atado a una boya podía traumatizar a cualquiera. Por el contrario, el exmilitar había conseguido conservar la sangre fría. Su mirada sugería que había visto cosas peores a lo largo de su carrera. No había tocado el cuerpo y había alertado a las autoridades de inmediato, no sin antes improvisar un cordón de seguridad. A partir de ahí, la maquinaria se había puesto en marcha. Ante la frase «sin pies», el aviso se había trasladado de inmediato a la 3.ª DPJ.

Vaas observaba al forense, arrodillado ante los restos de Nathan Percot. El examen preliminar permitía concluir que el cuerpo solo había permanecido unas horas en el agua.

—Podré ser más preciso después de la autopsia —añadió Ferroni—, pero diría que la muerte se produjo hará entre ocho y doce horas. Tengo que revisar mis cálculos teniendo en cuenta la temperatura del agua. Con un poco de suerte, si le dieron de comer ayer, como a su compañero de viaje, podré reducir el lapso temporal dos horas.

Martin consultó su reloj. Marcaba las siete y media. Habían encontrado el cuerpo a las cinco cuarenta y cinco. Si se basaba en la horquilla amplia, Nathan Percot había muerto el día anterior a media tarde. Su torturador debía de haber esperado hasta la noche para trasladar allí el cuerpo y amarrarlo a la boya.

Chloé y Ducamp ya llevaban media hora visionando las cámaras de videovigilancia. Eran numerosas y dejaban pocos ángulos muertos. Vaas tenía bastantes esperanzas. No estaba buscando a un fantasma. El individuo tras el que iban tenía que haber sido captado por las cámaras, tanto si había llegado por barco como por tierra.

—¿Te has dado cuenta de que tenemos una variación más en el *modus operandi*? —le preguntó Lazlo, que se le había acercado por detrás.

Martin se volvió hacia él con una expresión de cansancio.

—Te escucho.

—Ahora los primeros en morir son los hombres. Lo pensamos al constatar que el pie que llevaba la palabra «GANADOR» era el de la pequeña Clara Faye, y ahora se confirma. Las dos mujeres siguen cautivas, mientras que a sus hombres les han dado pasaporte.

Vaas asintió lentamente. Efectivamente, era una variación, una más que añadir a la lista.

—¿Y eso qué te sugiere? —le preguntó al comandante de la UAC3.

—Nada. O demasiadas cosas.

—Adelante. En el punto en el que estamos…

—Si admitimos que nos enfrentamos a varios asesinos, ¿por qué limitarnos a un sexo? —Vaas lo miró sin comprender—. Siempre hablamos de asesinos, pero puede que esta vez estemos ante una asesina.

—¿Porque los primeros que mueren son los hombres? ¿Daría un pequeño respiro a sus prisioneras por espíritu de sororidad? ¿Esa es tu idea?

—Explícasela a Chloé, ¡seguro que le gusta!

—Es muy posible, pero a mí esa teoría no me convence.

—¿Por qué? ¿Porque las mujeres son seres frágiles y dulces que jamás se entregarían a ese tipo de rituales? —Vaas hizo una mueca. Buscaba un argumento más sólido, pero no lo encontraba. Lazlo acudió en su ayuda—. Te concedo que, en los archivos, encuentras más hombres culpables de crímenes perversos que mujeres, pero también las hay.

—Lo sé.

—Y, si el amor se convierte en el móvil, entonces la proporción se invierte radicalmente.

—Mira, esa conclusión sí que te desaconsejo que la compartas con Chloé. —Lazlo sonrió abiertamente—. Decías que el caso del Sena te inspiraba muchas cosas... —le recordó Vaas, más cordial—. ¿Qué tienes en mente?

—He acabado pensando que Chloé está en lo cierto. Me cuesta mucho creer que Orban sea el autor de todo esto.

—Porque es un hombre...

—No, no es eso. Una vez más, he dicho que podía ser una mujer. Hay que mantener la mente abierta. Pero, nos enfrentemos a un hombre o a una mujer, lo indudable es que estamos ante alguien reflexivo y muy paciente. O sea, todo lo contrario de Orban.

—Intuyo que tienes un razonamiento que acompaña a esa afirmación... —dijo Vaas sonriendo.

Lazlo sacó pecho para completar la imagen del conferenciante.

—Toma todos los casos anteriores. El acto siempre se ha desarrollado en dos tiempos. Un primer descubrimiento con uno o dos cuerpos, dependiendo del caso, y, unas semanas después, el cadáver del ganador. En este, nuestro individuo va con cuentagotas. Clara Faye es quien se supone que ha ganado. Eso quiere decir que tiene que morir la última. ¿Dentro de cuánto? No tenemos la menor idea. Es como si cada cadáver nos concediera un nuevo aplazamiento. Permanecerá con vida mientras no tengamos a Zoé Mallet en la mesa de autopsias.

—Genial...

—Las reglas no las establezco yo...

—¿Y entonces?

—Entonces tenemos a un individuo que se toma su tiempo. Que juega con nuestros nervios estableciendo una planificación que solo él conoce. Coloca los cuerpos bien a la vista, de hecho, se arriesga mucho para hacerlo. Lo que significa que juega con nosotros. En vista de lo cual, yo diría que disfruta tanto ejecutando el ritual como desafiándonos.

—En eso estoy de acuerdo contigo. Esa idea no se me ha ido de la cabeza desde el inicio de la investigación. Esos pies flotando en el Sena, en pleno centro de París, no podían menos que alertarnos.

Los dos hombres pusieron fin a la conversación al ver que Lucas se acercaba con paso ágil, seguido por Vendôme.

—Si queremos hablar con todos los propietarios de los barcos, vamos a necesitar refuerzos, Martin.

—Soy consciente de ello. Ya los he pedido. Deberíamos tener a dos o tres unidades aquí a última hora de la mañana. Señor juez, ¿hay alguna posibilidad de impedir que los dueños de los barcos salgan del puerto hasta que lleguen?

—Es complicado. De todas formas, supongo que la oficina del puerto está al corriente de los barcos que van a salir. Sus hombres pueden empezar por esos.

Martin asintió y, con una mirada, trasladó la orden a Lucas.

—Y el forense, ¿qué dice?

El juez Vendôme lo había preguntado manteniéndose a una distancia prudencial de Ferroni y, por supuesto, del cadáver.

—Nada muy concluyente por ahora —respondió Vaas—. Nathan Percot ha recibido dos puñaladas. La autopsia nos dirá si ambas fueron mortales, aunque ese dato no nos ayudará mucho. Aparte de eso, poca cosa. El doctor Ferroni cree que la muerte se produjo hace unas diez horas, con dos como margen de maniobra.

—Eso nos da una oscilación de cuatro horas, demasiado margen, ¿no le parece?

—Sabe usted tan bien como yo que la conservación en el agua complica el cálculo… Me ha prometido afinar esa horquilla.

El juez se encogió de hombros. Sí, lo sabía, pero estaba perdiendo la paciencia. Dos cadáveres en cuatro días no era lo que había esperado al hacerse cargo de aquel caso. Para colmo, Vaas le había expuesto las diversas teorías a las que su equipo y él habían llegado, en particular la que suponía la implicación de un asesino diferente en cada caso. La única buena noticia que había recibido Vendôme era que, después de todo, Marcel Dupré podía ser el autor de los asesinatos del Durance. Vaas comprendía su reticencia a reabrir oficialmente el caso, pero seguía convencido de que era indispensable retomar la investigación. Probó suerte una vez más.

—Señor juez, si, como creemos, las muertes de los ingleses son las primeras que lamentar, eso podría implicar que la idea de ese ritual partió de Dupré. De momento nos hemos concentrado en su entorno indirecto, pero, si pudiéramos hablar con su mujer, eso nos haría ganar tiempo.

El juez Vendôme parecía estar sopesando los pros y los contras cuando el golpeteo de unas suelas de cuero en las losas del muelle los interrumpió.

—¡Lo tenemos! —les gritó Ducamp jadeando y haciéndoles señas de que lo siguieran.

25

Los discos duros de las cámaras de vigilancia de la oficina del puerto habían sido puestos en manos de expertos. Las imágenes eran de mala calidad. La mayoría de los miembros del equipo se habían dejado los ojos intentando distinguir lo que no se veía bien antes de tirar la toalla. Sí, una silueta, vestida con un pantalón de chándal y una sudadera con capucha, había quedado grabada arrojando un cuerpo al agua desde un muelle. Incluso podía adivinarse que se había tendido boca abajo para amarrar el cadáver a la boya. La cámara situada a la entrada del complejo turístico también había captado la llegada del sujeto, encapuchado, en un coche que parecía un todoterreno ligero de color oscuro. Sí, las imágenes demostraban que el asesino, o asesina, había venido por tierra y se había deshecho del cuerpo de Nathan Percot. Pero, como todo eso había ocurrido de noche, bajo los halos de las luces de seguridad, demasiado potentes, las imágenes estaban veladas o sobreexpuestas, y no se distinguía ningún detalle. ¿Se trataba de un hombre o de una mujer? Era demasiado pronto para afirmarlo. La complexión de la silueta no permitía hacerse una idea definitiva. En cuanto a la matrícula del vehículo, sencillamente era ilegible. Todo lo que el equipo había podido afirmar ante Vendô-me era que se había dejado el cuerpo de Nathan Percot allí a las cinco de la mañana. Tres cuartos de hora antes de que el exmilitar que trabajaba en la oficina del puerto iniciara su ronda por los muelles.

Vaas había intentado presionar a los equipos del laboratorio, pero los técnicos conocían su oficio. Se habían comprometido únicamente a trabajar al máximo. Los discos duros estaban en su poder desde hacía dos horas, y Martin tenía que contenerse para no llamarlos de nuevo.

—Me cuesta creer que nuestro asesino haya sido tan poco riguroso con la preparación —le dijo Lazlo, más que nada para distraerlo.

—¿Poco riguroso? Es evidente que sabía los horarios de ronda del vigilante.

—Sin embargo, se ha dejado filmar.

—Hay cámaras en todas las esquinas.

—Precisamente. Debía de saberlo, pero aun así decidió dejar el cuerpo aquí en lugar de elegir un sitio menos vigilado.

—¿Crees que el Port-aux-Cerises tiene algún significado para él?

—No, me sorprendería mucho, y, si soy sincero, te apuesto lo que quieras a que los compañeros del laboratorio se rompen los cuernos para nada. No le veremos la cara, como no veremos el número de matrícula.

—Pareces muy seguro.

—Ya te lo he dicho, se divierte con nosotros. Nos arroja un hueso, y nosotros corremos tras él.

—Tú en mi lugar, ¿no tratarías de analizar las imágenes? —preguntó Vaas, a la defensiva.

—Claro que sí, no tenemos elección. Simplemente creo que, mientras esperamos los resultados, deberíamos pasar a la siguiente fase.

—Y, según tú, ¿cuál es?

—¡El responsable de la investigación eres tú! —Vaas le indicó con una mirada que la broma le hacía muy poca gracia—. ¡Vamos, te invito a comer! —le propuso el comandante de la UAC3 a modo de compensación.

—¿Realmente te parece que es el momento de estar dos horas sentados a la mesa?

—A ver, lo primero, yo no he dicho que vayamos a darnos un banquete y, lo segundo, creo que es el momento ideal. A juzgar por tu cara, no has dormido en condiciones ni una noche desde el principio de la investigación, y seguro que tu madre te diría que has adelgazado.

—¡Mi madre siempre me dice que he adelgazado!

—No me extraña, no eres más que huesos y pellejo. ¡Conque venga, acompáñame, pago yo!

Los dos hombres se habían sentado a una mesa en un restaurante situado a doscientos metros al norte del Bastión que tenía la ventaja de estar bastante tranquilo a la hora de comer. Al dueño le divertía ver que las fuerzas del orden ocupaban sus bancos corridos a media mañana, mientras que la noche atraía a grupos que tocaban música rock o reggae y a una clientela acorde con ella.

Vaas nunca habría dicho que se sentiría agradecido hacia Lazlo, pero, efectivamente, necesitaba aquella pausa. Hacía una semana que no salía del Bastión o de su piso más que para ir a escenarios de crímenes o a la morgue del doctor Ferroni. No dejaba de pensar en la investigación en ningún momento, aunque no se cansaba de decirles a sus hombres que había que tomar distancia para conseguir abarcar mejor el conjunto.

—¿Cómo es que no te has casado? —le preguntó el comandante apenas pidieron.

—¡Suponía que evitaríamos hablar del caso, pero no que entraríamos tan pronto en intimidades! —respondió Vaas, riendo y devolviendo la carta al camarero.

—¿Qué quieres, hablar del tiempo?

—No hace falta llegar a eso, pero, entre una cosa y otra, creo que hay un abanico bastante amplio de temas sobre los que conversar.

—¿Prefieres que hablemos de tu padre?

Vaas se tensó de inmediato.

—No tengo nada que decir sobre mi padre.

Lazlo se recostó en el respaldo y lo miró con expresión seria.

—No comprendo por qué te empeñas en llevar esa cruz. No es la tuya.

—Ve a decírselo a mis compañeros de Lyon.

—Precisamente, he hablado con tu antiguo superior…

—¡¿Con qué derecho?!

—No te sulfures, Martin. Él y yo nos conocemos de toda la vida. Fuimos juntos a la academia.

—¿Y eso justifica que hables de mí con él?

—No de ti, sino de tu petición de traslado.

—¡Ya te dije que no era asunto tuyo!

—Es cierto, y, si no nos hubiéramos reencontrado para esta

investigación, no habría intentado averiguar la verdad. Lo que ocurre es que, vete a saber por qué, me caes bien.

—¡Venga ya!

—Te lo aseguro. Me gusta mucho cómo diriges a tus hombres y que pienses antes de actuar. He visto a muchos jefes de grupo a lo largo de mi carrera, y no es una cualidad tan habitual, créeme.

—Mira, Lazlo, me halaga mucho que me digas eso y, «vete a saber por qué», también te aprecio, pero eso no significa que puedas inmiscuirte en mi vida privada.

—No es lo que pretendo.

—Entonces ¿qué?

—Entonces nada. Ya te lo he explicado, intento comprender. ¿Por qué te empeñas en hacerte responsable de los crímenes de tu padre?

—¿Sabías que ha salido de la cárcel? —preguntó Vaas eludiendo la pregunta.

—Me lo han dicho, sí.

—¿Y sabes también que ha vuelto con mi madre?

—No, confieso que eso no lo sabía.

—Ese individuo nos arruinó la vida a mi madre y a mí, por no hablar de la deshonra que arrojó sobre el cuerpo de policía, y ahora que ha salido es como si no hubiera pasado nada.

—Desde entonces ha llovido mucho. Ese asunto se remonta a hace más de treinta años, y pagó su deuda.

—Un comisario se suicidó por haber cerrado los ojos, lo siento si me cuesta perdonar tan fácilmente.

—Tu padre no es responsable de la muerte de ese hombre, Martin. Solo era un engranaje de una banda muy bien organizada.

—¡Qué gran consuelo! Aun así, fue acusado de asociación delictiva, atraco a mano armada y complicidad en uno de los tres homicidios.

—Sé todo eso. Cuando el IGPN lo interrogó, yo estaba presente. Los servicios habían mandado varias unidades desde París para hacer limpieza. Nadie sabía hasta qué punto estaban contaminadas las comisarías de Lyon. Pero, una vez más, tu padre no era el cerebro de la banda.

—«Los corruptos de Lyon», si quieres emplear las palabras exactas de la prensa —precisó Vaas—. ¡Será un bonito epitafio!

—Comprendo que estés colérico…

—¿Colérico? —replicó Vaas—. No siento cólera, Lazlo, siento asco. Puesto que estabas presente, recordarás lo que dijo mi padre en su defensa. Si aceptó formar parte de la banda, fue por mi madre y por mí. Para ponernos a cubierto. Solo que, en esa época, mi madre, cuando iba a verlo a la comisaría o venía a buscarme a la escuela, tenía que levantarse dos horas antes para maquillarse los moretones. Mi padre bebía tanto por la noche que al día siguiente ni siquiera recordaba haberla golpeado. Una palabra de más o un plato frío, cualquier motivo era bueno. En casa se creía un tipo duro y delante de vosotros se hizo el llorón deprimido. Todavía hoy, sus antiguos compañeros piensan que era un buen tipo que tomó decisiones equivocadas por querer ser un buen padre de familia.

—Exageras.

—¿Ah, sí? Pregúntale a tu colega de Lyon, ya verás lo que te dice.

—En todo caso, me tranquiliza comprobar que me equivocaba de medio a medio. —Vaas frunció el ceño—. Pensaba que te culpabilizabas por lo que hizo tu padre. En realidad, lo que tienes es ganas de matarlo, y huiste de tu ciudad por miedo a encontrártelo.

—¿Y? ¿Me convierte eso en un cobarde?

—Al contrario. Confirma lo que yo decía. Te convierte en un hombre que piensa antes de actuar.

26

La autopsia de Nathan Percot estaba programada a media tarde. Martin, que había llegado diez minutos antes, los aprovechó para tomar un café en la máquina. Era la tercera vez en ocho días que recorría los pasillos del IML. No tenía ninguna intención de seguir a ese ritmo. Se bebió el amargo brebaje pensando en la comida con Lazlo. Se habían despedido en la escalinata del Bastión con un apretón de manos un poco más prolongado de lo habitual. Martin seguía sin comprender por qué se había sincerado tan fácilmente. Pese a todo, Lazlo le inspiraba sentimientos encontrados.

Seguía las idas y venidas del personal con una mirada ausente, cuando apareció su segundo.

—¿Has mirado el correo? —le preguntó Lucas a modo de saludo.

Martin miró su móvil al tiempo que insertaba otra moneda en la máquina para invitar a su subordinado. Dos mensajes sin leer. El primero contenía los resultados de los análisis de las imágenes de videovigilancia del Port-aux-Cerises.

Como había predicho Lazlo, los técnicos no tenían ninguna información relevante que comunicarles. La matrícula era ilegible por la sencilla razón de que la habían camuflado. Afinando los píxeles, todo lo que podía verse era una barra negra, hecha con cinta aislante o pintura. El informe no era más preciso.

Los técnicos habían tomado la iniciativa de poner algunos puntos de referencia en las imágenes. Eso les había permitido deducir que la silueta medía entre un metro setenta y un metro setenta y cinco. No podían adelantar su peso. El pantalón de chándal un poco amplio y la sudadera con capucha falseaban la impresión.

—Sabía perfectamente lo que hacía —murmuró Vaas.

—¡Veo que sigues hablando solo! —dijo Lucas, riendo, mientras sacaba el café, cargado con una dosis letal de azúcar—. No creas, parece que es signo de inteligencia…

—¿Y eso quién lo dice?

—Ni idea, lo habré visto en algún sitio. ¿Has acabado de leer?

—Casi…

—No te canses, yo te ayudo: no tenemos nada.

—Al menos han conseguido el modelo del coche.

—Sí, un Dacia Duster, pero no pueden fecharlo ni decir de qué color es. ¿Sabes cuántas unidades se han vendido desde que salió?

—Sinceramente no.

—Más de dos millones. Lo he comprobado.

—Pero no solo en Francia…

—Hazme caso, olvídalo. Como mucho, nos servirá para saber que tenemos a nuestro hombre cuando veamos el buga aparcado ante su casa.

—A nuestro hombre o nuestra mujer… —repuso Martin.

—¿Cómo?

Vaas le habló de las conjeturas de Lazlo y la posibilidad de que el asesino de las víctimas del Sena fuera una mujer.

—Es cierto que a los dos chicos los liquidaron antes que a sus novias —respondió Lucas dispuesto a aceptar la idea—. Ahora, un metro setenta y cinco no es habitual para una mujer.

—Entre un metro setenta y un metro setenta y cinco —lo corrigió Martin—. Y tampoco es tan raro.

—Ya, en resumen, lo que yo decía: ¡no tenemos nada!

Vaas ya solo lo escuchaba a medias, concentrado como estaba en su segundo e-mail, enviado esta vez por Vendôme. El juez también había leído el informe y llegado a la misma conclusión. Estaban en un callejón sin salida y debían considerar nuevas pistas que seguir. Vendôme finalizaba el correo autorizando al equipo de la 3.ª DPJ a hablar con la viuda de Marcel Dupré a condición de que se evitara aludir a un posible error judicial.

—¿Sabes cuánto tiempo piensa hacernos esperar Ferroni? —preguntó Lucas, que ya empezaba a agitarse.

—Tranquilo, tú no te quedas.

—¿Y eso?

—¿Tenías algo previsto para las próximas veinticuatro horas?

—¿Aparte de la autopsia, quieres decir? Ya me conoces. Lo de siempre. Tomar unas copas, acabar en un after y encontrar a la mujer de mi vida. ¿Por qué?

—Te vas a Rochebrune, en los Altos Alpes, para hablar con la viuda de Dupré. Necesito a Chloé y Ducamp en París, así que te dejo que vayas solo y te las apañes.

—Vale, la mujer de mi vida tendrá que esperar.

—Pero, una vez allí, Lucas, quiero que te acompañe alguien. No interrogues a la viuda solo.

—¿Me quieres poner una carabina?

—Sabes tan bien como yo que es un asunto delicado. Todo el mundo teme las repercusiones de una reapertura de la investigación.

—¡No pensaba arremeter contra ella! ¿Ya no te fías de mí?

—Por supuesto que sí, pero, si la cosa se tuerce en los próximos días, te alegrarás de tener un testigo. Pide a un compañero de allí que te acompañe.

—¿De qué comisaría dependen, de Rochebrune?

—¿Qué parte de la frase «Te dejo que te las apañes» no has comprendido?

—¡Recibido! Imagino que, para el billete de tren y el hotel, también me las tengo que apañar...

—Eso es.

—De todas formas, ¿me dirás qué temas quieres que trate con ella, o improviso?

—Te haré una lista, pero eres libre de añadir tu toque personal.

Morgon se bebió el café de un trago y se despidió de Martin con un gesto vagamente militar.

La espera también empezaba a hacérsele larga a Vaas, pero jamás se habría permitido la menor reflexión. Ferroni nunca se retrasaba sin un buen motivo. Aprovechó para recapitular los últimos avances. A base de analizar y dar mil vueltas a los pocos datos de que disponían, Martin y su equipo habían acabado convenciéndose de que cada caso implicaba un asesino distinto. Pero ¿no se estarían equivocando de camino? Ateniéndose a los hechos, nada les permitía ser tan categóricos. Esa hipótesis les servía ante todo para justificar lo que no eran capaces de explicar. Un ritual con reglas establecidas. Un *timing* y un procedimiento que cada asesino podía permitirse adaptar. La única exigencia parecía ser el agua. Todos los cadáveres habían aparecido junto a un río o parcialmente sumergidos en él. Puede que también hubiera que investigar en esa dirección. Martin sacó la libreta y apuntó que tenía que hablar de ello con Chloé. Merecía la pena lanzar una búsqueda sobre el simbolismo del agua.

La voz de una mujer que pedía ayuda a la nada atrajo su atención. Giraba sobre sí misma en mitad del pasillo con la desesperación pintada en el rostro. En su fuero interno, Vaas supo de inmediato de qué se trataba. Aquella mujer no debería haber estado allí. Especialmente ese día. Se acercó a ella temiendo las palabras que iban a intercambiar.

—¿Puedo ayudarla, señora?

—Me han dicho que espere, pero ya hace veinte minutos, y no viene nadie. Mi hijo está aquí, en algún lugar. Solo quiero verlo.

—¿Y cómo se llama su hijo?

—Nathan. Nathan Percot.

Martin buscaba una forma suave de entrar en materia, pero la mujer lo cogió desprevenido.

—No trabaja aquí —dijo para aclarar la situación—. Está… Bueno, quiero decir, debe de estar…

—Soy el capitán Vaas —la ayudó Martin—. Hemos hablado por teléfono esta mañana. Permítame que vuelva a presentarle mis condolencias…

—Es usted muy amable —respondió la mujer, azorada.

—Perdóneme, señora Percot, pero ¿qué hace aquí? Le he dicho que la llamaríamos para organizar su visita.

La madre de Nathan Percot posó en él unos ojos implorantes.

—Necesito verlo, capitán.

—Es que...

—He cogido el primer tren a París. No podía quedarme en casa sin hacer nada.

—Lo comprendo, señora Percot, pero no es el momento ideal...

—Usted ha dicho que necesitarían que identificara el cuerpo de mi hijo...

—Es verdad.

—Entonces ¿por qué esperar?

Martin no podía oponerle ningún argumento. Y, por si fuera poco, estaba seguro de que aquella mujer no se iría sin obtener lo que pedía. Había sido la primera en denunciar la desaparición de su hijo y no había cesado de llamar a los gendarmes de su municipio para que la pusieran al corriente. Chloé también había hablado con ella por teléfono varias veces.

—Deme diez minutos —acabó diciendo Vaas—. Veré lo que puedo hacer.

Por un momento, creyó que la mujer iba a arrojársele al cuello, pero la señora Percot se limitó a cogerle la mano y apretársela entre las suyas, humedecidas por las lágrimas.

La identificación se desarrolló en medio de un silencio claustral. Vaas esperaba ver desmoronarse a la madre de Nathan Percot en cualquier momento. Ferroni le permitió acariciar el rostro de su hijo. La señora Percot intentó peinarlo torpemente. Ninguno de los dos hombres quiso oír las palabras que susurraba al oído del difunto. Habrían preferido abandonar la sala para respetar ese momento de intimidad. Contra todo pronóstico, la señora Percot había dejado de llorar. A Vaas incluso le pareció verla esbozar una sonrisa, como si por fin estuviera en paz. La espera, la angustia, la premonición de la tragedia... Aquella mujer acababa de dejar atrás todos esos sentimientos. Martin había leído en el dosier que había criado a su hijo sola, que el padre nunca había formado parte de la ecuación; Nathan era su único hijo y, sin duda, el centro de su vida. La vibración de su móvil lo ayudó a ahuyentar esa idea.

Miró discretamente el mensaje de Lucas. Como de costumbre, no había perdido el tiempo.

Acababan de localizar a Grigore Orban.

27

Martin se sentía inútil en aquella sala de autopsias ahora que su equipo había salido en busca de Grigore Orban. Contrariamente a lo que habían supuesto, el rumano no se encontraba en Saint-Étienne, en su casa de la barriada de La Cotonne, sino en la región parisina. Rémi Falcone, el antiguo compañero de banda con el que había hablado Lucas tres días antes, había llamado. Orban se había presentado pidiéndole ayuda para organizar otro atraco y se había enfadado cuando Falcone lo había mandado al cuerno. Los dos hombres habían llegado a las manos, y había sido necesaria la intervención de varios jóvenes al cuidado del trabajador social para poner fin al rifirrafe. Grigore Orban se había marchado derrotado y furioso, profiriendo amenazas. Ahora que trabajaba por el bien de la comunidad como «hermano mayor» en un barrio difícil, Rémi Falcone no se sentía concernido por ningún código de honor entre malhechores, y no había dudado en coger el teléfono para informar a Lucas del paradero de Orban. Al subinspector Morgon no le sorprendió demasiado saber que Véronique Laval había aceptado alojar a su antiguo amante. Para que todo se hiciera conforme a las normas, había conseguido convencer a Falcone para que pusiera una denuncia por agresión, lo que había permitido al juez Vendôme emitir una orden de busca y captura. Todo había sido tan rápido que Vaas casi se había sentido fuera de juego.

—Comprendo que esto acaba resultando repetitivo —dijo Ferroni de pronto—, pero nunca lo he visto tan poco interesado por mi trabajo.

—Perdone, doctor, tenía la cabeza en otra cosa.

—¿Un problema?

—Al contrario, puede que el principio de una solución.

—Me alegro, porque su investigación aumenta bastante mi carga de trabajo. ¡Quizá haya llegado el momento de ponerse las pilas! —Vaas esbozó una media sonrisa—. Bien, como decía, la puñalada en el corazón fue mortal. La hoja se hundió diez centímetros sin encontrar obstáculo.

—¿Y la segunda herida?

—Me disponía a analizarla. Decididamente, no ha escuchado una sola palabra de lo que he dicho. ¡Acabaré ofendiéndome!

Vaas se acercó más a la mesa para darle a entender que ahora tenía toda su atención.

El forense situó la lámpara cialítica sobre el abdomen y separó los labios de la herida con la ayuda de una pinza de Pozzi. El chasquido que produjo la lengua de Ferroni bastó para alertar a Martin.

—¿Qué ocurre?

—Deme treinta segundos, y le respondo.

Ahora Ferroni tenía la cabeza inclinada sobre la herida, de modo que Vaas no podía ver nada. Cuando el forense sacó la pinza con una bola rojiza y deforme en el extremo, no supo qué pensar.

—¿Qué es?

—Ni idea —confesó Ferroni—. Páseme la bandeja que tiene a su derecha.

Vaas lo hizo sin dejar de mirar la pinza. Ferroni depositó la bola en la bandeja y utilizó dos bisturíes para extenderla. Vaas suponía que se trataba de un amasijo de carne o un coágulo que habría reventado bajo la presión de las dos hojas, pero comprendió al mismo tiempo que el forense que se trataba de un rebujo de papel.

—¡Esto no se ve todos los días! —exclamó Ferroni desplegando el papel en la bandeja metálica con sumo cuidado. Una vez extendida, la hoja medía diez centímetros y medio de largo por tres de ancho. Los bordes sugerían que la habían rasgado longitudinalmente—. ¿Un mensaje del asesino?

—¡Si es así, me cree más inteligente de lo que soy!

La sangre había empapado el papel, pero aún era posible leer las palabras «Noche» y «Bobo», separadas unos cinco centímetros, en una letra que ahora era rosa sobre fondo rojo.

—¿Cómo habrá acabado ahí? —preguntó Vaas, que seguía inclinado sobre el papel.

—Creo que lo empujaron hacia dentro con la hoja. Fíjese en la piel de alrededor de la herida. Dista de ser un corte limpio. Si tuviera que especular, cosa que no haré en mi informe, diría que la operación se realizó en dos veces. La primera para producir la herida y la segunda, para hacer entrar el papel.

—De acuerdo, pero ¿por qué introducir un papel en el vientre de la víctima, si no es para dejar un mensaje?

—Yo no soy el investigador —le recordó Ferroni—, pero de lo que estoy seguro es de que no se la tragó. Ese corte en el abdomen es la única vía de entrada posible.

Mientras la autopsia continuaba, la mente de Martin seguía concentrada en aquel trozo de papel. «Noche Bobo», se repetía una y otra vez. Si el asesino estaba jugando con ellos, cosa de la que ya no dudaba, aquel indicio era una forma de ponerlos a prueba. Un acertijo que tenían que resolver. «A menos que sea el primer elemento de una serie —siguió razonando—. La primera parte de un mensaje. La continuación llegará con el siguiente cadáver...».

—Capitán, ¿sigue usted aquí? —Vaas dio un respingo—. Decía que su hombre murió diez horas antes del hallazgo del cadáver. Haré analizar el contenido del estómago, pero ya puedo asegurar que le dieron de comer poco antes de asestarle la puñalada fatal.

—¿Él también comió carne?

—¡Véalo usted mismo! —exclamó Ferroni poniéndole delante un bocal medio lleno de un líquido amarillento en el que flotaban trozos de materia sólida—. Desgraciadamente, no le dio tiempo a digerirla. Le diré de qué clase de carne se trata tras analizarla.

—No estoy seguro de que eso nos ayude...

—Nunca se sabe. Imagine que lo obligaron a comer caballo o reno. Eso simplificaría sus búsquedas.

—¡No se lo cree ni usted!

—Más vale que uno de los dos sea optimista...

Ferroni tenía razón. Si no quería que su actitud contagiara a su equipo, tenía que espabilar. Meditar el siguiente paso y dejar de posicionarse como espectador de aquel caso. Hasta ahora se había limitado a recoger los indicios que el asesino había querido dejarle, pero ni siquiera era capaz de descifrar el último. Sin embargo, se obstinó en repetirse: Noche Bobo.

—En cuanto a los pies —continuó Ferroni como si tal cosa—, el mismo *modus operandi* que con su compañero de viaje. Le serraron los peronés en el extremo inferior. Haremos comparaciones, pero parece que se utilizó el mismo instrumento dentado. Al menos, esa es mi impresión a primera vista. En cambio, en lo que respecta al pesaje de los órganos, creo que iré más deprisa sin usted en medio. —Como Vaas no reaccionaba, Ferroni dio una palmada con las manos enguantadas—. ¡Largo de aquí!

—¿Perdón?

—Como no está en lo que se celebra, más vale que vaya a reunirse con su equipo. Será más útil allí.

Vaas le dio las gracias con un movimiento de la cabeza y desapareció, no sin antes tomar una foto del papel.

28

En el vagón cafetería del tren, Lucas Morgon intentaba mantener el equilibrio agarrado a la barra con una mano. Había conseguido por los pelos subirse al último tren a Gap, donde lo esperaría un compañero de la policía. Su llegada estaba prevista a las diez y media; de hecho, se disponía a comerse el quinto sándwich envasado de la semana. La entrevista con la viuda de Dupré estaba programada para las nueve de la mañana siguiente. El oficial Crochet le había advertido que la casa se encontraba a alrededor de una hora en coche de Rochebrune. «En un buen coche», había puntualizado. Así que Lucas se concedió una cerveza para hacerse a la idea de una noche corta en un hotel barato.

Como habían acordado, Martin le había hecho una lista de las preguntas que debía formular a Isolda Dupré. Aún no la había leído. Había cogido el dosier del Durance para estudiarlo, pero llevaba dos horas en el tren y todavía no lo había abierto. Su mente seguía en la sala de interrogatorios en la que había oído a Grigore Orban.

Acusado de agresión contra Rémi Falcone, su antiguo cómplice en un atraco, Orban no había dejado de sonreír durante la primera hora del interrogatorio. Había aceptado el abogado designado de oficio, al que apenas había mirado cuando el letrado se había sentado junto a él. Su entrevista no había durado ni cinco minutos, lo que parecía indicar que Orban estaba tranquilo respecto al curso de los acontecimientos.

Cuando, a su vuelta del IML, Vaas tomó las riendas del interrogatorio y orientó las preguntas hacia su manía de hacer cortes en las plantas de los pies, Orban se puso tenso. Su abogado, desconcertado por un instante, intentó recentrar el interrogatorio, pero el duelo ya había empezado. Poco a poco, Orban, a la defensiva en un primer momento, se relajó. Comprendió que no había caso propiamente dicho y que los investigadores que estaban frente a él no tenían nada con lo que incriminarlo. A partir de ese momento adoptó la actitud que todos los miembros de la 3.ª DPJ habían previsto. Desdeñoso, arrogante, Grigore Orban no tardó en sentir la necesidad de jactarse.

Por supuesto, no dijo nada sobre las dos mujeres a las que había violado. Oficialmente no había sido él, y Orban era lo bastante inteligente para no dejarse enredar. Sobre su examante, Véronique Laval, se mostró más locuaz. De hecho esbozó una gran sonrisa al recordar que, pese a aquel pequeño incidente, la mujer había vuelto a aceptar alojarlo. «En mi fuero interno, sabía que le había gustado», añadió con una mirada lasciva. Véronique Laval no había puesto denuncia, de modo que esa confesión no le acarrearía consecuencias.

Chloé entró en la sala y le tendió una carpeta a Martin con expresión seria. El abogado fue el primero en comprender que la agresión a Falcone solo había sido un pretexto para convocar a Orban. No debía de ser la primera vez que asistía a una escenificación parecida. Intentó interrumpir el interrogatorio, pero Orban lo mandó al cuerno con un par de frases.

El encausado no apartaba los ojos de la tapa de la carpeta, que llevaba la palabra «TARN» escrita con mayúsculas. Había palidecido, pero saltaba a la vista que deseaba hablar del asunto. Curiosidad, atracción por el peligro... Lucas observaba a Orban con atención, tratando de adivinar lo que pensaba.

Martin se tomó su tiempo. Guardó silencio mientras hojeaba el informe con la carpeta alzada hacia él, de modo que Orban y su abogado no tuvieron otro remedio que esperar el primer asalto. Llegó en forma de imágenes. Vaas dejó sobre la mesa una foto de Identidad Judicial. Solo una, para empezar. El abogado se inclinó hacia ella y retrocedió con una expresión horrorizada. Lanzó una mirada a su cliente y vio con estupor que Orban sonreía. La imagen de la joven compañera de François Spontini tendida al lado de un adolescente, ambos con la ropa ensangrentada y los pies amputados, parecía electrizarlo.

Acto seguido, Vaas sacó la segunda foto. François Spontini, tumbado en el mismo sitio, con un solo pie. Esta vez, la sonrisa de Orban era distinta. Lucas creía haber intuido en ella una especie de victoria.

—¿No han encontrado el pie derecho? —preguntó Orban en tono burlón.

Lucas recordaba que ninguno de los miembros amputados había aparecido y que el pie izquierdo de Spontini no tenía ninguna inscripción. Orban los miraba con desdén, como si supiera que había ganado la partida. Lucas pensó tan deprisa como pudo para intentar comprender qué habían pasado por alto. La pregunta de Orban no podía ser inocente. Lucas tuvo que hacer un esfuerzo para no reaccionar cuando al fin comprendió qué pasaba y, sobre todo, por qué el *modus operandi* de las víctimas del Tarn era distinto.

Si en su día los investigadores hubieran encontrado los miembros amputados, sin duda habrían comprobado que el pie derecho de Spontini tenía la palabra «GANADOR» grabada en la planta. Y esa mera anomalía habría permitido relacionar ahora a Orban con los asesinatos. Se habrían podido comparar los pies de Spontini y Véronique Laval, la profundidad de los cortes, la hoja empleada... Orban se había entrenado con su amante antes de pasar a la acción y, en lugar de abandonar el pie de Spontini con la inscripción «GANADOR», había hecho desaparecer el único elemento que podía incriminarlo. En ese momento, Lucas miró a Martin de reojo: a juzgar por la expresión de su jefe, había llegado a la misma conclusión que él.

Por principio, Vaas le preguntó a Orban dónde se encontraba en junio de 2018. El rumano se encogió de hombros y adoptó una actitud falsamente apenada. Lo sentía mucho, pero no se acordaba. Una vez más, el abogado intentó hacer valer los derechos de su cliente, pero Orban le ordenó con un gesto que se callara. Estaba en una posición de fuerza y lo último que quería era que Martin pensara lo contrario.

Lo que no había previsto era que, para los miembros de la 3.ª DPJ, su actitud casi equivalía a una confesión. Puede que aún no tuvieran suficientes elementos para armar un caso contra él, pero ahora estaban convencidos de que seguían la pista correcta. Ya solo era cuestión de tiempo.

De vuelta a su asiento, Lucas observó discretamente a la joven sentada frente a él. No había levantado la vista del libro desde que el tren había salido de la Gare de Lyon. Lucas había intentado en vano leer el título de la obra. En esos momentos dudaba si preguntárselo: la única forma sutil de entablar conversación con ella que se le ocurría. Desde que su última mujer lo había dejado no había vuelto a tener una relación seria. Multiplicaba las aventuras y, cada noche, intentaba convencerse de que estaba viviendo la mejor época de su vida. Pero no engañaba a nadie, incluido él. Le tenía un miedo visceral al vacío. La soledad le pesaba. Siempre se había imaginado llegando a casa tras una dura jornada de trabajo para encontrar a una esposa amante y tres o cuatro hijos. Como su padre, obrero de la construcción, que todas las tardes besaba a su mujer como si no la hubiera visto en años, aunque dejaba un poco de espacio entre ellos para que las dos hermanas de Lucas y el propio Lucas pudieran colarse en él. Hijos, ya tenía dos, solo que dormían cada uno en una casa a la que él ya solo tenía acceso un fin de semana de cada dos. Sus exmujeres nunca le había reprochado nada, salvo que ya estuviera casado con su trabajo y sus compañeros. Un escenario tristemente banal, del que había esperado librarse.

Sin previo aviso, la chica alzó la mirada y la posó en él. Lucas esbozó una sonrisa, a la que ella respondió. Era suficiente para encandilarlo. Buscó una frase inteligente que decir, algo que ella encontrara original, pero el revisor le estropeó el plan. El tren estaba llegando a Valence y, por atractiva que fuera la perspectiva de una aventura ferroviaria, Lucas no podía permitirse perder el trasbordo.

Se levantó, bajó su bolsa del portaequipajes y dirigió una última sonrisa a la mujer a la que en adelante llamaría «la desconocida del tren» delante de sus compañeros.

Siete minutos después, el hechizo se había roto. Sentado esta vez en un asiento aislado, Lucas, que ya había comido y bebido, no tenía ninguna excusa válida para remolonear. Sacó la carpeta del Durance y se dejó transportar veinte años atrás.

29

—Si digo «Noche Bobo», ¿en qué piensas?

—¡En ti!

Vaas miró estupefacto a Chloé, que no había apartado los ojos del ordenador.

—¡Yo no soy un *bobo*!*

—Un poco, sí.

—¡Claro que no! Ni siquiera soy de París.

—¡Anda! ¿Es que solo hay *bobos* en París? ¡Ahora me entero! Bueno, en realidad no puede tratarse de ti. Has dicho «noche». Si trasnocharas, nos habríamos enterado. Pero ¿por qué me lo preguntas?

Martin le dejó el móvil junto al ratón.

—Si fueras tan amable de interrumpir dos segundos lo que estás haciendo y, sobre todo, de dejar de burlarte de mí, verías que hablo muy en serio.

---

* Nombre formado con las sílabas iniciales de *bourgeois*, «burgués», y *bo-hème*, «bohemio», para designar a cierto tipo de personas acomodadas, pero con un estilo de vida alejado de lo convencional. *(N. del T.)*.

Chloé cogió el móvil de Vaas y miró atentamente la foto que aparecía en la pantalla.

—¿Qué es esto?

—Un trozo de papel encontrado en el abdomen de Nathan Percot.

—¿Estás de broma? —exclamó Chloé volviéndose al fin hacia él.

—En absoluto. ¿Y bien?

—Y bien, ¿qué?

—¿Qué opinas?

Chloé lo miró asombrada, como si de pronto dudara de su salud mental.

—¿Quieres que te responda ya, ahora mismo? No tengo ni idea. Dame tiempo para digerir la información.

—Nathan Percot no lo tuvo...

Vaas, que no solía hacer uso del humor negro, sonrió ante el desconcierto de Chloé.

—Acompáñame a la sala de reuniones —dijo, ya en movimiento—. Necesito que seamos dos para reflexionar.

Chloé imprimió las búsquedas que acababa de hacer y echó a correr tras él con el portátil bajo el brazo.

Martin había ampliado la foto y, a falta de sitio en las pizarras, la había pegado con celo en una de las paredes acristaladas.

El trozo de papel ensangrentado con la tipografía rosácea había atraído la atracción de todos. Ducamp se había autoinvitado a la sala y Lazlo se había unido a ellos poco después. Solo faltaba Lucas. Martin le había mandado la foto con una breve explicación para que pudiera pensar en ella en sus ratos perdidos, pero sobre todo para que no se sintiera desconectado de la investigación.

—¿Qué tamaño dices que tiene el papel? —preguntó Ducamp, que por una vez se había sentado cerca de Martin.

—De largo, diez centímetros y medio justos. De ancho, casi tres, pero depende de las marcas de desgarro.

—¿Y el aspecto?

—Glaseado —respondió Martin, lacónico.

—¿Satinado, quieres decir?

—No sé cómo lo llaman en papelería —dijo Martin, impacientándose—, pero podemos preguntarles a los compañeros del laboratorio. Todo lo que puedo decir es que el papel es lustroso. ¿Es importante?

Por toda respuesta, Ducamp se sacó la cartera del bolsillo interior de la chaqueta, que no se quitaba prácticamente nunca, y extrajo de ella una hoja doblada por la mitad.

—Publicidad que he encontrado en el buzón esta mañana… —dijo desplegando una octavilla y dejándola en la mesa.

La oferta de una segunda pizza a mitad de precio atrajo todas las miradas. Comprendiendo adónde quería ir a parar Ducamp, Martin abandonó la sala y, al cabo de un momento, volvió con una regla para medir el ancho de la hoja.

—Diez centímetros y medio exactos —anunció al resto—. Por catorce coma ocho de alto.

—Es un formato A6 —dictaminó Ducamp, para sorpresa de todos—. El típico de un *flyer*.

—¿Cómo sabes eso?

—¿Importa?

—La verdad es que no —respondió Martin sin dudarlo—. Así pues, tenemos un trozo de papel arrancado de un *flyer* en el estómago de nuestra víctima. ¿Qué nos dice eso? ¿Alguno de vosotros tiene una idea sobre el mensaje que quiso enviarnos el asesino?

Chloé aún no había dicho nada, pero Martin reconocía los signos precursores de una idea no asumida. No podía estarse quieta en la silla y hacía muecas. La ayudó a su manera:

—¡Escúpelo, Chloé! ¿De qué tienes miedo? En el peor de los casos, dirás una chorrada, te tomaremos el pelo cinco minutos y pasaremos a otra cosa.

Chloé podía mostrarse susceptible cuando la cogían en un fallo, pero ahora todos esperaban que hablara. La chica se lanzó con voz insegura.

—Partes de la base de que es un mensaje del asesino, pero todos estamos de acuerdo en que son las víctimas quienes se infligen esas heridas, ya sea entre sí o por automutilación.

—Así es. ¿Y?

—Pues que ese mensaje bien podría venir de ellas.

—Cuando dices de ellas, ¿te refieres a las víctimas?

—Sí.

Martin había fruncido el ceño a su pesar, lo que había detenido en seco a Chloé. Esta vez fue Lazlo quien acudió en su ayuda.

—Lo que apunta la niña tiene sentido. Entre otras cosas porque, como has dicho a modo de preámbulo, si el asesino quiso dejarnos un mensaje, no lo hizo bien. La prueba es que ninguno de los presentes es capaz de descifrarlo. Pellegrino, díganos lo que tiene en la cabeza, exactamente.

Chloé le dio las gracias con la mirada. A Martin le sorprendía que siguiera sin reaccionar ante el apelativo paternalista que Lazlo se empeñaba en darle. Respeto a las canas, o quizá a la antigüedad. La miró y le indicó por señas que continuara. La chica, más segura de sí misma, se aclaró la garganta.

—Es posible que las víctimas intentaran dejarnos un indicio que nos permitiera encontrarlas.

Esta vez Vaas entrecerró los ojos y echó la cabeza hacia atrás. Chloé se relajó totalmente. La teoría se abría camino, y ahora Martin buscaba la forma de integrarla en las próximas deliberaciones. Cuando abrió los ojos, todo el mundo estaba listo.

—Nuestros tres supervivientes saben que uno de ellos va a morir —dijo Vaas en un tono neutro—. Como a su compañero Jordan Buch, tendrán que apuñalarlo, o darse muerte ellos. Ese punto aún está por determinar, pero olvidémoslo por el momento. Clara, Zoé y Nathan han comprendido que es una perspectiva ineludible y que el guion se repetirá. Así que deciden de común acuerdo dejar un indicio en el cuerpo del primero que muera para dar una oportunidad a los otros dos. —Martin hizo una pausa e interrogó con la mirada a Chloé, que asintió para indicarle que había interpretado bien su idea—. Es siniestro —dijo como para sí mismo—. Pero el mensaje sigue resultando incomprensible: «Noche Bobo».

—Se las apañaron con lo que tenían a mano —comentó Lazlo con voz pausada—. Por supuesto, su torturador no les habrá proporcionado bolígrafo y papel…

Martin habría preferido que el comandante de la UAC3 se abstuviera de ese último comentario, pero decidió hacer caso omiso y seguir concentrado.

—De acuerdo, utilizan lo primero que encuentran. Un *flyer*. Pero, cuando los obliga a matarse, su torturador los observa. Forzosamente. Debe asegurarse de que el trabajo se hace. Así que las víctimas no tienen elección. Se ven obligadas a rasgar el *flyer* y quedarse solo con una tira estrecha, que pueden enrollar a lo largo del cuchillo, si no, las descubrirán. Clara, Zoé y Nathan prepararon la jugada. Tras pensarlo bien, se dijeron que, con el trozo de papel introducido en el abdomen del o la que iba a morir, estaríamos en condiciones de encontrarlos.

Se hizo un profundo silencio. Todos pensaban en la medida extrema que los tres jóvenes viajeros habían ideado para regalarse un poco de esperanza.

—Esos chavales tienen recursos —dijo al fin Lazlo—. Eso no se puede negar.

—Ahora nos toca demostrarles que nosotros también.

30

El oficial Cochet no era muy hablador, lo que Lucas agradecía en el alma a esas horas de la mañana. Habían salido de Gap a las ocho y ahora estaban en las proximidades de Rochebrune.

Cuando había explicado el motivo de su viaje, a Lucas le sorprendió no haberle provocado ninguna reacción. Por lo general, cuando un viejo caso archivado volvía a la superficie, los policías de la jurisdicción afectada solían sentirse un poco amenazados. Una hora antes, al ver al oficial delante de su hotel, Lucas había comprendido esa falta de interés. Cuando Marcel Dupré había sido acusado del asesinato del matrimonio inglés, Cochet debía de estar en primaria.

Lucas había leído el dosier del Durance varias veces, y desde entonces sentía un malestar del que no podía desprenderse. Quizá Dupré fuera el autor de esos asesinatos, pero nunca había confesado, y los elementos aportados por los investigadores no probaban de forma concluyente su culpabilidad. Solo eran un puñado de presunciones. Lucas se preguntaba qué milagro había permitido al juez de instrucción convencer al fiscal para que llevara el caso a juicio. La presión mediática, quizá, o las repercusiones en el turismo. La región atraía muchos extranjeros, y, desde luego, «los desaparecidos del Durance», como los había bautizado *Le Dauphiné*, no le hacían buena publicidad. Indudablemente, detener a Marcel Dupré había permitido poner fin a una paranoia creciente. Los dos ingleses no habían muerto el mismo día: habían sido hallados con tres semanas de intervalo. En el mismo sitio, metro más, metro menos. Una buena base para alimentar leyendas siniestras.

En cambio, el hecho de que Marcel Dupré hubiera sido condenado en el juicio oral no era sorprendente en absoluto. Los rasgos de personalidad expuestos ante el jurado resultaban abrumadores por sí solos. Se le había descrito como un individuo grosero, hosco, impulsivo e irascible. Negaba el paso por sus tierras a los senderistas y echaba de malas maneras a los habitantes de la zona que acudían a pedirle ayuda. Había acabado pagando el precio por ello. Cuando los gendarmes empezaron a hacer averiguaciones en el vecindario en busca de un sospechoso, oyeron el nombre de Dupré de numerosos labios. Nadie se había atrevido a decir que esos actos los había cometido él, pero todos coincidían en que el perfil coincidía. Cuando la fiscalía confió el caso a la policía nacional, el panorama había cambiado. Entretanto, los vecinos de Dupré se habían convencido de su culpabilidad y habían ensombrecido su retrato un poco más.

Como los juicios en la sala de lo penal no se transcribían, Lucas había intentado contactar con el fiscal que había llevado el caso. Ya no ejercía, pero una secretaria le había prometido que haría todo lo posible para transmitirle el mensaje. Mientras tanto, el subinspector tenía que conformarse con el auto de procesamiento redactado por el juez de instrucción.

El testimonio de Isolda Dupré no había servido realmente a la causa de su marido. Sus declaraciones, sin ser acusatorias, apenas atenuaban las ya inscritas en el sumario. «Marcel es un hombre de sangre caliente —había dicho la mujer—, al que no le gusta que se metan en sus asuntos. No tiene mal fondo, pero le cuesta hacerse respetar. Así que, a veces, muerde». Su descripción divergía de la del psiquiatra que había tratado a Dupré en la cárcel. Un sumiso que lo último que quería era hacerse notar. Ciertamente, la detención lo había puesto frente a otros más fuertes que él, hasta el punto de embotarle los colmillos.

Aparte de esos testimonios, nada acusaba a Marcel Dupré, salvo lugares y fechas en común de la familia Dupré y el matrimonio inglés, que, en otras circunstancias, se habrían considerado simples coincidencias. La visita a un lugar turístico, realizada en tres tiempos. Un museo, un mirador y, por último, un restaurante. Todos los años, numerosos turistas seguían esas mismas etapas, en ese preciso orden. El Muséoscope du Lac, en el embalse de Serre-Ponçon, era un lugar muy famoso de la región, recomendado en la mayoría de las guías turísticas. El cercano restaurante panorámico se consideraba casi una visita obligada. Los investigadores lo sabían, pero opinaban que esos dos encuentros fortuitos habían bastado para hacer germinar un plan diabólico en la torturada mente de Marcel Dupré: secuestrar a dos turistas ingleses, a los que nadie buscaría. ¿Con qué fin? Se había formulado una teoría, una historia sin fundamento, que nadie se había molestado en invalidar. Probablemente, Dupré había retenido al matrimonio con la idea de negociar un rescate, pero la situación se le había ido de las manos. Había intentado obtener los favores de Kelly Browning y, ante su rechazo, la había apuñalado. Un estallido de ira, sin duda: su mujer había dicho que solía tenerlos. Presa del pánico, Dupré había mantenido encerrado al marido, Tom Browning, en un cobertizo que se encontraba a más de cien metros de su casa. ¿Por qué? Una vez más, las razones podían ser miles. A Lucas, en cualquier caso, no lo convencían.

Quedaba una última pregunta, una pregunta de peso, que no podía por menos que haber obsesionado a los investigadores: ¿por qué había escrito Dupré la palabra «GANADOR» en la planta del pie de su prisionero?

Un análisis psiquiátrico, anexado al dosier, intentaba responderla. Sugería que Marcel Dupré, devorado por la culpa y aterrado ante la idea de retener a Browning varias semanas a espaldas de su mujer, había intentado salir del atolladero aplicando un enfoque psicológico: habría intentado provocar un síndrome de Estocolmo en Tom Browning, lo que lo salvaguardaría de una denuncia si al final decidía liberarlo. El psiquiatra insistía en el hecho de que, tras asesinar a Kelly Browning, Dupré había perdido los nervios, y añadía que su mente estaba tan confusa que, a partir de ese momento, sus actos ya no respondían a ninguna lógica. «¡Tiene narices! —había pensado Lucas, irritado con el médico—. Dices lo primero que se te ocurre, pero el que delira es Dupré…». Siempre según el analista, Dupré había escrito esa palabra en la planta del pie de Browning para hacerle comprender que se salvaría. Debía de esperar una muestra de agradecimiento, que, evidentemente, no había recibido. En consecuencia, había ideado otro medio para hacerse querer: privar de todo alimento a su prisionero con el objetivo de convertirse a sus ojos en la figura nutricia, la única persona que podía salvarlo. Tras obligarse a leer el pasaje varias veces, Lucas había alzado los ojos al cielo. Dado que esa última explicación difería de la de los investigadores, el subinspector se preguntaba cuál de las dos se había expuesto en el juicio.

A su modo de ver, el dosier no era más que una sucesión de conjeturas a cual más cuestionable. Se había ordenado obtener la cabeza de Dupré, y todo el mundo había puesto su piedra en el edificio, en aquel caso, su cadalso.

Desde aquel siniestro asunto habían pasado veinte años. Marcel Dupré estaba muerto y enterrado, y nadie quería replantearse su culpabilidad. Cuando había hablado con Isolda Dupré para solicitarle un encuentro, Lucas esperó alguna reacción, o al menos alguna pregunta. La viuda se había limitado a citarlo a una hora y había colgado. Lucas no tenía ni idea de cómo lo recibiría. Quizá aquella mujer había superado el duelo, y evocar el pasado de su marido ya no le provocaba ninguna emoción. O quizá hacía mucho tiempo que se había convencido a sí misma de que su marido era un asesino y había recibido su merecido. No en vano había dejado de visitarlo poco después de su ingreso en prisión.

Lucas practicaba sus frases introductorias mientras el oficial Cochet aparcaba ante la casa. El juez Vendôme y Vaas le habían dado ciertas instrucciones. Tenía permiso para hablar de nuevos crímenes similares a los de los Browning, con *modus operandi* ligeramente distintos, pero, aunque fuera el primero en dudar de su culpabilidad, no debía dejar creer ni por un instante que se estudiaba una revisión del juicio de Marcel Dupré.

31

Chloé echaba pestes de su GPS, que no estaba actualizando su posición en tiempo real. Había pasado de largo ante un desvío y ahora estaba perdida en una zona en blanco, cuando debía de encontrarse a menos de diez minutos de su destino. Su interlocutor le había dicho que estaría allí hasta mediodía, pero que no podría esperarla pasada esa hora. Tenía veinte minutos para dar media vuelta y encontrar el camino.

Para su sorpresa, no había tardado en descifrar una parte del mensaje hallado en el abdomen de Nathan Percot. Entre las palabras «Noche» y «Bobo» había un espacio de cinco centímetros, así que las había tomado por separado. Rápidamente descubrió que existía una discoteca llamada el Bobo Club situada en Barbizon, en Sena y Marne. Ese emplazamiento bastó para acrecentar su interés. Desde el principio de la investigación, Martin había puesto el foco en esa provincia, que se encontraba a medio camino entre París y Gien, la última etapa conocida de sus viajeros. El análisis del agua extraída de los pies hallados en el Sena también apuntaba la posibilidad de que los miembros hubieran permanecido sumergidos previamente en esa zona. A veces, Chloé podía interpretar los indicios a su conveniencia (Martin se lo había reprochado más de una vez), así que, antes de compartirlos con nadie, había profundizado en sus búsquedas.

Consiguió el número de móvil del dueño del local y habló con él largo y tendido, insistiendo en la importancia de sus respuestas, pero sin revelarle el porqué de las preguntas. Al principio las centró en el club y su público. El gerente se jactó de tener una clientela selecta y un gran número de habituales. Estaba orgulloso de la decoración de su sala, que, según él, no tenía nada que envidiar a los clubes de moda de la capital. Y, a diferencia de ellos, el Bobo ofrecía dos pistas de baile con dos ambientes musicales distintos. «De todas formas —se dijo Chloé—, una discoteca que se llama Bobo Club no debe de asustar demasiado a la competencia…». Impaciente por entrar en el asunto principal de su llamada, escuchó distraída a su interlocutor, henchido de orgullo, y acabó interrumpiéndolo cuando el hombre se lanzó a una diatriba contra el Estado, que asfixiaba a su sector con impuestos. Chloé podía ser muy paciente, pero había temas que la exasperaban. A continuación, orientó la conversación hacia las cámaras de videovigilancia del local. Por primera vez, el gerente perdió el aplomo. Sí, claro que tenían instalado un sistema, pero llevaba una semana averiado. Chloé le respondió que las imágenes que le interesaban se remontaban a fechas muy anteriores. El hombre, cogido en un renuncio, carraspeó. Ahora que lo pensaba, puede que el sistema llevara dos o tres meses sin funcionar. El gerente del Bobo Club volvió a la carga con las dificultades para afrontar los gravámenes de un negocio como el suyo. Chloé lo atajó cambiando de tema una vez más. ¿Qué podía decirle sobre la política de comunicación del club? ¿Solían imprimir *flyers*? Esta vez, el gerente se mostró más locuaz. Sí, el Bobo Club organizaba a menudo noches temáticas y lo anunciaba difundiendo gran cantidad de octavillas. ¿Tipografía blanca sobre fondo rojo? Era muy posible, aunque los colores variaban regularmente. Para poner fin a la duda, Chloé le preguntó si podía enviarle uno. Él hizo una foto del *flyer* que estaban distribuyendo en esos momentos en Barbizon y sus alrededores. Al ver la maquetación del folleto publicitario, Chloé soltó un discreto «¡Bingo!». La primera línea era muy similar al mensaje encontrado en el abdomen de Nathan Percot. Entre las palabras «Noche» y «Bobo» había cinco centímetros de separación, y la tipografía era exactamente la misma. La segunda línea completaba el anuncio. «Noche blanca» en el «Bobo Club». A continuación, aparecía información práctica, como la dirección del club, la fecha del evento, la etiqueta requerida y el precio de la entrada, que solo se exigiría a los hombres.

Como el gerente parecía estar abierto a colaborar, Chloé probó a preguntarle si sería posible conseguir todos los *flyers* impresos durante el último año. Sin declarárselo, confiaba en poder fechar la octavilla rasgada. Le pareció oírlo resoplar en el otro extremo de la línea, pero, en lugar de presionarlo utilizando su autoridad, adoptó su voz más amable para agradecerle por anticipado toda la ayuda que pudiera proporcionarle. El hombre, lejos de dejarse engañar, soltó una risita, pero satisfizo su petición más allá de sus esperanzas: le facilitó el nombre del impresor, que también se encargaba de la maquetación y que, sin lugar a dudas, habría archivado todos los encargos recibidos.

Chloé intentó hablar con Vaas para comunicarle ese primer avance, pero le saltó el buzón de voz. Martin había llegado al Bastión al amanecer, mucho antes que ella, pero había vuelto a irse a toda prisa dos horas después. Cuando Chloé quiso interceptarlo, él le hizo saber con un gesto brusco que no era el momento, y luego añadió que confiaba en estar de vuelta al final de la jornada. Esa agitación había comenzado diez minutos después de que Lazlo entrara en el despacho de Vaas, cerrara la puerta, cosa que nadie se atrevía a hacer, y se pusiera a hablar con él sin molestarse en sentarse. Chloé comprobó a través de la puerta acristalada que la conversación subía de tono rápidamente. Martin se levantó de un salto con la cara roja de cólera. Chloé lo vio dirigirse a Lazlo con una mirada asesina, pero sus palabras quedaron confinadas entre las paredes del despacho.

Dos minutos después, Chloé coincidía con Lazlo ante la máquina de café, sin atreverse a preguntarle por el motivo de su visita a la 3.ª DPJ. El comandante de la UAC3 la miró con una sonrisa contrita que le veía esbozar por primera vez.

—¿Es grave? —le preguntó de todos modos.

—Seguro que se arreglará —había respondido Lazlo, lacónico.

Desde entonces, Chloé intentaba no pensar en ello.

El día anterior, Martin le había pedido que se informara sobre el simbolismo del agua. Chloé había encontrado tantos resultados que no sabía por dónde empezar. Le habría gustado compartir la tarea con alguno de sus compañeros, pero estaba sola en la sala común. Francis había aprovechado la ausencia de su superior para volverse a casa: un técnico tenía que pasarse a arreglar algo. Ella había asentido sin mirarlo por miedo a que leyera en sus ojos su decepción y, sobre todo, su exasperación. Lucas estaba en la otra punta de Francia, sin duda interrogando a la viuda de Marcel Dupré. Él tampoco regresaría antes del final de la jornada. Así que Chloé había seguido estudiando la pista del mensaje que les habían dirigido las víctimas.

Barbizon. Con toda probabilidad, Clara Faye y Zoé Mallet estaban retenidas como prisioneras en ese municipio situado al sur de París, con una población que no superaba los mil doscientos habitantes. ¿Habían estado los cuatro jóvenes en el Bobo Club antes de que los secuestraran? Chloé no acababa de verlo. No cuadraba con el estilo de vida de aquellos chicos. Una discoteca selecta con decoración elegante no se correspondía con la idea que se había hecho de ellos. Además, los hombres pagaban entrada, y ellos tenían un presupuesto muy ajustado. Quizá les habían dado el *flyer* en la calle y uno de ellos se lo había metido en un bolsillo. Era la hipótesis más plausible con diferencia, pero también la más desalentadora. El gerente del Bobo Club le había explicado que las octavillas también se repartían por los alrededores de Barbizon. Era imposible saber en qué pueblo se encontraban los chicos exactamente. Si conseguía averiguar la fecha precisa de la noche de marras, podría recurrir a la empresa que se encargaba de la distribución de los *flyers* para entrevistarse con todos los empleados que hubieran repartido aquel en concreto, confiando en que alguno recordara a un grupo de cuatro jóvenes cargados con mochilas. Ese detalle podía resultar más fácil de recordar que una cara.

A Martin no le gustaba que trabajara sola sobre el terreno, pero él no estaba, así que decidió pasar a la acción sin esperar su bendición. Apagó el ordenador, dejó el resultado de sus búsquedas sobre su escritorio, bien a la vista, y cogió el bolso. Sin duda, el impresor de los *flyers* estaría más dispuesto a mostrarle sus archivos si iba en persona. Cuando volviera, Martin y Lucas no tendrían más remedio que reconocer que también ella podía ser útil en la calle.

Pero antes debía llegar.

32

Martin volvió a cerrar la puerta de la habitación del hospital con el rostro tenso y los ojos más secos que nunca. La angustia que le había comprimido el pecho durante horas había desaparecido, pero la cólera no remitía. Sabía que tenía que irse otra vez de aquel sitio, de aquella ciudad, y cuanto antes. Aún le daba tiempo a coger el tren de las tres y llegar a media tarde a París.

Le debía una disculpa a Lazlo, era consciente de ello, pero había sido más fácil pagarla con él que enfrentarse a la realidad. Sin embargo, el comandante solo había sido el mensajero de una noticia que Martin esperaba hacía tiempo.

Había hablado con los médicos, que creían haberlo tranquilizado diciéndole que no habría secuelas físicas graves. Seis semanas con escayola y un poco de rehabilitación. Los hematomas desaparecerían pronto. Martin les había dado las gracias con la boca pequeña, ante todo por no haber aludido al quid de la cuestión.

Había entrado en la habitación con un nudo en la boca del estómago. Había pasado tanto tiempo que casi había olvidado el aspecto del rostro de su madre cuando lo tenía tumefacto.

Esta vez, su padre le había dejado intacta la nariz, fracturada dos veces en el pasado. En cambio, los dos brazos escayolados eran una novedad. Su madre necesitaría ayuda para el día a día. Martin temía oír la solución que le propondría ella.

Se inclinó sobre la cama y le dio un beso en la frente, uno de los pocos sitios que no le dolían. Ella no dijo nada; se limitó a llorar. Martin esbozó una sonrisa, pero ambos sabían que era forzada.

Cuando su madre le anunció que estaba decidida a darle una nueva oportunidad a su padre, se enzarzaron en una discusión. Martin dijo palabras duras con el único fin de hacerla entrar en razón. Marie Vaas, que sin embargo había tenido el coraje de divorciarse y retomar su apellido de soltera, lo miró con cara de desesperación y le suplicó que intentara comprender.

—Comprender, ¿qué? —gritó Martin—. ¿Que te gusta que te apaleen?

Entonces, su madre recurrió al único argumento contra el que Martin no podía luchar. Aún quería a su padre, y no soportaba vivir sin él. Mientras lo criaba a él, había hecho de tripas corazón, pero ahora que Martin vivía su vida, ella tenía derecho a llevar la suya como le pareciera. Por supuesto, su madre le aseguró que su padre había cambiado, que los años de cárcel lo habían calmado. Martin se aguantó la risa. Sí, la prisión podía cambiar a un hombre, pero él nunca había visto a un lobo transformarse en cordero. Su madre arguyó que los años negros que habían vivido se debían al alcohol y que ahora su padre estaba sobrio. Martin replicó que no le daba ni dos semanas para volver a las andadas. Pero sabía que era inútil. Habría podido seguir rebatiendo todos los argumentos de su madre, pero jamás conseguiría hacerle perder la esperanza. A no ser que la alejara, o hiciera que encerrasen de nuevo a su padre, aquella situación continuaría le gustase o no, y el guion se repetiría una y otra vez.

Marie Vaas había ingresado en urgencias en mitad de la noche. Nadie sabía quién la había traído. Había cruzado las puertas automáticas sola, con la cara ensangrentada y los brazos pegados a los costados.

Había alegado que se había caído por la escalera. Martin le había conocido más inventiva. La falta de costumbre, seguramente, pero, sin duda, sus reflejos de autojustificación volverían. Porque Martin sabía por experiencia que la historia se repetiría. Mañana, al cabo de un mes o dentro de un año, solo era cuestión de tiempo.

Le había costado digerir el hecho de enterarse por Lazlo. El comandante de la UAC3 no conocía a su madre y apenas había coincidido con su padre. Sin embargo, el comisario Ventoux, responsable de la comisaría del tercer distrito de Lyon y antiguo compañero de la escuela de policía, había contactado con él. Ventoux también había sido el superior de Martin, así que, en buena lógica, debería haberlo llamado directamente. Lazlo no había intentado mentir sobre los motivos de esa falta de tacto. En Lyon, todo el mundo temía la reacción de Vaas. Empezando por su madre. Antes de que la sedaran, había recalcado que no quería que pusieran al corriente a su hijo. De forma indirecta, Ventoux había hecho caso omiso de ese deseo.

Naturalmente, Marie Vaas no había querido denunciar a su exmarido. Martin sabía que, si lo hacía en su lugar, habría otros dramas que lamentar. Pese a las tropelías de su padre, sus antiguos compañeros continuaban protegiéndolo. Seguían siéndole leales, porque consideraban que la pena que había purgado era una injusticia más cometida contra la policía. Si Martin hacía que lo detuviesen, la vida de su madre se convertiría en un infierno. La suya también, pero eso le traía sin cuidado. La nueva generación quizá estuviera en mejores condiciones de actuar eficazmente en la lucha contra la violencia ejercida sobre las mujeres, pero, mientras los hombres pensaran que un pequeño correctivo de vez en cuando no le hace daño a nadie y, sobre todo, que esos asuntos debían permanecer en el ámbito privado, no habría una auténtica solución. Y menos si esos hombres formaban parte de las fuerzas del orden.

Martin había llamado al comisario para obtener información sobre su padre. Ventoux se había mostrado amable, aunque era evidente que la situación lo incomodaba. Había respondido a todas las preguntas sin entrar en lo personal en ningún momento. Su padre no contestaba al teléfono y había desaparecido del mapa. Sí, por supuesto, había enviado a dos agentes al piso de su madre, pero no, no se encontraba allí. Todo estaba escrupulosamente ordenado. Ni muebles ni vajilla rotos, ni rastros de sangre. No, claro que no ponía en duda lo que había ocurrido. Puede que no fuera el sabueso más sagaz del mundo, pero sabía que su madre no se había caído por la escalera. No, no intentaba cubrir a su padre, nunca lo había hecho, pero tenía las manos atadas. Su madre no quería poner una denuncia y, si lo hacía, solo Dios sabía cuáles podían ser las consecuencias. No disponía de suficientes medios para vigilar a todos los botarates que tenía a sus órdenes. Tal vez la mejor solución fuera convencer a Marie Vaas para que cambiara de vida. ¿Por qué no instalarla en París? El comisario Ventoux había terminado su charla en un tono que quería ser paternal:

—No hagas gilipolleces, Martin —había dicho—. Si tiene que caer alguien, que sea tu padre, no tú.

33

Lucas había rechazado la propuesta de Cochet de visitar la zona. Su entrevista con la viuda de Dupré no se había alargado y, nada más sentarse en el coche del oficial, había cambiado su reserva. Aquel desplazamiento le había hecho perder un tiempo precioso. Además, no estaba contento con la forma en que había llevado la conversación.

Sentado a una mesa en un rincón del vagón restaurante del tren, seguía intentando comprender qué lo había desestabilizado tanto.

Isolda Dupré había acomodado a Lucas y su acólito por un día en el salón. Todos los postigos estaban cerrados, y un solo rayo de sol atravesaba la penumbra a través de una tablilla rota. Por un momento, Lucas creyó que era una medida para protegerse del calor, y se tomó la libertad de encender la lámpara que tenía al alcance. Al instante, Isolda Dupré se protegió los ojos con una mano y, con voz seca, le ordenó que la apagara. Sufría terribles migrañas, y la luz las agravaba. Lucas obedeció. Resultado: habían hablado, pero no podía decirse que se hubieran visto. Dada la imposibilidad de leer sus notas —ni de tomar otras como es debido—, el subinspector Morgon se había visto obligado a improvisar, y esa situación lo había irritado considerablemente. Más de una vez había estado a punto de imponer su voluntad y encender de nuevo la lámpara para poder observar las reacciones de su interlocutora; pero se había contenido para no ponerla en su contra. Dos horas después, se preguntaba si esa había sido la verdadera razón. Con su desgana y su impasibilidad, Isolda Dupré lo había impresionado, o más bien intimidado.

Zarandeado por el tren, releía, Coca-Cola en mano, las preguntas que Martin le había pedido que hiciera. No se había dejado ninguna, pero no por eso estaba satisfecho. No se había encontrado eficaz, le había faltado garra. Y no es que tuviera pensado abordar a aquella mujer, pero había salido de su casa con la desagradable sensación de no haber despertado su curiosidad una sola vez. En ningún momento había mostrado sorpresa ante el hecho de que la policía se interesara por su marido, que llevaba siete años muerto. Había respondido a todas las preguntas sin vacilar ni variar el tono de voz. Cuando él le había hablado de crímenes recientes, ella se había limitado a soltar un «¡Ah!», sin manifestar mayor interés.

Con la libreta a la vista, Lucas intentaba descifrar los fragmentos de frases que había escrito a oscuras. Su letra era tan poco legible como la de Martin. Resopló, arrancó las hojas en cuestión y empezó a pasarlo todo a limpio.

Como un secretario judicial, intentó transcribir por completo su conversación con Isolda Dupré.

Antes de que los condujera al salón, Lucas y el oficial Cochet habían podido observar unos segundos a Isolda Dupré a la luz del día mientras los esperaba en el umbral de la puerta. Lucas tenía la sensación de que había sido un momento tan fugaz que le sorprendió ser capaz de describirla.

El dosier afirmaba que la señora Dupré tenía sesenta y cinco años, pero él le habría echado quince menos, como poco. Sorprendentemente pálida para vivir en una región tan soleada, tenía un rostro oval todavía bien marcado. Algunas arrugas alrededor de los párpados y en el contorno de los labios, pero nada que delatara su edad. Sus ojos eran de un negro intenso y su pelo, recogido en la nuca en un moño flojo, debía de haber tenido el mismo tono. Con el tiempo, algunas hebras de plata habían hecho su aparición para suavizar el conjunto. Lucas había podido observar detenidamente el retrato de Marcel Dupré y, durante la entrevista, no había dejado de preguntarse cómo se las había arreglado un hombre tan poco carismático para conquistar a una mujer así. El matrimonio había tenido un hijo tardío, cuando Isolda ya había cumplido los cuarenta, pero el dosier no precisaba en qué época se había conocido la pareja, ni en qué circunstancias.

De estatura baja y complexión delgada, Isolda podía parecer frágil a primera vista, pero la conversación posterior había demostrado que no era una mujer que se dejara impresionar.

Una vez sentado frente a ella, Lucas había intentado ganársela agradeciéndole varias veces que los hubiera recibido con tanta rapidez, pero su anfitriona, hundida en el sillón y con la cara oculta en la penumbra, ni siquiera se había dignado responder.

Lucas se terminó la Coca-Cola de un trago y empezó a transcribir la conversación con todo detalle:

«—Señora Dupré, tras conocer los hechos, ¿pidió usted explicaciones a su marido?

—Explicaciones, ¿sobre qué?

—Sobre lo que tenía en la cabeza cuando decidió secuestrar a aquel matrimonio inglés, por ejemplo.

—No.

—¿No trató de comprenderlo?

—No había nada que comprender.

—Porque pensaba que su marido era inocente, ¿no es eso?

—Es lo que él me dijo, pero es lo que dicen todos los culpables, ¿no?».

El tono neutro era casi glacial.

«—Pero ¿usted lo creía culpable o no?

—¿Y eso qué importa? La policía lo creía culpable, y los jurados, también.

—¿Nunca ha pensado que pudo ser un error judicial?».

Lucas dudó en tachar la última pregunta. La había planteado, pero contravenía todas las recomendaciones que le habían hecho. Decidió asumirla, pese a todo. El contexto la justificaba; no hacerla habría podido despertar sospechas. Continuó, con la mano temblándole al ritmo de las sacudidas del tren:

«—Mi marido no tuvo nada que decir en su defensa. Los investigadores le hicieron muchas preguntas sobre sus movimientos; respondió a todas con evasivas. Por mi parte, no podía ayudarle, porque nunca sabía dónde pasaba el día.

—¿Y no le pidió que fuera más preciso?

—¿Para qué? Si no había conseguido serlo con los gendarmes y la policía, ¿por qué iba a serlo conmigo?

—¿Es eso lo que la convenció de su culpabilidad?

—Siempre llevaba un Opinel encima. No era un recuerdo, no tenía ningún valor sentimental, pero nunca se separaba de él. Cuando vinieron a detenerlo, ya no lo tenía.

—El informe no menciona la desaparición de ese cuchillo.

—Porque no lo dijo. A mí tampoco.

—Entonces, lo creía culpable… ¿Por eso dejó de ir a verlo a la cárcel?

—Mi marido estuvo preso primero en Arlés y, luego, en las Baumettes, antes de que volvieran a trasladarlo a Salon-de-Provence. Hablamos de cuatro horas en coche y otras tantas de vuelta, cada vez. Además, le habían impuesto la pena máxima. Yo tenía que ocuparme de mi hijo, que aún era joven.

—Usted también.

—Efectivamente, yo también. No tenía intención de ser la mujer de un preso toda la vida.

—Sin embargo, no se divorció…

—Lo habría hecho sin dudarlo si hubiera servido de algo. Preferí mantener relaciones libres. Siguiendo casada, pude heredar esta casa al morir Marcel.

—¿Y hoy?

—Hoy, ¿qué?

—¿Tiene pareja?

—¿Por qué? ¿Quiere salir conmigo?».

Lucas recordó que había sonreído en la penumbra y aprovechado la ocasión para entrar en el meollo del asunto.

«—Se lo pregunto porque, recientemente, hemos tenido conocimiento de asesinatos extrañamente parecidos a los de su marido.

—¡Ah! ¿Y cree usted que mi actual pretendiente decidió convertirse en asesino e inspirarse en mi marido con la esperanza de conquistarme?».

Ninguna emoción en el tono de voz, ni siquiera una pizca de ironía, escribió Lucas para transcribir fielmente su recuerdo.

«—Entonces ¿tiene un pretendiente actualmente?

—Siempre lo tengo. Y también amantes. De una noche, un mes, tres años... No me gusta estar sola.

—Y su hijo, ¿cómo lleva eso?

—Su pregunta es patética. Como soy madre, ¿no debería gustarme que me deseen? Mi hijo se marchó de casa a los dieciséis años para estudiar hostelería. Al contrario que usted, y por suerte para mí, tiene una mente abierta. Ha visto desfilar a unos cuantos hombres por esta casa, sí, pero sabía que ninguno ocuparía su lugar. En cuanto a su padre, cuando lo vio partir esposado, tenía cinco años. No conserva un recuerdo muy bonito de él».

A Lucas, ese momento de la entrevista le había dejado mal sabor de boca. Isolda Dupré no le había dado la oportunidad de rectificar. Le había devuelto una imagen de sí mismo de la que ya no había conseguido librarse. Y eso que había intentado aliviar la tensión más de una vez.

«—Isolda es un nombre muy poco frecuente. ¿Cuál es su origen?

—Celta. Y le confirmo que ya hace mucho tiempo que no se les pone a las niñas. Mis padres sentían fascinación por la Edad Media. Debieron de creer que volverían a ponerlo de moda».

Lucas había acabado renunciando a cualquier tema un poco personal, a riesgo de quedarse atascado.

«—¿Recuerda haber visto a aquel matrimonio inglés en el museo?

—Ni en el museo ni más tarde, en el restaurante. Ese día fue una auténtica pesadilla. Léandre no podía estarse quieto y no paraba de llorar.

—¿Léandre?

—Nuestro hijo. Con eso no quiero decir que no nos cruzáramos con esa pobre gente, solo que estaba demasiado ocupada para fijarme en quienes me rodeaban.

—En el dosier dice que se había hecho limpieza en uno de sus graneros antes de la llegada de los gendarmes y que esa circunstancia los puso en guardia. ¿Solían limpiar los graneros a menudo?

—¿Por qué me pregunta eso? ¿Sus asesinatos también se cometieron en graneros?».

Lucas no había sabido qué responder, e Isolda Dupré había seguido hablando.

«—Los graneros no se limpian, pero es cierto que mi marido había despejado uno poco antes de aquello. Se suponía que me estaba preparando un taller.

—¿Un taller? ¿Es usted artista?

—Lo era, antes de que decidiéramos venir aquí.

—¿Y a qué arte se dedicaba?

—La escultura.

—¿Por qué lo dejó?

—Porque se me acabó la inspiración. Pensaba que el aislamiento me sentaría bien, pero no fue así. Y luego llegó Léandre».

Una vez más, Isolda lo había dicho sin dejar entrever ninguna emoción. Ni pesar ni añoranza en su tono de voz. Un simple enunciado de los hechos.

«—¿Por qué se quedó aquí? Podía haber rehecho su vida en otro sitio...

—La pregunta, ¿tiene alguna relación con sus asesinatos?».

Lucas no lo escribió en su libreta, pero, en ese preciso instante, había empezado a ahogarse. La falta de luz, la voz inexpresiva de Isolda Dupré, la presencia del oficial Cochet, que, pese a querer ser discreto, no paraba de moverse en el sillón... Así que había abreviado la conversación haciendo las últimas preguntas que le había impuesto Martin.

«—En su opinión, ¿por qué la tomó su marido con ese matrimonio inglés?

—No tengo la menor idea. La policía habló de un rescate.

—¿Y usted se lo creyó?

—Quién sabe. Mi marido y yo no nadábamos en la abundancia. Puede que él viera una oportunidad en aquello.

—Habla de su marido como si apenas lo conociera...

—¿Acaso conocemos a los demás? Cuando nos casamos, Marcel tenía cuarenta y cinco años. Yo, doce menos. Él tenía un pasado, lo mismo que yo, pero no intenté conocerlo. Él, el mío, tampoco. Quizá debimos hacerlo. Los primeros años vivimos una gran pasión, hasta que nos mudamos aquí. Después...

—¿Después...?

—Después, nada. La vida, el aburrimiento. Estoy segura de que sabe a qué me refiero.

—Entonces ¿ignora qué hacía su marido antes de conocerla?

—Acabo de decírselo, pero es usted muy dueño de investigar».

Dado lo cortante de las respuestas, Lucas había temido su siguiente pregunta.

«—¿Y su hijo?

—Mi hijo, ¿qué?

—Ha dicho que se fue a los dieciséis años. ¿Qué hace ahora?».

Lucas apuntó que, por primera vez, se había producido un silencio.

«—¿Sigue viéndolo?

—Menos de lo que me gustaría. Está muy ocupado.

—¿A qué se dedica?

—Trabaja en un gran restaurante.

—¿Dónde?

—No veo qué tiene que ver mi hijo con todo esto. Le recuerdo que en esa época tenía cinco años.

—Lo sé, pero, aun así, me gustaría hablar con él.

—Trabaja en Japón. En Kioto, concretamente. Le daré su número de teléfono».

Lucas había tenido la sensación de que Isolda Dupré había cedido a regañadientes.

«—Solo tengo una pregunta más, señora Dupré. ¿Conoce a un tal Grigore Orban?

—No, ¿debería?

—Estuvo encarcelado en Salon-de-Provence al mismo tiempo que su marido…

—¿Y cree que yo organizaba fiestas con sus compañeros de cárcel?

—Su marido pudo hablarle de él...

—Si lo hizo, no lo recuerdo. ¿Es su sospechoso?

—En este punto de la investigación no puedo decirle nada.

—Acaba de hacerlo».

34

Martin esperaba a Chloé en la terraza de un bar de la Cour-Saint-Émilion. Había oído sus mensajes en el tren y le había propuesto que se encontraran cerca de la Gare de Lyon. No le apetecía nada volver a pasarse por el Bastión y, menos aún, cruzarse de nuevo con Lazlo. No había conocido el barrio de Bercy y sus fábricas abandonadas antes de que se transformase en un área comercial con calles pavimentadas y arboladas a las que apenas llegaba el incesante ruido de la ciudad. El doctor Ferroni le había enseñado la zona, situada no muy lejos del IML. A veces iban allí después de pasar juntos la jornada para desconectar de su realidad.

Martin la vio llegar de lejos con su sonrisa llena de frescura y sus ojos pícaros. Era lo que necesitaba para ahuyentar temporalmente el recuerdo del rostro tumefacto de su madre. Sin embargo, la recibió con cara seria, adoptando mecánicamente su papel de superior.

—Sabes que no me gusta que trabajes sola sobre el terreno...

Chloé se abstuvo de responder y, una vez sentada, le tendió un papel impreso. Él lo cogió y comprendió al instante qué era.

Tenía en la mano uno de los *flyers* que habían utilizado las víctimas del Sena para enviarles un mensaje.

—¡Así se hace! —exclamó esbozando su primera sonrisa—. Pero deberías haber ido con Ducamp.

—Siempre dices que tenemos poco tiempo...

—Eso no tiene nada que ver. ¿Por qué no te ha acompañado?

—Tenía que resolver un asunto.

—¿Un asunto?

—No pasa nada, créeme. Además, no he ido a echarle el guante a un traficante de coca. Solo a hablar con un impresor.

—Cuéntame cómo lo has conseguido —le pidió Martin en un tono más conciliador, sabiendo que no obtendría respuesta a su anterior pregunta.

Chloé obedeció con una chispa de orgullo en los ojos. El grafista con el que había hablado había identificado enseguida el *flyer* correspondiente al trozo de papel desgarrado que le había mostrado en foto: el fondo rojo se empleaba poco. Al principio le había sorprendido la tipografía rosa, porque no recordaba haber escogido ese tono, pero Chloé se había apresurado a aclararle que, en realidad, las letras eran blancas. Había sido un alivio que el hombre no le preguntara cómo se había alterado el color.

El folleto se había impreso cinco semanas antes para su inmediata distribución. Anunciaba una noche «Prohibición», que se celebraría el sábado 16 de abril en el Bobo Club. Chloé le había pedido al grafista que le aclarara el tema de la velada, más por curiosidad que por verdadero interés, pero el hombre había sonreído apurado: él solo era un proveedor, nunca había pisado la discoteca.

También le había proporcionado la dirección en la que siempre entregaban los *flyers*, pero no había podido facilitarle el teléfono de la empresa. Chloé había vuelto a llamar al gerente del Bobo Club, que no había tenido inconveniente en dárselo. Ahora esperaba que el responsable de la agencia de marketing viral que se ocupaba de la distribución respondiera a los dos mensajes que le había dejado en el contestador.

Martin la había escuchado sin interrumpirla, divertido por su tenacidad.

—Entonces, tu teoría es que una de las personas contratadas por la discoteca entregó ese *flyer* a nuestras víctimas…

—Cuatro jóvenes, dos chicos y dos chicas, deben de formar parte del público de los repartidores, ¿no?

—Cuatro jóvenes con mochilas a la espalda —repuso Martin, escéptico.

—No son el objetivo ideal, lo admito, pero por lo general los chicos que hacen ese trabajo tienen que repartir toda la publicidad que les dan si quieren que vuelvan a llamarlos. No creo que hilen muy fino.

—Lo que dices tiene lógica. Merece la pena seguir esa pista.

—¿Y tú? —le preguntó Chloé con fingida naturalidad.

—Yo, ¿qué?

—Lo de esta mañana parecía serio…

Vaas se encogió de hombros como si ese simple gesto bastara para explicar su espantada.

—¿Era un asunto personal o profesional? —insistió Chloé.

—Personal.

—¡Ah! Porque me ha parecido que estaba directamente relacionado con tu conversación con Lazlo. —Martin la miró sin decir nada—. Lo pillo —murmuró ella, y frunció los labios—. No quieres hablar de ello.

—No.

—Aunque sabes que puedes confiar en mí…

—Sí.

—Así que no me contarás nada…

—No.

Martin le sonrió, y Chloé confirmó con un gesto de la cabeza que había recibido el mensaje.

—¿Y Orban? —preguntó para cambiar de tema—. ¿Realmente estábamos obligados a soltarlo?

—Era mejor poner fin a la detención si no queríamos quemar todas nuestras posibilidades de atraparlo. No habríamos podido armar un caso sólido en cuarenta y ocho horas.

—Pero ¿estás de acuerdo en que tiene alguna relación con los asesinatos?

—¿Con cuáles, los del Sena?

—Hablo en general. Los del Sena, los del Tarn…

—Eso prueba que nos habríamos precipitado lanzando acusaciones. Ni siquiera estamos seguros de lo que podemos atribuirle. Pero, si tuviera que mojarme, diría que, efectivamente, es responsable de los asesinatos del Tarn. Respecto a los alemanes hallados a orillas del Mosela, lograste convencerme de que no fue él. Respecto a los del Sena, no tengo la menor idea. Consiguió presentarnos una coartada para las noches en que depositaron los cuerpos de Jordan Buch y Nathan Percot.

—¡Menudas coartadas! Se supone que estaba en casa de Véronique Laval, la misma mujer que aceptó alojarlo cinco años después de que le hiciera cortes en los pies.

—¿Puedes demostrar que ella miente? —Chloé hizo una mueca, como siempre que se sentía impotente—. Además, pensaba que no lo creías culpable de los asesinatos del Sena… —añadió Martín extrañado.

—Es lo que dije, lo sé, pero no puedes partir de la base de que tengo razón.

—¿Crees que lo hago?

—En todo caso, da esa impresión.

—Entonces, siento decepcionarte, pero no es así. Yo te pido tu opinión y tú me la das. Lo que haga con ella depende de un montón de factores. Los hechos, las opiniones de los demás miembros del equipo, mi intuición… E incluso si decido adoptar tu idea o la de otro, siempre tengo presente que podemos equivocarnos de camino. ¿Más tranquila? —Chloé asintió con la cabeza como una niña pequeña a la que acaban de regañar—. Ahora me gustaría saber por qué estás dispuesta a poner en duda tus propias hipótesis —continuó Martin—. Al final, ¿piensas que Orban volvió a las andadas y que hay que atribuirle los últimos asesinatos?

—No tengo la menor idea. Pero no paro de decirme que es nuestro único sospechoso y que hemos dejado que se fuera. ¡Supón que me haya equivocado y que mañana encontramos a Zoé Mallet amarrada en el puerto de la Bastilla!

—Por lo pronto, le será más difícil hacerlo.

—¿Por qué?

—El juez Vendôme nos ha autorizado a montar un seguimiento. Todos los movimientos de Orban están siendo vigilados de cerca desde que salió del Bastión.

—¿Por qué no me lo habías dicho?

—Porque hemos puesto en marcha el dispositivo a primera hora de esta mañana, antes de que me viera obligado a ausentarme. Debería haberte informado, pero… Digamos que he tenido otras cosas en la cabeza.

—Cosas personales de las que no quieres hablar.

—Exacto.

—Pues hay un montón de preguntas que me gustaría haberle hecho…

—Tendrás otras ocasiones de formulárselas.

35

La luz cruda del fluorescente acentuaba las ojeras de los cuatro protagonistas. Llevaban dos horas encerrados en la sala de interrogatorios. Fuera estaba saliendo el sol, pero no había ventanas que se lo indicaran.

Vaas había recibido la llamada a las dos de la mañana y había vuelto a colgar una vez oído el mensaje, sin pararse a interpretarlo. Su cerebro había registrado los datos y se los descifraría en cuanto estuviera lo bastante despierto. Entretanto, habían actuado otros automatismos. Una llamada al juez Vendôme, antes de avisar a Lucas, para que se respetara el procedimiento.

Una hora después se notificaba la detención.

Vaas conocía por fin a Véronique Laval. Respondía al retrato que le había hecho Lucas, con la salvedad de que ya no jugaba a seducir. De hecho, su segundo se dirigía a ella con una benevolencia rara en él. Por su parte, el abogado contenía los bostezos. Su presencia era ineludible, pero no necesariamente útil en ese punto. Véronique Laval ya había expuesto los hechos dos veces sin que nadie se lo hubiera pedido. El letrado tendría otras oportunidades de lucirse. Martin y Lucas eran los primeros que confiaban en que sabría reducir la pena que se le impusiera. Ni siquiera Vendôme parecía querer ensañarse.

La detenida llevaba una camiseta y un pantalón de chándal que distaban de corresponder a su talla. Chloé, todavía con cara de sueño, se había disculpado al tenderle la única muda que había encontrado en su taquilla de la 3.ª DPJ. A la llegada de Véronique Laval, los de la Científica habían requisado su bata, que ya debía de estar cortada en trozos con vistas a su análisis.

La mujer se había sometido a una inspección completa de su cuerpo sin pestañear. Había extendido las manos, abierto la boca y se había desnudado sin decir una palabra. En cuanto había visto a Lucas en la sala de interrogatorios había dejado de llorar, incluso había esbozado una sonrisa, como para que la perdonaran por estar allí. El rímel le había manchado las mejillas. No había intentado limpiárselo en ningún momento. No, Véronique Laval ya no intentaba seducir; ahora su rostro acusaba los años.

Habrían podido pasar días, o al menos varias horas, hasta que se descubriera el cadáver de Grigore Orban. Véronique Laval habría podido abandonar su piso de tres habitaciones en plena noche, o incluso al amanecer. El olor del cuerpo en descomposición habría acabado inquietando a los vecinos, pero ella podría haber estado a miles de kilómetros antes de que alertaran a las autoridades. Habría podido huir, esconderse, o al menos intentarlo. En cambio, había bajado a la calle a medianoche en zapatillas y envuelta en una bata ensangrentada, se había dirigido directamente a un coche aparcado a unos treinta metros de la entrada de su edificio y, tambaleándose sobre la calzada, había golpeado la ventanilla de la puerta del acompañante.

Los dos policías de turno en la vigilancia de Grigore Orban se miraron estupefactos. El que estaba sentado a la derecha bajó el cristal con una mano en la culata de su arma reglamentaria. Véronique Laval se inclinó hacia él y, con voz neutra, confesó haber matado a su amante. Luego, con la mirada perdida, tendió las muñecas a modo de ofrenda.

Los dos agentes subieron al piso y descubrieron el escenario del crimen. Para su gran sorpresa, la vivienda estaba en perfecto orden. Ninguna señal de lucha o de una pelea doméstica que hubiera acabado mal. Los cacharros de la cena estaban fregados y dos copas de champán acababan de secarse en el escurreplatos. La botella vacía estaba de pie en el suelo, al lado del cubo de la basura. Costaba creer que en la habitación de al lado se hubiera perpetrado una carnicería.

El dormitorio ya estaba impregnado de un característico olor metálico. La luz tamizada difuminaba las facciones de Orban, pero no el contraste de la sangre con las sábanas blancas. El hombre tenía las muñecas y los tobillos atados al somier con pañuelos de colores abigarrados. Sus pies estaban llenos de cortes, pero eso no era lo que lo había matado. Su torso era una única herida abierta. Lo habían destripado del esternón al pubis. Un cuchillo de cocina permanecía a la vista sobre el almohadón. Los policías no se molestaron en comprobar las constantes de Orban. Su rostro, crispado por el dolor, estaba exangüe. El más curtido de los dos se dijo que, sin duda, la muerte se había producido hacía varias horas. Cuando su compañero hizo amago de acercarse a la cama, lo agarró del brazo. No era el momento de hacer comprobaciones, tenían que asegurar la habitación y avisar a la 3.ª DPJ.

—¿Por qué? —preguntó Lucas por segunda vez desde el comienzo del interrogatorio.

—Porque era necesario.

—Eso ya lo ha dicho, señora Laval, pero no es suficiente.

—Y yo ya le he pedido que me llame Véronique.

—Volveremos a eso más tarde —terció Vaas. Con una expresión cansada, Lucas se recostó en el respaldo de la silla sin dejar de mirar a la detenida—. ¿Cómo sabía que había policías enfrente de su edificio? —preguntó Martin.

—Me lo dijo Grigore.

—¿Sabía que lo vigilábamos?

—Por supuesto. Grigore conocía sus métodos. Tuvo cuentas con ustedes toda su vida.

—¿Y eso no la preocupaba?

—¿El qué?

—Saber que, de paso, también la controlábamos a usted.

—Le parecerá extraño, pero, en cierta manera, me sentía protegida.

—No, lo extraño no es eso, sino que decidiera matar a su amante habiendo dos policías enfrente de su casa.

—En ese momento no pensé en ello.

—¿Y en qué pensó?

La mujer bajó la mirada y respondió con un murmullo, que obligó a Martin a pedirle que lo repitiera.

—Pensé que había que pararlo.

—¿Y no se dijo que ese era justo el papel de la policía?

—Usted no lo entiende. Grigore me daba miedo. Sentí que iba a volverse violento de nuevo. Tenía que hacer algo.

—¿Me está diciendo que fue en legítima defensa?

—En cierta forma sí.

—Señora Laval, Grigore Orban estaba atado de pies y manos. Por muy bueno que sea su abogado, me parece que le costará convencer de eso a nadie.

—Intenté evitar lo peor —murmuró la mujer de repente.

Martin enderezó el cuerpo, interesado por la continuación.

—¿Qué quiere decir con eso?

—Grigore iba a empezar otra vez, era inevitable.

—Empezar, ¿a qué?

—A hacer daño, y no solo a mí.

—¿Qué la lleva a pensar eso?

—Su mirada, capitán. Tenía ese brillo maléfico en los ojos, el mismo que la noche en que se ensañó con mis pies.

—¿Se sintió amenazada?

—Sí.

—Sin embargo, le dejó atarlo. Según mi experiencia, una persona que está a punto de volverse violenta no acepta ese tipo de sumisión.

—Conseguí engañarlo. Habíamos bebido bastante champán.

—Así que esperó a que estuviera ebrio para atarlo, diciéndose que de ese modo no podría hacerle daño…

El abogado salió de golpe de su sopor y, posando una mano autoritaria en el brazo de la mujer, le impidió responder.

—Mi cliente ha confesado —recordó con voz firme—. Mató a su amante por miedo a que volviera a atacarla. Creo que está claro para todo el mundo. Es tarde, todos estamos cansados, ¿qué les parece si continuamos con el interrogatorio por la mañana?

Martin miró al abogado con una sonrisa triste. También a él le habría gustado poder conformarse con aquella versión, pero las primeras comprobaciones del forense se lo impedían.

—Aquí dice que Grigore Orban murió entre las diecinueve y las veintiuna horas —dijo señalando con un dedo el informe preliminar que tenía ante él—. Es decir, al menos tres horas antes de que su clienta decidiera advertir a nuestros compañeros.

—Estaba en estado de shock —se apresuró a decir Véronique Laval—. Tardé un rato en comprender lo que había hecho.

—Eso puedo entenderlo —respondió Martin con voz suave—. Como puedo entender que decidiera limpiar el piso antes de confesar el crimen. Son mecanismos que desconocemos. Sin embargo, lo que me interesa es saber en qué momento decidió destriparlo. ¿Durante la cena? ¿Mientras bebían champán? ¿O cuando ya estaba atado y, por tanto, ya no podía hacerle daño?

—Mi clienta no tiene por qué contestar a esa pregunta —intervino el abogado—. Si quiere probar que hubo premeditación, tendrá que esforzarse más. Ese hombre había traumatizado a mi clienta. Una sola palabra de ese salvaje puede haber bastado para desencadenar el instinto de supervivencia.

Martin dejó pasar unos segundos para observar mejor a Véronique Laval. «Traumatizada» no era la palabra que habría usado él. Incluso en esos momentos, mientras hablaba de lo ocurrido, tenía sentimientos encontrados. Martin estaba convencido de que callaba parte de la verdad sobre lo que había ocurrido en aquel dormitorio.

—Ha dicho que Grigore iba a volver a hacer daño, y no solo a usted…

—Estaba convencida —respondió la mujer mirándole a los ojos.

—¿Piensa en otras personas concretas?

—No, no especialmente.

—¿Le habló de otras mujeres a las que frecuentara?

—No.

Ese «no», dicho sin la menor vacilación, no convenció a nadie.

—Siempre ha sabido que Grigore tenía otras amantes… —intervino Lucas—. Me lo dijo usted misma.

Véronique tragó saliva audiblemente, aceptó el vaso de agua que le tendía el subinspector y le dio tres sorbos con dificultad.

—Claro que estaba al tanto —dijo—, pero Grigore sabía que no debía hablar de ellas delante de mí.

—Sin embargo, anoche lo hizo… —aventuró Martin.

La mujer dejó caer los hombros, y su expresión se alteró. Vaas sabía que estaban llegando a un momento delicado del interrogatorio y que no convenía ser brusco con ella. Cambió ligeramente de tema para conseguir las respuestas que le interesaban.

—Señora Laval, cuando quisimos verificar la coartada de Grigore Orban, nos dijo que las noches del 22 y el 25 de mayo estaba en su casa. ¿Confirma esa versión?

—El 25, estaba conmigo, sí.

—¿Y el 22?

—No lo recuerdo.

—Señora Laval…

—Esa noche me fui a dormir temprano. A las ocho, cuando desperté, estaba allí, puedo jurárselo.

—¿No se despertó una sola vez en toda la noche? —preguntó Martin fingiendo sorpresa. La mujer se encogió de hombros, como para disculparse—. A estas alturas de la investigación, mentirnos no sería conveniente, señora Laval.

—Me levanté una vez —acabó confesando la mujer—. Sobre las cuatro, creo. Aún no había vuelto.

—Y, respecto al 25, ¿está segura de querer mantener su declaración?

—Le he dicho la verdad. Estaba conmigo y, para ser franca, habría preferido que no fuera así y que hubiera aceptado la invitación.

—¿La invitación?

—Una persona lo llamó a primera hora de la noche y le pidió que se vieran.

—¿Un hombre o una mujer?

—No tengo la menor idea. De todas formas, Grigore no quiso ir.

—¿Oyó la conversación?

—Retazos, pero, en realidad, nada significativo. Él dijo que no era cosa suya. Que la persona con quien hablaba tendría que arreglárselas sola.

—A esa persona, ¿la tuteaba o le hablaba de usted?

—La trataba de usted.

—¿Y eso es todo lo que dijo?

—Sí. Bueno, no todo. Añadió: «De todas formas, al final, ganará ella».

—¿«Al final, ganará ella»? —repitió Martin lentamente.

—Eso es.

—¿Y no sabe de quién hablaba?

—No. Por supuesto, quise saberlo, pero Grigore montó en cólera. La verdad es que la velada no transcurrió como yo esperaba. Por otra parte, fue culpa mía, no debí hacerle tantas preguntas.

Martin torció el gesto. Le había oído esas justificaciones a su madre demasiadas veces. Procuró serenarse.

—Anoche le hizo esas mismas preguntas, ¿me equivoco?

—Necesitaba saber —dijo Véronique en su defensa.

—¿Y él volvió a enfurecerse?

—En realidad, no. Más bien… me rechazó. Me dijo que todo eso tenía que ver con el amor, el verdadero amor, que yo nunca conocería y que había sido incapaz de darle. Me dijo que…

Pero Véronique no pudo terminar la frase. Prorrumpió en sollozos.

—Creo que ya han oído bastante por esta noche —intervino el abogado—. Parece evidente que sus preguntas ya no están relacionadas con los actos de mi cliente. Si desean interrogarla en calidad de testigo, el juez Vendôme no tiene más que notificárnoslo.

36

Las indagaciones de Lucas sobre el pasado de Marcel Dupré lo habían llevado mucho más lejos de lo que imaginaba. En un primer momento, había lamentado que no lo asignaran a lo que en una noche se había convertido en el caso Grigore Orban. Habría preferido profundizar en las declaraciones de Véronique Laval, investigar las llamadas telefónicas del rumano, en especial la que había recibido poco antes de que el cadáver de Nathan Percot apareciera en el Port-aux-Cerises. Si se basaban en las frases oídas por Véronique, la persona que había contactado con Orban esa noche le había pedido ayuda, y él se la había negado. Todo invitaba a pensar que la ayuda consistía en desplazar el cadáver de Percot. Esa pista podía cambiar el rumbo de la investigación por sí sola.

Remontarse a la fuente de esa llamada era la prioridad. Evidentemente, Lucas estaba dispuesto a apostar que había sido efectuada desde un móvil de prepago; con una hora exacta y el número de Orban, los técnicos no tendrían dificultades en acotarla. La zona de búsqueda se reduciría notablemente.

Lucas había defendido su postura ante Martin, sin éxito. El capitán de la 3.ª DPJ había encomendado una tarea a cada miembro de su equipo y esperaba que todos aceptaran la suya sin rechistar. El comandante Lazlo y el propio Vaas llevarían el caso Orban en paralelo al resto de las investigaciones. Chloé y Ducamp proseguirían sus pesquisas sobre los crímenes del Sena y se entrevistarían con todas las personas que habían repartido el *flyer* del Bobo Club en Barbizon y sus alredededores. En cuanto a Lucas, Martin había decidido que continuara trabajando sobre la pista de Dupré. Seguía pensando que el caso del Durance estaba en el origen de todos los demás y que su segundo debía desmenuzarlo hasta que no quedara ninguna zona de sombra. Lucas había comprendido por fin que el papel que le habían impuesto no era secundario en absoluto. Martin confiaba en él para desentrañar un asunto de hacía veinte años que todo el mundo, empezando por sus superiores, daba por zanjado.

Isolda Dupré había afirmado que no sabía nada sobre el pasado de su marido. Cuando se había casado con ella, Marcel tenía cuarenta y cinco años. Una edad que le permitía haber vivido varias vidas antes de sentar cabeza.

Gracias al registro civil, Lucas había descubierto que Isolda no había sido la única mujer legítima de Dupré. Marcel había contraído matrimonio por primera vez a los treinta y tres años, y esa unión había durado once. En realidad, cuando se había casado con Isolda, llevaba viudo menos de uno. ¿Estaba aún con su primera mujer cuando había conocido a la segunda? Lucas lamentaba no haberle hecho más preguntas sobre sus relaciones cuando había tenido ocasión. Por otra parte, no le costaba imaginar el férreo silencio en el que se habría encerrado Isolda. Y a él le habría costado justificar ese repentino interés por el pasado de su difunto marido. Oficialmente, Marcel Dupré había sido declarado culpable de dos homicidios, por los que había pasado el resto de su vida en la cárcel. Se suponía que ninguna investigación en curso le concernía tan de cerca. Así que Lucas había continuado sus pesquisas solo.

La primera mujer de Dupré había muerto de una parada cardiaca a los treinta y ocho años. No sin dificultad, Lucas había conseguido el nombre del médico que la había tratado. Pese a los veinticinco años transcurridos, el especialista recordaba perfectamente a la mujer y aún lamentaba lo ocurrido. Élisabeth Dupré seguía un tratamiento para su enfermedad cardiaca, pero había anulado varias visitas consecutivas. Era evidente que el médico se reprochaba aún no haber insistido para que aquella paciente fuera a verlo a su consulta.

—Habríamos podido evitar esa tragedia —había dicho con voz grave—, pero pensé que necesitaba respirar.

Seis meses antes, Élisabeth había tenido un aborto y, además, padecía migrañas terribles. El médico le había diagnosticado una depresión leve y prescrito un tratamiento adaptado a su situación. Cuando la mujer anuló tres visitas seguidas, la llamó. Ella le aseguró que las pastillas funcionaban y le prometió acudir a la siguiente cita. Tres días más tarde, el especialista se enteraba por Marcel Dupré de que el corazón de Élisabeth había cedido. Lucas había intentado averiguar torpemente cuál era el estado de ánimo del marido cuando lo había llamado. El médico había tardado en comprender la pregunta, antes de responder que se encontraba con el ánimo de alguien que acaba de perder al amor de su vida. Destrozado y colérico. Los Dupré formaban una pareja estupenda, había añadido. Marcel estaba perdidamente enamorado de su mujer, la acompañaba a todas las visitas y se la comía con los ojos. En todo caso, si algo se le podía reprochar, era querer protegerla demasiado. Los dos cónyuges se cogían continuamente de la mano, incluso al salir de la consulta. Los Dupré se querían de una forma inusual, había concluido el médico con sequedad. Lucas se había abstenido de responder que, al final, aquel marido lleno de amor se había repuesto con bastante facilidad, puesto que se había casado un año después.

Nada indicaba que la muerte de Élisabeth Dupré pudiera considerarse sospechosa, pero esa idea ya había tomado forma en la mente del subinspector.

Había podido hablar por teléfono con la hermana de Élisabeth, que ahora debía de tener unos sesenta años. Reacia en un primer momento a desenterrar recuerdos dolorosos, había aceptado hacerlo cuando Lucas le había asegurado que lo único que le interesaba era la relación de su hermana con su marido. Aunque sus primeras frases fueron similares a las pronunciadas por el médico de Élisabeth, las siguientes contenían más matices.

Según ella, la armonía del matrimonio se había deteriorado durante el último año. El motivo era, sin duda, el aborto de su hermana. Aquel embarazo había llegado tras años de intentos, naturales al principio, y luego asistidos médicamente. Lucie Carron, la hermana de Élisabeth, había tenido la sensación de que Marcel era el más afectado de los dos. Se había vuelto más distante, mucho menos atento. Élisabeth habría podido consolarse por haber perdido aquel hijo, era una luchadora. Habría retomado los tratamientos hasta que volviera a producirse el milagro. Sí, habría podido aceptar aquel drama, pero no ver alejarse a Marcel. Para la señora Carron, la depresión de su hermana se debía sobre todo a eso. No había podido soportar que el amor de Marcel, tan intenso los diez primeros años, se marchitara. A los ojos de Lucie, el hecho de que el corazón hubiera acabado fallándole casi tenía un valor simbólico.

Lucas, percibiendo la emoción contenida en la voz de su interlocutora, había guardado silencio unos segundos para luego hacerle la pregunta que le quemaba en los labios. Durante ese periodo de fluctuación, ¿había tenido Marcel alguna amante? En tono cansado, Lucie había respondido que no podía afirmarlo con seguridad, pero que, en su momento, había tenido la convicción de que así era.

—¿Y Élisabeth? —había preguntado Lucas—. ¿También lo sospechaba?

—Creo que sí, pero nunca me lo habría confesado.

Por su parte, Lucas se había hecho su composición de lugar. Tras el aborto de su mujer, Marcel Dupré había acabado desinteresándose por ella hasta el punto de buscarse a otra. Isolda había dicho que se habían casado cuando él tenía cuarenta y cinco años, pero se había abstenido de precisar desde cuándo mantenían una relación. Era perfectamente posible que hubiera sido su amante antes de que decidieran oficializar su unión. Isolda había evocado unos primeros años de pasión, sin por ello relacionarlos con su matrimonio. Ahora, otras preguntas empezaban a formarse en la mente del subinspector.

¿Había matado Marcel a Élisabeth para vivir libremente su amor con Isolda? Había otras formas de dejar a una mujer. Por otro lado, había querido casarse con ambas. Puede que ese compromiso tuviera para él un carácter sagrado.

—Los santos lazos del matrimonio —murmuró Lucas sin darse cuenta siquiera.

De pronto, tuvo la sensación de estar ante el esbozo de una hipótesis.

Recordó las palabras de Isolda Dupré y la descripción que le había hecho de la visita familiar al museo, el famoso día en que su camino se había cruzado con el de los ingleses. Las palabras de la viuda aún resonaban en sus oídos: «¡Ese día fue una auténtica pesadilla!». Isolda no había intentado ocultar que la relación que mantenía con su marido no marchaba bien desde hacía tiempo. Quizá esa salida, lejos de parecerse al día perfecto que Marcel Dupré había querido organizar, había tenido un efecto devastador en él. Quizá había sido una especie de detonante, como el aborto de su primera mujer.

Los dos ingleses, a los que vieron varias veces durante el día, estaban de viaje de novios. Todo en su actitud debía de mostrarlo. Las miradas lánguidas, las manos, sin duda, entrelazadas seguramente, la mirada, atraída de forma irresistible por aquellos anillos nuevos en sus dedos, símbolos de su alianza…

Puede que ese lazo que los unía hubiera reavivado de pronto los recuerdos de Marcel Dupré, que quizá no había soportado tener ante los ojos lo que él había perdido y, despechado, había decidido romper esa sagrada unión.

Lucas era lo bastante inteligente para reconocer que no era el mejor del equipo en el análisis psicológico. Llamó a Chloé para contrastar sus ideas con ella.

—No es descabellado —dijo la chica de inmediato.

—Entonces ¿te parece posible?

—Podría encajar con la historia de amor.

—¿La historia de amor de Orban? —preguntó Lucas, extrañado.

—Esa de la que hablaba y que lo obsesionaba.

—¿Cuál es la relación con Dupré? Orban nunca estuvo casado, y, desde luego, no se puede decir que fuera un romántico si nos atenemos a sus relaciones.

—¿Tú crees en el amor?

—¡No es a mí a quien tienes que analizar!

—¿Crees en el amor o no?

—Sí. Bueno, imagino que sí. En fin, no lo sé.

—No te atreves a creer en él porque ya te has estrellado dos veces...

—¡Te he dicho que el tema no soy yo! —se irritó Lucas.

—Cálmate, lo que intento hacerte comprender es que todos tenemos ganas de creer en el amor, aunque nuestros actos tienden a probar lo contrario.

—¿Hablas de ti, ahora?

—¿De mí? ¿Por qué iba a ir yo en busca del amor, cuando trabajo a tu lado?

—¡Búrlate todo lo que quieras! Un día, te tomaré al pie de la letra, Chloé.

—Hasta entonces, sigue profundizando en esa idea del amor sublimado en Dupré. Averigua si estuvo prometido antes de su primer matrimonio, o si vivió otra gran historia de amor que lo marcara. Podría remontarse incluso a la adolescencia. La posibilidad de que se le fuera la olla a base de decepciones es bastante interesante.

—¿Ahora me das órdenes?

—Quería probar, a ver qué pasaba. Bueno, ¿qué te parece?

—No está mal. Pero no te aficiones.

37

Los registros de llamadas de Grigore Orban ya estaban en manos de los técnicos. Vaas les había especificado la franja horaria que les interesaba en particular. La noche del 25 de mayo, Orban había recibido una llamada que podía haber sido efectuada por el hombre o la mujer que tenía secuestradas a Clara Faye y Zoé Mallet. El jefe del laboratorio le había prometido que daría prioridad a ese análisis.

Martin se había instalado en la sala de reuniones para tener una vista de conjunto de los elementos que su equipo y él habían acumulado. Ahora la pizarra mostraba las fotografías de once cadáveres, contando el de Orban. El matrimonio inglés, los tres alemanes, François Spontini, su joven compañera y su hijo adolescente. Luego, se habían sumado Jordan Buch y Nathan Percot. Todos muertos debido a una historia de amor, si había que dar crédito a las últimas palabras de Grigore Orban. Fuera de contexto, esa frase carecía de sentido, pero debía de tener alguno para quienes practicaban aquel ritual. Secuestrar a parejas, retenerlas y matarlas antes de eliminar al último.

—Matarlas no. Obligarlas a matarse entre sí —se corrigió Vaas en voz alta.

El mensaje hallado en el abdomen de Nathan Percot había confirmado esa teoría.

A Martin le desesperaba sentirse tan impotente. Lo lógico era pensar que Clara Faye, una de cuyas zapatillas llevaba la palabra «GANADOR» escrita en la plantilla, sería la última en morir. Pero Zoé Mallet tenía los días contados. Vaas lo sabía y no podía hacer nada. Como Lucas, no esperaba que los técnicos le proporcionaran una dirección concreta. En el mejor de los casos, podrían decirles qué antena repetidora se había activado para pasarle aquella llamada a Grigore Orban. Les indicarían una zona que barrer. El camino todavía sería largo. Demasiado largo para Zoé Mallet.

Martin observó con más detenimiento la foto de Jordan Buch tomada por la brigada fluvial la mañana del descubrimiento de su cadáver. La imagen, ahora ampliada, era aterradora. Más que un mascarón de proa, lo que Vaas veía en esos momentos era un Cristo con los brazos en cruz sujetos con sendas argollas de amarre, el cuerpo, recto como un palo, y la cabeza, inclinada hacia un lado. Los tobillos seccionados, a ras del agua del Sena, completaban la siniestra representación, que habría podido ser obra de Caravaggio.

Sin dejar de mirar la foto, Martin proyectó de nuevo en su mente la película del interrogatorio de Véronique Laval. La mujer se había retractado y, al final, había admitido que Grigore Orban no había pasado con ella la noche del 22 de marzo, día en que habían desplazado el cuerpo de Jordan Buch. Vaas tomó nota de ese dato y miró la foto con ojos nuevos. Un hecho se le hizo evidente.

Aquella puesta en escena habría exigido una enorme preparación para un solo hombre. Un individuo a bordo de una embarcación no habría podido de ninguna manera sostener el cadáver de Buch usando solo la fuerza de sus bíceps al levantarle los brazos para colocarlos en posición horizontal. Habría tenido que construir un sistema de poleas para suspenderlos y después estabilizar a la víctima verticalmente mediante un arnés. Incluso con esos artilugios, habría sido una tarea ardua y, además, habría requerido demasiado tiempo.

Lo más probable era que el torturador hubiera contado con la ayuda de uno o varios cómplices. En aquel caso, Grigore Orban, que se había ausentado del domicilio de su amante la noche en que se había efectuado la operación. En cambio, la noche del 25 de mayo, el rumano se había negado a desplazarse. Consecuencia: Nathan Percot, hallado la madrugada del 26, no había recibido tantas atenciones como su compañero. Su cuerpo había aparecido amarrado a la boya de un barco y medio sumergido. Las cámaras de videovigilancia del puerto habían captado los movimientos de una sola silueta. Si Orban no se hubiera desentendido, ¿habría contado también Percot con una auténtica puesta en escena? ¿Sentía el torturador de París la necesidad de embellecer los restos de sus víctimas? Vaas escribió en su libreta la palabra «artista» seguida de un interrogante. Pese a ello, no estaba ni mucho menos satisfecho de sus deducciones.

Confirmaban que Orban no era el autor de los asesinatos del Sena, algo de lo que hacía días que estaba convencido. No obstante, eso introducía un elemento nuevo. Orban conocía al hombre o la mujer que tenía secuestradas a Clara Faye y Zoé Mallet. Había mantenido contacto con él o ella varias veces. Incluso se habían visto. ¿Qué clase de relación tenían? Orban había aceptado echar una mano para desplazar un cadáver, lo que no era un favor cualquiera. Sin embargo, Véronique Laval había precisado que, durante la conversación telefónica, se habían tratado de usted. Dada la personalidad del joven, resultaba sorprendente. Y, ante todo, significaba que los dos individuos no se habían conocido en la cárcel. Orban jamás le habría hablado de usted a otro recluso. Entonces ¿de qué se conocían? «A no ser que se dirigiera a varias personas al otro lado de la línea —se dijo Vaas—. No, imposible, en los vídeos del Port-aux-Cerises solo aparecía un individuo. Si hubiera habido más cómplices, habrían desplazado el cuerpo de Percot al menos entre dos».

Había algo más: se confirmaba la implicación de Orban en aquel asunto. Aunque no era el autor de los asesinatos de Jordan Buch y Nathan Percot, ahora parecía casi indudable que había cometido los del Tarn. En consecuencia conocía el ritual por haberlo practicado él mismo, razón por la que el torturador del Sena no había dudado en recurrir a él. Ahora que estaba muerto, sería más difícil probarlo. Vaas prefirió no pensar en eso.

Se centró en otra frase, cuando menos enigmática, pronunciada por Orban: «De todas formas, al final ganará ella». ¿Qué quería decir con eso? ¿Que Clara Faye se salvaría? Le costaba creerlo. Hasta el momento, nadie había sobrevivido a aquel ritual. Incluso los ganadores acababan muriendo.

En esas estaba cuando lo interrumpió Lazlo, que apareció en la sala de reuniones con una bolsa con cruasanes en la mano.

—Creo que tu equipo y tú habéis tenido una noche movida… —dijo tendiéndole el desayuno.

—¡Gracias, qué detalle! ¿Qué hora es?

—Las diez. ¿Desorientado?

—Creía que me había saltado la comida… —respondió Vaas lanzándose sobre la bollería.

—Acabo de ver a Vendôme. Tiene aun peor cara que tú. La falta de costumbre, supongo.

—¿Has ido a hablar del caso con él?

—No era el motivo de nuestro encuentro, pero, como puedes imaginar, no hemos tardado en hacerlo. De todas formas, no creo que en estos momentos esté en condiciones de ocuparse de otros asuntos.

—E imagino que tú se lo has dicho…

—No hacerlo habría sido un error.

—¿Y cómo se lo ha tomado? —Lazlo se limitó a hacer una mueca—. El ambiente al otro lado del río debe de estar un poco tenso… —supuso Martin.

—¿Tenso? He vivido tomas de rehenes más relajadas. Vendôme quiso reabrir ese dosier para enmendar sus estupideces de joven juez ambicioso. A estas alturas, debe de lamentarlo amargamente. ¿Y sabes lo que suele pasar en casos así?

—Que no tardaremos en sentir la presión —respondió Vaas, y se encogió de hombros—. ¿Sabes qué? ¡Si quieren retirarme de la investigación, por mí, estupendo!

—¿Desanimado?

Martin, que ya lamentaba sus palabras, barrió el aire con la mano.

—¡Mira esa pared! —exclamó para justificar su mal humor—. Pronto dispondré de más elementos de los que nunca he necesitado en una investigación y, aun así, no sé por dónde van los tiros, la verdad.

—Deberías ponerte prioridades, Vaas.

—¿Y eso qué quiere decir?

—Que ya tendrás tiempo de preguntarte por qué se han cometido todos esos crímenes. Ahora lo primordial es impedir que se cometan otros.

—¿Crees que no lo sé?

—No te sulfures… Lo que creo es que te falta perspectiva. Y horas de sueño. Mira el lado positivo. Ya has reducido el área de búsqueda a una sola provincia.

—¡Uy, sí! Hablamos de una zona de casi seis mil kilómetros cuadrados. ¡Total, nada!

—La niña me ha dicho que el sector que os interesa es Barbizon y sus alrededores…

—Deberías dejar de llamarla «la niña», ¿sabes?

—No puedo evitarlo, me recuerda a mi hija. Pero no vayas a decírselo, podría malinterpretar nuestra relación.

—Se nota que no la conoces. —Martin sonrió al fin, aliviado por el hecho de no estar solo para estrujarse el cerebro—. Pero es verdad, se ha reducido la zona un montón. Solo nos queda esperar que el registro de llamadas de Orban la deje en la mitad, como mínimo.

—Vendôme me ha dicho que esperaba el informe del laboratorio para llamar a la caballería. Tendrás toda la ayuda necesaria para la búsqueda. Incluso piensa pedir que los picoletos echen una mano.

—Ya nadie los llama así, ¿sabes?

—Sí, pero al parecer hay la tira de palabras que yo aún uso, cuando no debería hacerlo, así que… Por cierto, que quede claro que siento mucho respeto por los gendarmes. Bueno, ¿qué te parece si dejas de hacer que me sienta como un viejo estúpido y me cuentas de tu charla con Véronique Laval? He leído la transcripción del interrogatorio. ¿Crees que lo ha contado todo?

—¿Sobre qué?

—Sobre Orban. Por lo que respecta a su propio móvil, me temo que está claro. Nadie comprará la legítima defensa. Lo mató porque no soportó que la rechazara una vez más.

—Espero que el juez sea más transigente que tú…

—Lo será. Las cicatrices en las plantas de los pies surtirán efecto: la señora Laval se beneficiará de circunstancias atenuantes. No temo demasiado por ella. Pero creo que deberías pedirle al juez que la cite como investigada en el caso del Sena.

—¿Por qué?

—Te ha hablado de sus últimas conversaciones con Orban en caliente, por así decirlo. Ha podido omitir ciertas frases, detalles importantes. Fíate de mi experiencia de hombre casado: lo del amor que ella no le había dado tuvo que dolerle. Seguro que intentó llegar al fondo del asunto, que le insistió para que se explicara. Y, sobre todo, para que soltara el nombre de la mujer que le había metido esa idea en la cabeza.

Martin miró a Lazlo, y no pudo contener la risa.

—¡Efectivamente, se nota que habla la experiencia!

—Falta saber si Orban conocía la regla de oro —dijo Lazlo engolando deliberadamente la voz.

—¿Que es…?

—No confesar nunca, ni siquiera bajo amenaza.

38

Chloé y Ducamp ya habían hablado con una decena de eventuales contratados por la empresa de marketing viral que distribuía los *flyers* del Bobo Club. Los dos policías habían optado por seguir el orden alfabético de la lista que les habían facilitado. Después de toda una mañana de entrevistas, el resultado era desesperante. Nadie recordaba haberse cruzado con cuatro chicos cargados con mochilas y menos aún haberles repartido publicidad. Todavía tenían que ver a otras ocho personas.

A Chloé le había sorprendido que se movilizara a tanta gente para promocionar una simple noche temática en una discoteca. Francis le había demostrado con números que la empresa debía de rentabilizar el gasto con bastante rapidez. Dieciocho personas durante dos días, en turnos de dos horas pagados al mínimo la hora, no era gran cosa comparado con lo que valía una botella en una discoteca o con el precio de la entrada. Chloé había intentado hacer el cálculo mentalmente, pero había renunciado enseguida, lo que había hecho sonreír a su compañero.

—¡No se puede ser buena en todo! —había dicho Ducamp sin pizca de maldad.

Para la chica era un alivio que Francis la hubiera acompañado sin intentar escurrir el bulto, pero se había abstenido de hacer ningún comentario durante el trayecto a Barbizon. Estaba cansada de disculparlo ante Vaas, pero sabía que, especialmente sobre el terreno, ella aún necesitaba la ayuda de compañeros curtidos. Cuando su trabajo consistía en hacer búsquedas, construir teorías o incluso elaborar un perfil, se sentía a la altura del resto de los miembros del equipo. Pero recorrer las calles o entrar en acción era harina de otro costal. Aún no tenía ese instinto de poli que permitía olfatear el peligro. No observaba a sus interlocutores como se suponía que debía hacerlo. En dos ocasiones había estado a punto de tener un disgusto con maleantes de poca monta de los que no había desconfiado. La primera vez había intervenido Lucas, que desde entonces se consideraba su protector. Francis la había sacado del apuro durante el segundo rifirrafe, pero él había tenido la delicadeza de no decir nada. Había puesto a los chavales en su sitio sin hacer un gesto brusco ni levantar la voz, interponiéndose tranquilamente entre su compañera y ellos, y amansándolos con una mirada. Unos días después, Chloé le preguntó cómo lo había hecho. Él respondió que debía ver a los delincuentes como a perros abandonados.

—Tienes que dejarles claro desde el minuto uno que quienes deben tener miedo son ellos —dijo sin la menor jactancia.

Aunque era incapaz de aplicar el consejo de Francis, desde entonces Chloé ensayaba aquella mirada delante del espejo todas las mañanas, aunque dudaba que llegara a dominarla.

Tras deambular durante varias horas por las calles adoquinadas de Barbizon, se habían concedido un descanso. Chloé aprovechó para admirar las fachadas ornamentadas y los letreros de las galerías de arte, que abundaban en aquel pueblo al que numerosos artistas habían acudido en busca de inspiración.

Casi no había probado bocado desde las tres de la mañana, así que Francis le propuso hacer un alto en una pizzería situada en la arteria principal y, una vez instalados, la observó, divertido, mientras ella devoraba su pizza napolitana. Era la única mujer que conocía capaz de comer como dos hombres sin preocuparse por la línea. Él tenía que vigilar su peso e incluso el colesterol, pero, lejos de sentir envidia, disfrutaba a través de ella de sus pantagruélicos festines y, al final de la comida, solía pedirle que eligiera el postre que le habría gustado tomar a él.

Entre bocado y bocado, la chica dudó varias veces si sacar el tema que le preocupaba. Hacía semanas que no se le presentaba una oportunidad como aquella. Cuando al fin estuvo lista para hacerlo, Francis se le adelantó.

—Necesito que tengas un poco más de paciencia —dijo sin más preámbulos—. Sé que últimamente no he estado mucho por la labor, pero tienes que darme algo más de tiempo. Es todo lo que te pido.

—Me preocupas, Francis.

—No tienes motivo. Confía en mí.

Tras mirarlo a los ojos, Chloé aceptó dio el tema por zanjado pegándole otro mordisco a la pizza.

Habían llegado a un acuerdo con el dueño para ocupar una mesa el resto de la tarde con el fin de continuar las entrevistas en un ambiente informal, más propicio a la conversación que el umbral de una puerta. Chloé había contactado con todas las personas con las que aún tenían que hablar y había obrado el milagro de planificar las citas en un tiempo récord.

El undécimo eventual, y primero en tomar asiento en la terraza de la pizzería, tampoco era el repartidor al que buscaban. El adolescente de diecinueve años confesó que había arrojado todos los *flyers* a la primera papelera que había visto. Tenía miedo de las consecuencias de su acto, una vez reconocido ante los dos agentes, que también dudaron un instante si tomarle el pelo amenazándolo con detenerlo. Chloé fue la primera en rajarse y dejarlo libre.

Luego, con cinco minutos de adelanto sobre la hora acordada, apareció una chica. Se alegraba mucho de poder ayudar a la policía, quiso recalcar de entrada, aunque al final resultó que no podía hacer nada por ellos. No, de cuatro chicos con mochilas se habría acordado. De hecho, ella pensaba dar la vuelta al mundo en cuanto ahorrara lo suficiente, de modo que, como podían suponer, si se los hubiera encontrado, les habría hecho mil preguntas. Chloé le había dado su tarjeta, como a todos los demás, por si recordaba alguna cosa.

Cuando el decimotercer repartidor frunció el ceño y se quedó pensando, los dos policías se dijeron que quizá habían dado con su hombre.

—Podría ser —dijo el chaval, que no debía de haber cumplido los dieciocho—. Ves a mucha gente, ¿saben?

—Nos lo imaginamos, pero cuatro jóvenes con mochilas deben de llamar la atención…

—Aquí vienen muchos turistas —replicó el chico para justificar sus dudas—. Barbizon es famoso por ser el pueblo de los impresionistas y, además, se encuentra en el parque natural del

Gâtinais. En cuanto llega el buen tiempo, esta zona se pone hasta arriba.

Chloé se dijo que a aquel chaval le habría convenido más trabajar en la oficina de turismo, antes de reconducir la conversación.

—Pero ¿diría que los vio?

—Puede tutearme, ¿sabe?, no me lo tomaré a mal.

—Vale, ¿los viste, sí o no?

—Creo que sí. Estaba demasiado lejos para distinguir sus caras, pero debían de ser ellos. Pero imaginen que me equivoco y ustedes se ponen a seguir una pista falsa…

—Eso es problema nuestro —respondió Chloé con una sonrisa, preguntándose si, en realidad, el chico no iría para poli—. Si estabas lejos, eso significa que no les diste *flyers*…

—No merecía la pena. No eran el público del Bobo Club.

—¿Por qué?

—Las pintas. Se supone que tenemos que mandar gente a esa discoteca. El dueño opina que tiene una clientela selecta, aunque a mí me parece más bien hortera, pero bueno, es mi opinión. Y ellos parecían bastante enrollados.

—¿Qué entiendes por enrollados? —quiso saber Francis.

—Nada estirados. Incluso bastante abiertos.

—¿Abiertos?

—Uno de ellos se acercó a una señora mayor con un plano de papel. Supongo que, en principio, para pedirle indicaciones. Entre ustedes y yo, usar un plano de papel ya dice mucho. Yo no sé si sabría aclararme con uno. El caso es que hablaron un par de minutos y, luego, la mujer se unió al grupo y se fue con ellos. Eso es que eran simpáticos, ¿no les parece?

—¿Y sabrías describirnos a esa señora mayor?

El chaval volvió a fruncir el ceño mientras intentaba hacer memoria.

—Era más vieja que usted —respondió dirigiéndose a Chloé—, pero más joven que mi madre, creo. No es fácil de decir.

—Y tu madre, ¿cuántos años tiene? —le preguntó Francis conteniendo la risa.

—Cuarenta y cinco, o así.

—Eso nos deja un buen margen… —comentó Chloé con desenfado—. ¿Y aparte de eso?

—Más o menos, de su altura —contestó el chico dirigiéndose de nuevo a ella—. Además, era morena, pero vamos, con el pelo supernegro. Delgada, bastante más que usted, y vestía como una señora bien, en plan traje de chaqueta, tacones altos y demás. Nada que ver con ellos. Seguramente se me ha quedado por eso.

—A ella, ¿le habrías dado un *flyer* del Bobo Club? —quiso saber Francis.

—¿Si hubiera pasado junto a mí? Sin dudarlo.

39

Cuando volvieron de comer, Lazlo y Vaas encontraron a Lucas atareado colocando metódicamente nuevas fotos. Se había autoadjudicado un trozo de pared que seguía virgen. Como la mayoría de los miembros del equipo, solo había dormido unas horas, y sus movimientos delataban una sobredosis de adrenalina debida a la falta de sueño y a los dos litros de café que había ingerido.

Martin miró las fotos sin decir nada, pero pensando que, a ese ritmo, acabarían tapando la única ventana que les proporcionaba un poco de luz natural.

Terminado el *collage*, Lucas dio unos pasos atrás para que su público tuviera una vista de conjunto. En lo alto de la estructura piramidal que acababa de crear, la imagen de Marcel Dupré. La foto antropométrica que figuraba en el dosier del Durance y que todos conocían. Debajo, los retratos de dos mujeres: a la izquierda, una rubia de ojos azules que sonreía ligeramente; a la derecha, una morena de mirada enigmática, junto al rostro de un joven colocado un poco más abajo. Encima de cada imagen, un nombre y una fecha.

—Os presento a las dos señoras Dupré —dijo Lucas volviéndose hacia Lazlo y Vaas—. A la izquierda, Élisabeth, mujer de

Dupré durante diez años, hasta su muerte, en 1993. A la derecha, Isolda, con quien se casó en 1995 y a quien he tenido el gusto de conocer.

—Le faltó tiempo para volver a casarse… —comentó Lazlo.

—Opino lo mismo.

—¿Causa de la muerte de la primera? —preguntó Martin.

—Ataque cardiaco. Treinta y ocho años. Es una edad temprana, pero tenía una malformación genética. La controlaban a menudo por sus problemas de corazón.

—No lo bastante, al parecer —apuntó Lazlo.

—He hablado con su médico. Élisabeth se había saltado varias visitas de control. Pero para él no hay duda: fue una muerte natural.

—¿Para ti no?

—No sé, me parece que Dupré se recuperó muy rápido de su muerte.

En unas cuantas frases, Lucas les contó su conversación con la hermana de Élisabeth. La relación casi perfecta del matrimonio hasta el aborto y la rápida entrada en escena de Isolda. Nada en los hechos mencionados justificaba seguir investigando la muerte de Élisabeth, así que Vaas decidió dejar a un lado el asunto, al menos de momento.

Lucas pasó a la fotografía del joven, al que presentó como el hijo de Marcel e Isolda Dupré, Léandre, veinticinco años, empleado en un gran restaurante de Kioto.

—¿Has podido hablar con él? —quiso saber Vaas.

—Todavía no. Lo he intentado dos veces, pero me ha saltado el contestador. —Lucas vio que Martin fruncía el ceño—. Es culpa mía, con la diferencia horaria, no calculé bien. Para él debían de ser las cuatro y las seis de la madrugada. La próxima vez elegiré mejor. De todas formas, te recuerdo que, cuando asesinaron a los alemanes, solo tenía diez años.

—Pero ahora tiene veinticinco —repuso Martin con frialdad.

Lucas asintió. Haría la llamada cuanto antes.

Lazlo y Vaas observaron con un poco más de atención las cuatro fotos para impregnarse todo lo posible de su historia. El comandante de la UAC3 fue el primero en decir en voz alta lo que los otros dos pensaban sin atreverse a expresarlo.

—¿Me explicáis cómo se las arregló un fulano como Marcel Dupré para casarse con estas dos mujeres de bandera?

—Puede que la foto antropométrica no le favorezca… —respondió Vaas con voz cansada.

—Sabemos que no nadaba en la abundancia y que tenía mal carácter —insistió Lazlo—. Entonces ¿cuál era su atractivo?

—Sobre su carácter —terció Lucas—, confieso que cada vez me cuesta más hacerme una idea.

—En su informe, los gendarmes decían que era agresivo…

—Lo sé, pero cada persona con la que hablo me da una versión distinta. El médico de Élisabeth me lo describió como un marido atento, cariñoso, incluso sobreprotector. La hermana dijo más o menos lo mismo, aunque ensombreció el retrato al recordar el último año de Élisabeth. Pero entonces el problema tampoco fue la violencia: me explicó que su cuñado se había vuelto distante, esquivo, lo que se acerca a la descripción que me hizo el loquero que lo trató en la cárcel.

—¿Sugieres que su segundo matrimonio lo cambió? —dedujo Martin.

—No lo sé. Simplemente, me cuesta hacerme una idea clara del tipo. Y, desde luego, la tal Isolda tampoco se queda corta en lo de ser escurridiza.

—¿Le preguntó qué origen tiene su nombre? —quiso saber Lazlo.

—Le hice todas las preguntas que me anotaron. Es celta y data de la Edad Media. ¿De verdad es importante?

—En absoluto, simple curiosidad. —Vaas lo miró con incredulidad. Lazlo se encogió de hombros—. Me gusta saber el significado de los nombres —se justificó el comandante.

—¿De verdad?

—Créeme, se aprende mucho sobre las personas que los llevan. Tomemos a Élisabeth como ejemplo. Significa «Dios es juramento», o «Dios es promesa». No es fácil de asumir. Inevitablemente, te sientes destinado a una misión.

—¿Cómo sabes eso?

—Mi mujer quería ponerle Élisabeth a nuestra hija, así que investigué y le demostré más allá de toda duda que no era una buena idea.

—Y al final, ¿cómo la llamasteis?

—Élisabeth.

Tanto Martin como Lucas sonrieron.

—Bueno, pues, si decide indagar sobre el significado de «Isolda», estoy dispuesto a aceptar sus conclusiones —dijo Lucas—, porque, lo que es yo, no la pillo.

—¿Te pareció sospechosa?

—No, no es eso. Me pareció… indiferente. Pero lo que me perturbó fue más bien otra cosa: el desajuste entre sus palabras y su comportamiento. Esa mujer dice que, originalmente, era una artista y que multiplica los amantes como le parece, pero, respecto al ambiente, puedo asegurarte que estábamos lejos de Woodstock. La buena mujer vive recluida, en la oscuridad, y tiene una actitud superaustera.

—¿Artista, dices? —preguntó Martin recordando sus notas.

—Sí, me dijo que, antes de instalarse en Rochebrune, esculpía.

Vaas volvió a mirar la foto de Isolda Dupré. Lucas le había dicho que era un poco antigua, pero que la mujer seguía siendo igual de hermosa.

—Te fijaste en que no aparentaba su edad… —le recordó a su subordinado sin apartar la vista de la pared.

—Yo le echaría cincuenta o cincuenta y cinco como mucho. ¿Por qué?

Vaas había leído los primeros resultados de las entrevistas con los repartidores de la empresa de marketing viral. Chloé había escrito un informe preliminar en su smartphone y se lo había enviado a todo el equipo.

—Chloé dice que los cuatro chicos siguieron a una mujer muy morena…

—Echa el freno, Martin —respondió Lucas de inmediato—. Dice que el chaval le echaba entre veintiocho y cuarenta y cinco años. No pudo equivocarse tanto.

—Hay edades más difíciles de calcular que otras, sobre todo cuando eres joven.

—Le parecía más joven que su madre, que tiene cuarenta y cinco. Eso sugiere que la desconocida a la que buscamos quizá tenga treinta o treinta y cinco. No, sinceramente, creo que te equivocas. Además, Isolda no es tan morena. Ahora tiene algunos mechones grises.

—Eso se arregla tiñéndose.

—Déjalo estar, Martin. No es ella, te lo aseguro. —Vaas lo miró con una expresión sorprendida—. La luz le provoca migrañas —se explicó Lucas—. Está más pálida que un fantasma, por no hablar de que es un peso pluma. Jamás habría podido desplazar un cadáver. Estoy seguro de que no ha puesto los pies en la calle en años.

—Para ser alguien que admite no comprenderla —terció Lazlo sonriendo—, yo diría que nos ha hecho un retrato bastante preciso.

Lucas iba a responder, pero Vaas no le dio la oportunidad de hacerlo.

—De todas formas, comprueba sus movimientos durante las últimas semanas. Todo indica que nuestro asesino, o asesina, tuvo la ayuda de Grigore Orban para desplazar el cuerpo de Jordan Buch. Pudo encargar a algún otro que se ocupara del de Nathan Percot.

—Como quieras —dijo Lucas a regañadientes.

Martin era consciente de que, si la pista resultaba ser falsa, ese encargo haría perder un tiempo precioso a su segundo, pero necesitaban poner nombre a la desconocida de Barbizon a toda costa. La única otra morena que figuraba en su dosier era Véronique Laval, pero, a diferencia de Isolda, aparentaba su edad.

—Tengo otras búsquedas pendientes… —repuso Lucas, como si le hubiera leído el pensamiento.

—¿Cuáles?

Lucas se había guardado lo que consideraba lo mejor para el final. Expuso su teoría de un Marcel Dupré obsesionado por el amor inquebrantable, el que nunca muere. A base de decepciones, Dupré habría acabado perdiendo la chaveta y tomándola con la primera pareja en la que había visto la imagen de la felicidad perfecta.

—¿Se lo has explicado a Chloé? —le preguntó Martin tras reflexionar sobre esa idea.

—Sí. Incluso me animó a seguir por ese camino. Opina que debería remontarme aún más atrás en el pasado de Dupré. Que Élisabeth e Isolda no debieron de ser sus únicos desengaños amorosos. Piensa que pudo haber una historia más importante que esas.

40

Vaas llevaba más de una hora intentando contactar con Lazlo. Siempre le saltaba el buzón de voz, y estaba empezando a preocuparse seriamente. El comandante de la UAC3 había abandonado la sala de interrogatorios sin mediar palabra, lívido. Vaas no lo había visto consultar su móvil. Nadie había entrado para decirle nada al oído. O se había sentido indispuesto de repente y había preferido salir a airearse, o su reacción se debía a algo que se había dicho.

Vaas visionaba por segunda vez el interrogatorio, que él mismo había realizado.

Siguiendo el consejo del propio Lazlo y con la autorización del juez Vendôme, había convocado a Véronique Laval como investigada en los casos que tenía a su cargo, en especial los del Sena y el Tarn. Ahora estaba convencido, como Vendôme, de que Grigore Orban había sido el autor de los asesinatos de François Spontini, su hijo y su pareja. Confiaba en que Véronique supiera decirle dónde se encontraba su amante en el verano de 2018. Por desgracia, a ese respecto, la versión de la mujer no había cambiado. Después de que le hiciera cortes en los pies, había roto su relación con Orban, al que no había vuelto a ver hasta hacía una semana, cuando se había presentado en su casa de improviso. No tenía la menor idea de lo que el rumano había hecho o vivido durante los últimos cinco años. A Vaas le sorprendió que la mujer no se lo hubiera preguntado. Véronique admitió a regañadientes que tenía miedo de que Orban se encolerizara, pero que pensaba hacerlo tranquilamente con el tiempo. Tiempo que, al final, no le había concedido.

Acto seguido, Vaas le puso delante las fotos de las víctimas del Tarn. La mujer se tapó la boca con una mano temblorosa y preguntó si Orban era el autor de aquella matanza, a lo que Vaas respondió con honestidad que eso creía, pero que no podía probarlo. Confiaba en que su sinceridad pondría a la antigua amante del rumano en buena disposición y que comprendería lo que estaba en juego.

—Creemos que Grigore Orban tenía un cómplice y que este sigue actuando. Tal vez sea usted la única persona que puede poner fin a esta serie de asesinatos —añadió para remachar el clavo.

Véronique Laval había asentido discretamente, dando a entender que estaba dispuesta a cooperar.

Vaas lamentaba que la cámara solo hubiera grabado a la encausada y su abogado. Le habría gustado observar las reacciones de Lazlo e identificar el instante en que su actitud había cambiado. Véronique no se había vuelto hacia él en ningún momento, de modo que solo podían haberlo impactado sus palabras. Martin, que había parado el vídeo, respiró hondo antes de reproducirlo de nuevo, más concentrado si cabe:

255

«—Nos dijo usted que, la noche del 22 de mayo, Orban se ausentó. ¿Confirma esa versión?

—Sí.

—¿A qué hora salió de su casa esa noche?

—No lo sé. Ya estaba dormida.

—¿Y a qué hora se acostó?

—Hacia medianoche. Habíamos bebido bastante. Me derrumbé en la cama.

—¿Le había dicho que tenía intención de salir?

—No. Me di cuenta cuando me levanté en plena noche. Debían de ser las cuatro.

—¿Y no probó a telefonearle?

—No. No le habría gustado.

—Podría haberle dicho que estaba preocupada… —La mujer se encogió de hombros y bajó la cabeza—. Y, cuando lo vio en la cama a la mañana siguiente, ¿no le preguntó nada?

—Le pregunté que adónde había ido, pero me contestó que no era asunto mío, así que no insistí.

—Comprendo. Y el día anterior, ¿había recibido una llamada?

—Delante de mí, no.

—Muy bien. Entonces, volvamos a hablar de la conversación telefónica que mantuvo Grigore la tarde del 25 de mayo. Nos dijo que trataba de usted a su interlocutor. ¿Cree que se dirigía a una sola persona o que ese "usted" significaba que al otro lado del hilo había varias?

—No tengo la menor idea.

—¿No oía voces a través del auricular?

—No, no estaba junto a él. Cuando lo llamaron, se levantó del sofá y se acercó a una de las ventanas. Eso quería decir que no debía interrumpirlo mientras hablaba.

—Entonces, no puede especificar si se dirigía a un hombre o a una mujer…

—Ya le he dicho que no.

—Lo sé, pero a veces las cosas vuelven a la memoria con el tiempo…

—No tengo ni idea, lo siento.

—Usted nos explicó que Orban le dijo a su interlocutor que hacer aquello no era cosa suya, que la persona con la que hablaba tendría que apañárselas sola. Y añadió que puso fin a la conversación con esta frase: "De todas formas, al final ganará ella".

—Así es.

—¿Está segura de que no recuerda nada más?

—Sí.

—Y, después, ¿no le preguntó con quién hablaba?

—No».

Vaas volvió a pausar la grabación y observó con atención el rostro de Véronique Laval. Había respondido al instante, pero su mirada se había desviado. Él se había percatado durante el interrogatorio y había dudado si repetirle la pregunta, pero había preferido aflojar para hacer que mordiera el anzuelo. Se alejó un poco de la pantalla y volvió a darle al «play».

«—Usted nos confesó que esa noche Orban la había rechazado. Que le reprochó que no hubiera sido capaz de darle el verdadero amor. Iba usted a añadir algo, pero se interrumpió. ¿Qué más quería decirnos?

—No sé de qué me habla.

—Puedo volver a pasarle la grabación de su interrogatorio si quiere. Tal vez eso la ayude a recordar.

—Lo siento, capitán, pero, la verdad, no se me ocurre qué habría podido añadir. Después de que me dijera eso, yo ya no tenía demasiadas ganas de hablar, como puede suponer.

—Yo sí, pero mi compañero, el comandante Lazlosevic, aquí presente, tiene otra teoría. Está convencido de que usted quiso saber más.

—Más, ¿sobre qué? Grigore acababa de decirme que yo no había sabido amarlo. Me parece suficiente y, sobre todo, inapelable.

—Bueno, pues él piensa que usted quiso saber quién le metió esa idea en la cabeza.

—No comprendo.

—Hace cinco años, su amante le hace cortes en los pies diciéndole que quiere contarle una historia de amor. Ayer, usted lo asesina porque le dice que no fue capaz de darle ese verdadero amor. Si esa historia lo obsesionaba, tuvo que intrigarla también a usted. Usted debió de preguntarle por qué le hablaba de ello constantemente. Durante quince años, la relación entre ustedes funcionó bien, sin problemas importantes. Solo se veían de vez en cuando, pero estaban en la misma longitud de onda, ¿me equivoco?

—No.

—Y, un día, él aparece y le habla de amor. Lo más lógico es que usted sospechara de la intervención de alguien… En principio, de una mujer.

—Orban se veía con otras mujeres, eso también se lo dije.

—Pero ninguna de ellas había tenido impacto en la relación de ustedes dos».

Vaas contó los segundos que su interlocutora permaneció callada. Ocho. Ocho segundos de un silenció que él se había guardado mucho de romper. A Véronique Laval ya no le quedaban fuerzas para resistir.

«—Solo le pregunté si me dejaba por otra mujer.

—¿Y qué le respondió?

—Que no había entendido nada. Que ese amor perfecto, le habría gustado vivirlo conmigo, que yo era como todos los demás.

—Querrá decir como todas las demás…

—No, él dijo «todos los demás».

—Supongo que le pediría que se explicara…

—Desde luego. Me dijo que las palabras tenían valor, que no se podía asegurar que se amaba a alguien por encima de todo si no se estaba dispuesto a demostrarlo. Me habló de sacrificio, de entrega, pero estaba tan exaltado que yo no entendía nada. Me eché a llorar, y, entonces, él se calmó. Me aseguró que no había otra mujer, pero que la princesa de las manos blancas tenía razón. El amor, el verdadero amor, es tan raro que hay que merecerlo. Y yo no era la mujer que él necesitaba.

—¿La princesa de las manos blancas?

—Eso es. Le pregunté de quién hablaba, y me dijo que eso no tenía importancia. Que esa mujer solo era una mensajera.

—¿No le insistió?

—¿Para qué? Me dio a entender que no era su amante, y yo lo creí. Aunque lo habría preferido. Habría tenido un enemigo contra el que luchar. No, Grigore me dejaba porque ya no me amaba. O porque yo no lo amaba lo suficiente. Le dediqué casi veinte años de mi vida. Soporté sus largas ausencias, perdoné sus errores… Aguanté sus ataques de ira sin reprocharle nada jamás. Y, de pronto, borra nuestra relación de un plumazo, como si solo hubiera sido una aventura de verano.

—¿Fue entonces cuando decidió matarlo?

—Ya no lo sé. Es posible. Todo se confunde en mi cabeza. Lo único que sé es que amaba a Grigore y que no se lo supe demostrar».

Vaas detuvo la grabación. Del resto se acordaba perfectamente, y no merecía la pena revisarlo, porque Lazlo ya no estaba en la sala. Volvió a colocar el cursor un minuto antes.

41

Chloé había vuelto a contactar, uno a uno, con los repartidores con los que ya había hablado. Algunos no le habían ocultado su irritación ante el hecho de tener que contestar a nuevas preguntas, mientras que otros no habían dudado en decirle que ya no estaban disponibles. En total, había conseguido volver a ver a siete de los trece individuos ya entrevistados. Ninguno recordaba haber entregado un *flyer* del Bobo Club a una mujer morena, delgada, de mediana edad y vestida con un traje de chaqueta. No obstante, la descripción era demasiado vaga para que los repartidores estuvieran seguros de su respuesta. Les había resultado más fácil ser categóricos cuando las preguntas se habían referido a cuatro chicos cargados con mochilas.

Eran más de las ocho de la tarde, y lo lógico habría sido que informara del resultado de las nuevas entrevistas al día siguiente. Pero en la lista solo quedaban cinco nombres, cinco repartidores con los que Francis y ella aún no habían hablado. Su compañero la había dejado sola dos horas antes, esta vez sin molestarse en poner una excusa. Ella no había intentado retenerlo, ni tenía intención de contárselo a Vaas. Francis le había pedido que confiara en él, y esa simple petición había zanjado el asunto.

Consultó de nuevo el reloj antes de tomar una decisión. Volver a Barbizon le haría perder otra mañana, un tiempo precioso que pasaría lejos del equipo. Marcó el siguiente número de la lista.

El joven con quien se encontró al anochecer no debía de tener más que tres o cuatro años menos que ella. Le había pedido que se vieran en el bar en el que trabajaba cuatro noches a la semana. El reparto de *flyers* era un complemento a ese trabajo, había puntualizado.

Chloé se había sentado junto a la barra, en un taburete alto, y había esperado pacientemente a que le concediera unos minutos entre copa y copa.

—Lo siento —dijo el camarero deteniéndose ante ella—, hay un poco de lío, pero no durará. Es que aún estamos en la *happy hour*.

—No te preocupes, ya ha sido un detalle aceptar que habláramos tan rápidamente.

—¿Te sirvo algo?

Chloé miró su reloj e hizo una mueca.

—Una Cola-Cola estará bien.

—El curro, ¿eh? —bromeó el chico.

—El curro, el coche, el cansancio…, todo eso, sí.

—Pues ¡marchando una Coca-Cola!

Mientras le iba a buscar la bebida, Chloé se irguió en el taburete y se miró en el espejo que tenía enfrente, medio oculto por las botellas de licores expuestas en los estantes. Sus facciones acusaban la falta de sueño. Se pellizcó las mejillas para reavivar el color, felicitándose por no tener al lado a Francis: le habría señalado que con sus compañeros no era tan coqueta.

—¿Dices que necesitas información sobre un reparto que hice para el Bobo Club? —le preguntó el camarero, al que no había visto volver.

—Eso es. Un *flyer* para la noche sobre la «Prohibición» que se celebró el 16 de abril.

—Lo recuerdo, sí, aunque ha pasado más de un mes. ¿Qué quieres saber exactamente?

Chloé estaba cansada de repetir el mismo rollo desde hacía horas. Habría preferido aprovechar aquel bar y el ambiente de fiesta para desconectar. Por un instante, se imaginó intercambiando frases triviales con aquel desconocido, que no le desagradaba. Volvió a la realidad cuando el chico se extrañó de que no respondiera.

—Lo siento, se me ha ido el santo al cielo... —farfulló, confusa—. ¿Qué me decías?

El chico sonrió pasando mecánicamente un trapo por la barra.

—¿Un día duro? —preguntó mirándola a los ojos.

—Una semana dura —confesó Chloé.

—Entonces espero poder ayudarte.

Chloé le agradeció con la mirada y procuró concentrarse.

—Estamos buscando a una mujer que recibió uno de los *flyers* que se repartieron ese día. Morena, entre veinticinco y cuarenta y cinco años, más bien delgada, en traje de chaqueta y zapatos de tacón.

—Me estás describiendo a la mayoría de las habitantes de aquí... —dijo el camarero, divertido.

—Lo sé. Nos la han descrito como un poco burguesa, pero ni siquiera sé si puedo fiarme de ese retrato. Todo lo que puedo añadir es que, en un momento dado, se fue con un grupo de cuatro jóvenes excursionistas.

—¡Haber empezado por ahí!

—¿Te suena de algo? —se apresuró a preguntar Chloé, ahora totalmente despierta.

—El contraste entre ellos llamaba la atención.

—¿Fuiste tú quien le dio el *flyer* a la mujer?

—Sí, sé que a veces va a ese club.

Chloé ya no podía disimular su excitación.

—¿La conoces?

—Eso es mucho decir. Viene aquí de vez en cuando.

—¿Has hablado con ella alguna vez? ¿Sabes su nombre o su dirección?

—¡Si le preguntara esas cosas a una clienta, me despedirían *ipso facto*! —bromeó el chico—. No, ya sabes cómo va esto. Se habla de tonterías. Creo que trabaja en el sector inmobiliario, supongo que para la agencia que hay al final de la calle. —Chloé miró su reloj de inmediato—. No te hagas ilusiones. A esta hora, los negocios ya están cerrados. Además, es una suposición mía, puede que no trabaje allí en absoluto. Quizá curre por su cuenta. He deducido que trabaja en esa agencia porque es la única cercana. Por cierto, ahora que hablamos de ella, he caído en la cuenta de que hace bastante que no la veo.

—¿Cuánto exactamente?

—No sé, dos o tres semanas, puede que más. Quizá desde lo de ese *flyer*. Es difícil de decir. Por la noche veo desfilar a mucha gente.

—¿Qué más puedes decirme sobre esa mujer?

—Lo que desde luego puedo decirte es que está más cerca de los cuarenta y cinco que de los veinticinco —respondió el chico pidiendo por señas a un cliente acodado en la barra que esperara un momento.

—¿Podrías describírmela?

—Bastante atractiva, si te gustan las mujeres misteriosas. Y bastante reservada. Con una mirada fría, pero al mismo tiempo profunda.

—Parece que te va ese estilo de mujer… —lo provocó Chloé, que no tardó en lamentarlo.

—Digamos que no te deja indiferente, pero no te embales: demasiado rígida para mí.

—¿Rígida?

—En su actitud. Cuando viene, se sienta en un taburete, como tú, con la espalda siempre muy recta. Se pasa el tiempo mirando la sala por el espejo. Cuando un hombre intenta acercarse a ella, apenas vuelve la cabeza para ponerlo en su sitio.

—¿Solo habla contigo?

—Prácticamente. Y con el jefe, cuando la atiende él. Y, una vez más, «hablar» es mucho decir. Ni siquiera sé su nombre de pila. Se pasa el rato observando a los demás clientes con los labios fruncidos. Es como si viniera a ligar, pero no encontrara a nadie de su gusto.

Chloé empezaba a hacerse una idea más clara de la personalidad de la desconocida. Sin embargo, aquella descripción distaba de ser suficiente para lanzar una orden de búsqueda.

—¿Estarías dispuesto a venir a París para ayudarnos a hacer su retrato robot?

—Es que trabajo casi todas las noches de la semana y, por el día, voy a la universidad… —Chloé lo miró con más atención preguntándose si no se habría equivocado respecto a su edad—. He retomado los estudios de lenguas aplicadas —añadió el chico en respuesta a la pregunta que no le había formulado—. El bar y los *flyers* están bien, pero no tengo intención de hacer eso toda la vida.

—¿No podrías ausentarte una tarde? —insistió Chloé.

—¿De verdad os ayudaría eso?

—No sabes cuánto.

El chico aceptó con un movimiento de la cabeza y le hizo señas de que esperara un momento mientras servía a los demás clientes. Cuando volvió, Chloé se había acabado la Coca-Cola.

—¿Seguro que no quieres otra cosa? Invito yo.

—Eres muy amable, más tarde, quizá. ¿Puedes contarme algo más sobre esa mujer? Un detalle, cualquier cosa…

El chico apoyó las palmas de las manos en la barra mientras pensaba.

—Puedo asegurar que no lleva alianza. Por lo pálida que está, debe de pasarse el día encerrada en su despacho. Siempre va bien vestida. Aparte de eso, no se me ocurre nada.

—Y, cuando la viste con esos chicos, ¿no dijo ella nada que se te quedara grabado?

—Ella no, pero al acercarme oí que el mayor de ellos le daba las gracias por alojarlos.

42

—¿Has conseguido hablar con ella?

—Todavía no.

—Son las diez —dijo Vaas con voz tensa—. Lucas le mandó un SMS ayer noche, como a todos nosotros, para que nos encontráramos aquí a las nueve. Desde que trabaja con nosotros, nunca ha llegado tarde.

—Todo eso ya lo sé —respondió Ducamp con tranquilidad—, pero ¿qué quieres que haga? Le he dejado dos mensajes. Lucas me ha dicho que aún no había leído el suyo. Puede que se haya concedido un descanso después del palizón de anteanoche.

—Chloé no se presenta, pese a estar trabajando en su primer caso importante, ¡¿y tú supones que habrá decidido recuperar horas de sueño?! ¿No te parece que, al menos, nos habría avisado?

—A lo mejor ha perdido el móvil…

Vaas procuró mantener la calma, pero su cara enrojecía por momentos.

—Francis, dime que estuviste con ella ayer.

—Claro que estuve con ella. Hablamos con los repartidores de la empresa de marketing viral. Debió de decírtelo.

—Chloé siempre está dispuesta a servirte de coartada, ¡por eso te lo pregunto a ti!

—Estuve con ella.

—¿Hasta el final? —Ducamp lo miró a los ojos, pero no respondió—. ¿A qué hora la dejaste?

—Serían las seis de la tarde, más o menos.

—Me mandó un mensaje sobre las nueve para decirme que quizá tenía una pista, un testigo que podía ayudarnos a elaborar el retrato robot de la desconocida de Barbizon. Deduzco que, cuando habló con ese hombre, ya no estabas con ella…

—No.

—¿Y tienes idea de quién puede ser?

—La verdad es que no. Nos quedaba bastante gente con la que hablar.

—Lo que no te impidió irte…

—Verás, Martin, no tenía elección. Debía estar de vuelta en París a las siete. Chloé quería continuar para poder trabajar aquí esta mañana.

—Solo que no está aquí —lo atajó Vaas.

A Ducamp le costaba cada vez más sostener la mirada de su superior.

—He intentado localizarla —dijo al fin con voz insegura—, pero no tengo señal.

—¿Has pedido una geolocalización?

—No. Podemos localizarnos mutuamente con una aplicación. Me enseñó a utilizarla ella. Pero no me aparece en la pantalla, lo que significa que tiene el móvil en modo avión, o sin cobertura.

—¿Y cuándo pensabas decírmelo?

—¿Qué cambia eso? —replicó Ducamp, súbitamente irritado—. No está localizable, ¿qué más quieres que haga?

—No lo sé, Francis. Ir a su piso y echar la puerta abajo. Llamar a todos los tipos de tu lista y encontrarme al último con el que habló. Preguntar a los del laboratorio si pueden hacer algo más que tu aplicación. En realidad, hay un montón de cosas que puedes intentar, Francis, en lugar de decirme que a Chloé se le han pegado las sábanas.

Martin se unió a Lucas en la sala de reuniones. Su segundo lo interrogó con la mirada.

—Ducamp ha salido en su busca. Cree que puede haber decidido dormir un poco esta mañana. Entre tú y yo, yo también lo habría pensado, si no fuera porque no es propio de ella.

Lucas frunció los labios, pero se abstuvo de hacer comentarios. Chloé solo se había retrasado una hora, así que no entendía por qué se había puesto así Martin. Sin duda, la chica cruzaría las puertas del Bastión en cualquier momento. Entretanto, no podían permitirse seguir esperándola ni centrarse en su ausencia.

—¿Y Lazlo?

El comandante de la UAC3 había avisado de que no llegaría a las dependencias de la 3.ª DPJ hasta media mañana, pero sin dar ninguna explicación sobre su espantada del día anterior.

—Empezaremos sin él —decidió Vaas, y se sentó frente a la pizarra que exhibía las fotos de las víctimas—. Decías que tenías información…

—Creo que te debo una disculpa.

—Casualmente, cuando no hay ningún testigo en la sala —bromeó Martin para rebajar la tensión.

—Creo que Isolda Dupré tiene alguna relación con los asesinatos. No sé cuál, no sé si es nuestra desconocida de Barbizon, pero está implicada en todo esto. Estoy casi seguro.

—Ayer afirmabas lo contrario. ¿Qué ha pasado entretanto?

—Como dijimos, he indagado un poco más en el pasado de Dupré.

—¿Y?

—He dado con un antiguo compañero de la facultad. Siguieron en contacto muchos años, hasta que Dupré se instaló en los Altos Alpes.

—Te escucho.

—Chloé me aconsejó que centrara mi investigación en las viejas historias de amor de nuestro hombre, y es lo que he hecho. Ese amigo, Denis Berger, me ha dicho que Dupré era un romántico. En la facultad, se enamoraba con facilidad y se ataba muy deprisa. Tenía mucha esperanza y hacía muchas promesas. Lo malo era que le costaba ser fiel. En cuanto aparecía una chica nueva un poco atractiva, necesitaba conquistarla. Era más fuerte que él. Según Berger, Élisabeth fue el primer gran amor de Dupré y también su relación más larga.

—Vale, entonces la teoría de que a Dupré se le acabaron cruzando los cables a base de decepciones me parece que se va al garete. Si damos crédito al tal Berger y a lo que te han dicho otros, quien ponía fin a las relaciones era más bien él.

—Estoy de acuerdo.

—Muy bien, ¿y entonces? ¿Qué papel desempeña Isolda en todo eso?

—Denis Berger solo la vio una vez. Fue durante la inauguración de una exposición de las esculturas de Isolda organizada por ella. En esa época, Dupré aún estaba casado con Élisabeth. Y adivina qué… —Martin esperó pacientemente la continuación—. Élisabeth no estaba embarazada todavía, lo que quiere decir que Isolda era la amante de Dupré mucho antes de que su mujer falleciera.

—Vale, no es bonito, pero de ahí a atribuirle una serie de asesinatos…

—Espera, déjame acabar. Berger volvió a ver a Dupré meses después. Sabía que su mujer acababa de abortar y se encontraba peor de salud. Quería sacar a su viejo amigo del pozo, pero Dupré no parecía afectado por la situación en absoluto. A Berger le extrañó, porque Marcel siempre había declarado a los cuatro vientos que deseaba un hijo. Quiso ahondar un poco en el asunto, pero Dupré le soltó una perorata sin pies ni cabeza sobre el karma, asegurando que Isolda lo había protegido de un asunto chungo y que, de no ser por ella, se habría visto atado de pies y manos a Élisabeth, cuando ya no sentía nada por ella. Dijo que eso formaba parte de los sacrificios que había que estar dispuesto a hacer para vivir el gran amor y que Isolda lo sabía por experiencia.

—¿Que Isolda lo sabía por experiencia? —repitió Vaas.

—Sí. Eso también fue raro, según Berger. Dupré habló de un sacrificio enorme que Isolda había hecho por amor. El sacrificio «supremo» —precisó Lucas dibujando unas comillas en el aire con los dedos.

—¿Y el tal Berger no le preguntó en qué había consistido?

—Sí, pero Dupré no soltó prenda. Todo lo que dijo fue que Isolda había acabado perdiendo a ese gran amor en un accidente de coche y que le había costado mucho recuperarse. Se sentía afortunado por que ella estuviera dispuesta a revivir ese amor con él. Berger dice que Dupré sentía una admiración enfermiza por esa mujer.

—Y tú, ¿has intentado averiguar algo más sobre ese gran amor de Isolda?

—Como puedes suponer. Pero no he descubierto nada. He obtenido muy poca información anterior a su boda con Dupré. Sus padres murieron cuando tenía dieciséis años y ella tuvo que abandonar los estudios. Después, desaparece del radar hasta que se mete a escultora. He encontrado dos o tres artículos sobre eso, pero ninguno muy profundo. Por lo demás, nada destacable. Ni una sola multa, ni siquiera una estancia en un hospital antes de su primera ecografía.

—Dices que sus padres murieron. ¿Sabemos de qué?

—Un accidente de coche.

—Son muchos accidentes, ¿no?

—¿Tú crees? —ironizó Lucas—. Con esa mujer, más vale guardar las distancias. Mira a Élisabeth. Todo le iba estupendamente hasta que apareció ella.

Martin se volvió hacia la foto de Isolda Dupré y escrutó sus facciones una vez más.

—Chloé le pidió a un testigo que viniera para ayudarnos a elaborar el retrato robot de la desconocida de Barbizon. En cuanto llegue ese hombre, quiero que vea esta foto. Chloé me escribió que la mujer en cuestión está más cerca de los cuarenta y cinco que de los veinticinco.

—Siguen sin salirnos las cuentas, pero con buen maquillaje…

—Necesitaremos una identificación. Solo con ese viejo asunto del sacrificio nos costará convencer al juez Vendôme para que cite a Isolda Dupré.

—Solo con eso, quizá —dijo una voz grave. Lazlo los observaba con el hombro apoyado en el marco de la puerta. Entró en la sala y dejó dos libros en la mesa—. Pero, si le sumamos esto —añadió el comandante de la UAC3—, nos resultará más fácil.

43

Ducamp avanzaba por la Grande-Rue de Barbizon escudriñando las terrazas de todos los bares.

Horas antes, había ido a casa de Chloé y llamado a la puerta con tanta insistencia que una vecina había acabado abriendo la suya y asomándose al rellano. La mujer, de unos treinta años, miró con suspicacia al desconocido, hasta que este le enseñó la placa de policía. Sí, se llevaba muy bien con Chloé, respondió a la primera pregunta, pero no, no tenía una copia de las llaves de su piso. No, la chica no había pasado la noche en casa, confesó apurada la mujer, que explicó su indiscreción por la falta de insonorización del edificio. Ducamp, que, en circunstancias normales, se habría conformado con esa información, se sorprendió a sí mismo prolongando el interrogatorio más de lo necesario. Sí, Chloé pasaba la noche fuera a menudo, admitió la vecina, un poco incómoda, pero no, no tenía novio fijo. Sí, podía estar ausente varios días seguidos, aunque no era lo habitual. Su vecina ya no se fiaba demasiado de los hombres; prefería las aventuras de una noche, acabó diciendo la mujer en tono confidencial. Ducamp le había preguntado todo eso a disgusto. Siempre había respetado la vida privada de su compañera, hasta tal punto que, de no ser por aquella charla de escalera, no se habría enterado de que Chloé vivía sola en su piso, de que sus padres residían en el sudeste de Francia y de que, desde su ruptura el año anterior, la chica se sentía muy aislada, salía casi todas las noches y no regresaba hasta el amanecer.

Ducamp creía que Chloé era una chica feliz y equilibrada. Nunca la había oído quejarse, y menos compadecerse. Ni bajadas de ánimo ni el menor cambio de humor. En realidad, se había conformado con esa imagen. Su compañera era una curranta con un gran espíritu de equipo. Esa información le bastaba, por no decir que le convenía. El resultado era que no tenía la menor idea de dónde se encontraba Chloé, a la que tendría que haber protegido, ni tampoco de a quién acudir para intentar averiguarlo. Al salir del edificio no había podido evitar mirar su reloj por enésima vez esa mañana. Eran las doce pasadas, y Chloé seguía sin dar señales de vida.

Ducamp había conseguido convencer a un buen amigo que trabajaba en los equipos técnicos para que se saltara el procedimiento y geolocalizara a Chloé. Su móvil había estado activo por última vez la noche anterior, a las once y treinta y tres, exactamente. La fijación geográfica la situaba en Barbizon.

Luego, Ducamp había vuelto a sacar la lista de los repartidores y contactado con todos aquellos con los que Chloé tenía previsto hablar el día anterior antes de que se separaran. Los chicos habían aceptado resumirle lo que ya le habían dicho a ella, hasta que, por fin, uno de ellos le había proporcionado una pista. Al final de su conversación con él, la joven policía le había preguntado si conocía un bar llamado Le Royal Barbizon.

El repartidor, que iba con frecuencia al local, le había dado a Ducamp las mismas indicaciones que a ella.

El Royal Barbizon estaba en el número 50 de la Grande-Rue. Ducamp ignoraba el motivo que había llevado a su compañera a visitar ese bar. ¿Quería entrevistar a otro testigo, o había oído hablar de aquel local y decidido tomar una copa antes de volver a París? Se obligaba a hacerse un montón de preguntas para no pensar en lo esencial. Si no hubiera dejado sola a Chloé en mitad de una investigación, ahora no estaría allí, dando vueltas por Barbizon en busca de algún indicio. Ni tendría aquel nudo en la boca del estómago, cada vez más apretado, que le impedía respirar.

El propietario del bar torció el gesto cuando Ducamp dejó la placa sobre la barra con un gesto autoritario. Por lo general, no era tan brusco, pero, por lo general, no se sentía implicado personalmente.

Describió a Chloé en pocas frases y añadió que la joven a la que buscaba era miembro de la policía judicial. Y su compañera. Ante esas palabras, el dueño enarcó las cejas y esbozó una sonrisa irónica. Sí, había visto a esa persona. Había estado allí la noche anterior. De hecho, se había quedado hasta el cierre.

—¿Se fue sola? —preguntó Ducamp, irritado por la actitud de su interlocutor, pero aliviado.

—¡Qué va! Se largó con mi camarero, que, por cierto, se fue sin echarme una mano para recoger. Bueno, cuando digo que se largó…

—¿Qué?

—Su compañera no se aguantaba en pie. Mi chico casi tenía que sostenerla…

—¿Estaba borracha?

—Es lo que suele pasar cuando te echas al cuerpo siete Jack Daniel's seguidos…

Ducamp encajó la información procurando no inmutarse.

—¿A qué hora cerró?

—Hacia medianoche. Un poco antes, quizá.

—¿Y sabe adónde fueron después?

—Ni idea. Lo que pasa fuera de mi bar no es de mi incumbencia. Todo lo que puedo decirle es que parecían entenderse bien.

—¿Tiene la dirección de su camarero? ¿Su nombre, su número de teléfono?

—Tengo todo eso, pero me extrañaría que su compañera siguiera con él.

—¿Y eso?

—El chico me ha llamado esta mañana para decirme que esta noche no vendrá, ni las próximas tampoco. Un problema familiar. Ha tenido que coger un tren a primera hora.

El alivio que había sentido Ducamp por un instante al imaginarse a Chloé durmiendo en brazos de su amante de una noche acababa de esfumarse.

Marcó el número del camarero, que su jefe acababa de mostrarle en su móvil, mientras se masajeaba el estómago.

Al oír la voz metálica que le informaba de que aquel número ya no pertenecía a ningún usuario, tuvo que contener una arcada.

44

Aunque hasta ese momento la contribución de Lazlo había sido discreta, su presencia fue indispensable durante las horas que siguieron a la llamada de Ducamp. De no ser por él, el equipo de la 3.ª DPJ habría tenido que retirarse de la investigación del Sena, sin lugar a dudas, y probablemente sus miembros habrían sido suspendidos.

Cuando Ducamp comprendió que la ausencia de Chloé no se debía a que se le hubieran pegado las sábanas ni hubiera tenido un impedimento en el último minuto, informó de sus temores a Vaas inmediatamente, dejando a un lado su sentimiento de culpa y el miedo a las sanciones que sin duda le impondrían. Pero no imaginaba lo que pasaría a continuación.

No había dado dos pasos por la sala común de la unidad cuando lo arrojaron de bruces al suelo. Pasada la sorpresa, se colocó boca arriba y vio a Lucas sentándose a horcajadas encima de él y agitando en el aire un puño vengador. A Vaas no le dio tiempo a frenar el primer golpe —o quizá no tenía suficientes ganas de hacerlo—, pero impidió el segundo sujetando por la cintura a su compañero.

La violencia de la escena y de las frases intercambiadas alertó a los miembros de las otras unidades presentes en la planta. Nadie intentó intervenir. Todos estaban al tanto de la desaparición de Chloé, y Ducamp pudo adivinar en sus ojos que lo consideraban responsable.

El subinspector no opuso resistencia. Permaneció tendido en el suelo con las mandíbulas apretadas, dispuesto a encajar más golpes si era necesario.

Fue Lazlo quien rompió el círculo que se había formado a su alrededor y le tendió la mano para ayudarlo a levantarse. También fue él quien fulminó con la mirada a todos aquellos que no se encontraban en su puesto de trabajo y que parecían esperar un desenlace más sangriento. El grupo de curiosos acabó dispersándose, y Lucas y Martin se quedaron solos en medio de la sala, mientras Lazlo ayudaba a Ducamp a sentarse a su mesa.

El juez Vendôme llegó tres minutos después para romper el clamoroso silencio de la sala compartida. Su actitud mostraba claramente que lo habían puesto al corriente de lo ocurrido. Interrogó a Vaas con la mirada, pero no obtuvo más respuesta que un encogimiento de hombros. De nuevo, fue Lazlo quien se lo llevó aparte y le susurró unas palabras al oído. Vendôme miró a Morgon y luego a Ducamp, y se dirigió a la sala de reuniones. Vaas y Lazlo lo siguieron. Lucas comprendió por sí solo que no sería bien recibido. Apretó los puños y abandonó las dependencias con paso decidido, evitando cuidadosamente la mirada de Ducamp.

A Vaas, el motivo de la reunión le pareció surrealista, aunque la había originado él mismo.

—Creo que no acaba de entender lo que pasa —dijo, más agresivo de lo que hubiera deseado—. ¡Chloé ha desaparecido! No sabemos si sigue con vida o si ese enfermo la tiene secuestrada. En estos momentos, podría estar cortándole los pies.

—Capitán Vaas —respondió Vendôme fríamente—, ayer afirmaba usted ante mí que debíamos poner a todas las fuerzas de la policía a buscar a una mujer que se movía por los alrededores de Barbizon. Esta mañana, me ha pedido que viniera para presentarme evidencias contra Isolda Dupré, que, dicho sea de paso, vive a setecientos kilómetros del escenario del crimen. Ahora me dice que su compañera de equipo quizá esté retenida por un tipo que usa una identidad falsa, si debo dar crédito al informe de uno de sus hombres...

—Dijo llamarse Tristan Jacquet, pero sabemos que mintió. No tuvo que presentar ningún documento de identidad ni para la empresa de marketing ni para Le Royal Barbizon.

—¿Trabajaba en negro?

—Firmó contratos de trabajo, pero pedía que le pagaran en mano.

—Comprendo. ¿Y su dirección?

—Falsa.

—Era de esperar.

—Tenemos su descripción —añadió Martin con un hilo de voz.

—También tenía la de la desconocida de Barbizon. ¿A quién hay que buscar, en definitiva? ¿A una mujer madura? ¿A un hombre de unos veinticinco años? ¿A Isolda Dupré, cuyo difunto marido quizá fue acusado erróneamente de un doble homicidio? Perdone, capitán, pero confieso que me he perdido.

—¡Puede que no estuviéramos en esta situación si, hace quince años, usted hubiera hecho bien su trabajo! —replicó Vaas, exasperado.

El juez iba a responder, pero Lazlo se apresuró a intervenir.

—Todos tenemos los nervios de punta —apuntó a modo de preámbulo—. Las palabras que digamos hoy no tendrán más valor que el que queramos darles. Señoría, desde el comienzo de esta investigación nos enfrentamos a dos *modus operandi* distintos, en escenarios separados por varios centenares de kilómetros y en fechas muy alejadas entre sí. Sin embargo, aquí nadie duda del hecho de que existe una relación entre todos esos asesinatos. Creo que estará de acuerdo conmigo en ese punto... —Vendôme asintió brevemente y le hizo un gesto para que continuara—. Todos estamos convencidos de que Grigore Orban es el autor de los asesinatos de la familia recompuesta hallada en las gargantas del Tarn, pero también creemos que ayudó al asesino de Jordan Buch a desplazar su cadáver. ¿Sigue estando de acuerdo con esa teoría?

—Así es —gruñó el juez.

—Entonces no tendrá nada que objetar si digo que nos enfrentamos a varios asesinos que parecen conectados unos con otros. Llevan a cabo el mismo ritual, al que aportan variaciones. Algunos se conocen entre sí, de otro modo ¿cómo pudo contactar con Orban el asesino de Jordan Buch y Nathan Percot?

—¿Adónde quiere ir a parar? —dijo Vendôme, que empezaba a impacientarse.

—Al hecho de que, si yo tuviera que responderle en lugar del capitán Vaas, le diría que todas las personas que ha mencionado merecen nuestra atención. La desconocida de Barbizon, el camarero con el que se marchó Chloé Pellegrino y también Isolda Dupré. No tenemos más remedio que actuar en todos esos frentes.

Vaas enderezó el cuerpo en la silla y se frotó la cara con las manos como si acabara de despertar de un sueño agitado. Desde que había recibido la llamada de Ducamp, había sido incapaz de tomar ni siquiera un poco de distancia y, menos aún, las decisiones indispensables. Con unas cuantas frases, Lazlo había sabido exponer los hechos de forma clara, y, aunque su análisis no aportaba ninguna respuesta concreta, tenía la virtud de ofrecer un camino que seguir, o, mejor dicho, varios.

—Es más —continuó el comandante de la UAC3 dirigiéndose al juez—, si aún tiene dudas, puedo demostrarle fácilmente que todas esas personas tienen un punto en común. Desde luego, es el caso de Tristan Jacquet e Isolda Dupré.

Esta vez, Martin miró sorprendido a Lazlo. El retrato robot del camarero conocido en Barbizon bajo el nombre de Tristan Jacquet estaba en proceso de elaboración; de momento Vaas no tenía ninguna información concreta sobre él. ¿En qué se basaba el comandante de la UAC3 para hacer esa afirmación?

—El nombre que eligió —explicó Lazlo volviéndose hacia él para adelantarse a su pregunta—. El punto en común es su nombre.

—Ahora ya no lo sigo —admitió Vendôme.

Lazlo cogió los dos libros que había dejado en la mesa de la sala horas antes. El primero trataba sobre la etimología de los nombres; el segundo era un tomo de la Bibliothèque de la Pléiade.

—*Tristán e Isolda* —dijo enfáticamente—. Supongo que conocen más o menos la historia… —Lazlo sonrió levemente ante la expresión del juez—. Sí, lo sé, desde luego, no es lo que nos mandan leer en la escuela de policía, ni en la judicial, pero al menos tendrá una vaga idea sobre el argumento, ¿no?

—Una historia de amor que acaba en tragedia —resumió Vendôme, avergonzado por no ser capaz de decir más.

—¡Exactamente! Tristán e Isolda se aman apasionadamente, pero el suyo es un amor adúltero. Isolda, apodada «La Rubia», ya está prometida con otro hombre. Tristán y ella se separan (les ahorro las diferentes versiones de ese episodio), y Tristán acaba casándose con otra mujer, sin dejar nunca de amar a Isolda. Un día, estando en el lecho de muerte, pide la ayuda de su antigua amada, que es la única capaz de salvarlo. Para mantener la discreción, acuerdan usar una señal. Si ella acepta ayudarlo, la vela del barco que la transportará será blanca. Pero la mujer de Tristán, celosa del amor que su marido sigue sintiendo por Isolda, le dice que la vela que ve a lo lejos es negra. Por supuesto, es blanca, como sin duda habrán adivinado. El caso es que Tristán muere convencido de que su único amor verdadero lo ha abandonado. En cuanto a Isolda, al enterarse de la muerte de su antiguo amante, decide poner fin a sus días.

Vendôme miró a Vaas, desconcertado por aquella clase exprés de literatura chocante como poco.

—A mí ya me había dado esta charla esta mañana… —dijo Martin, compadecido.

—Lo sé —continuó Lazlo, impertérrito—, se preguntan qué tiene que ver esa historia con la investigación, aparte del hecho de que uno de nuestros sospechosos haya elegido el nombre de Tristan.

—Bueno, está un poco traído por los pelos… —se atrevió a opinar el juez.

En ese momento, Lazlo cogió el segundo libro. Un pósit rosa asomaba entre las páginas a modo de marcador.

—Isolda —leyó—. Nombre de origen celta que data de la Edad Media, con variantes como Iseo, Iselda, Isolina...

El juez Vendôme no ocultó su perplejidad.

—¿Para esto me pidió que viniera esta mañana? ¿Porque ha descubierto que la viuda de Marcel Dupré se llama igual que la heroína de una tragedia?

—No únicamente. Vaas estará encantado de facilitarle la información que ha podido reunir su segundo, el subinspector Morgon, sobre esa mujer. No obstante, hay un punto que me gustaría compartir con usted. ¿Sabe cómo se llamaba la mujer con la que se casó Tristan después de verse obligado a renunciar a Isolda?

—¡Ilústreme! —exclamó Vendôme, irritado.

—También Isolda. Pero, para diferenciarla de su rival, la llamaban Isolda la de las blancas manos. —El juez frunció el ceño e interrogó al comandante con la mirada—. La princesa de las manos blancas —le recordó Lazlo—. Véronique Laval nos dijo que su amante, Grigore Orban, creía a la princesa de las manos blancas cuando afirmaba que el verdadero amor había que merecerlo.

El juez Vendôme apoyó los codos en la mesa y juntó las yemas de los dedos. Vaas ya le había visto hacer ese gesto. Su señoría estaba construyendo mentalmente su dosier y evaluando las actuaciones que podía llevar a cabo.

—Si lo he entendido bien —dijo con voz tranquila, casi mecánica—, Isolda Dupré sería esa Isolda de las manos blancas, esa princesa que convenció a Orban de que dejara a su amante, porque no sabía amarlo.

—Esa es la idea —admitió Lazlo.

—Así pues, si extrapolo su idea —continuó Vendôme—, Isolda Dupré estaría en el origen de ese ritual...

—Lucas Morgon ha sabido de boca de un viejo amigo de Marcel Dupré que Isolda tuvo que hacer un sacrificio «supremo» por amor antes de conocerlo —intervino Martin.

—¿Qué sacrificio?

—Todavía no lo sabemos, pero lo estamos investigando.

El juez frunció los labios e hizo entrechocar las yemas de los dedos.

—Entonces, su hipótesis es que esa mujer sería responsable de la muerte de los dos ingleses encontrados a orillas del Durance y habría dejado que acusaran a su marido de ese doble homicidio en su lugar, ¿es así?

—Puede que su marido matara realmente a ese matrimonio —matizó Lazlo.

—Pero lo habría hecho a petición de ella —insistió el juez—. Ella lo habría incitado a realizar un sacrificio ritual...

—Es lo que pensamos —confirmó Martin, que no quería dejar solo a Lazlo en la defensa de esa teoría.

—Luego habría conseguido nuevos adeptos, hasta el punto de que uno de ellos habría acabado con tres alemanes en el Mosela.

—Esa es la idea, en efecto.

—Y entonces, la desconocida de Barbizon, ¿sería Isolda Dupré? ¿Habría enrolado en sus filas a un chico de veinticinco años y lo habría rebautizado Tristan para completar su delirio?

—Digamos que no nos parece imposible —admitió Vaas, no muy convencido.

—Pero ¡Isolda Dupré tiene sesenta y cinco años!

—Lucas dice que aparenta quince menos, como poco.

—¿Han comprobado al menos si ha dejado los Altos Alpes?

—Ahora mismo está en su casa —respondió Vaas—. Pero eso no significa nada. Pudo poner en marcha el proceso y dejar que Tristan se encargara solo de las víctimas.

El juez hizo una mueca, pero no dijo nada. Se levantó, dio unos cuantos pasos en círculo, volvió a mirar a los dos hombres que tenía delante y se dirigió hacia la puerta con los libros de Lazlo en la mano.

45

Se habían establecido controles en todas las carreteras nacionales y provinciales de Sena y Marne, así como en los peajes de las autopistas. El dispositivo desplegado era importante, pero ni mucho menos suficiente. La desaparición de Chloé se había denunciado dieciséis horas después de que fuera vista por última vez. Vaas temía que Tristan Jacquet estuviera ya en la otra punta de Francia, si no en el extranjero.

—Acaba de llegar el informe del laboratorio sobre el análisis de las llamadas de Orban.

Ducamp no se había atrevido a entrar en el despacho de Vaas; lo había anunciado desde el umbral de la puerta, mirando al suelo. Incluso a esa distancia, Martin podía distinguir la aureola malva que empezaba a dibujarse en su pómulo izquierdo.

—Entra —dijo con voz opaca—. Siéntate.

Ducamp obedeció. Martin soltó un leve suspiro. No quería perder la calma, pero la actitud de mártir que mostraba su subordinado desde hacía dos horas empezaba a irritarlo bastante.

—¿Qué dice ese informe?

—Han podido averiguar desde dónde llamaron a Orban la noche en que desplazaron el cadáver de Nathan Percot.

—Te escucho.

—Su interlocutor se encontraba en los alrededores de la isla recreativa del Port-aux-Cerises. Al parecer, cuando llamó a Orban, ya estaba listo.

—Entonces no tenemos nada —gruñó Vaas.

—No.

—¿Han investigado más o se han limitado a la llamada?

—Han investigado a fondo, como puedes suponer, Vaas…

—¡Yo no supongo nada, Francis! —rugió Martin sin poder controlarse—. Me limito a reunir información cuando la cosa ya no tiene remedio. Si hubiera sido capaz de suponer desde el principio de la investigación, no estaríamos aquí, como dos gilipollas, esperando a que nos digan qué hacer y adónde ir. Si hubiera sido capaz de suponer, Véronique Laval no habría matado a Orban, porque habría sabido leer en el informe de Lucas que esa mujer no podía más y no soportaría otro rechazo de su amante. Habría comprendido que la desconocida de Barbizon no podía haber actuado sola y que había que andarse con ojo a la hora de hacer preguntas en ese pueblucho. Y, sobre todo, sí, sobre todo, si hubiera sido capaz de suponer, no te habría pedido que formaras equipo con Chloé, sabiendo a ciencia cierta que la dejarías plantada en un momento u otro del día. Así que ya lo ves, Francis, yo no supongo. Me dejo llevar desde el principio, y hay que reconocer que el resultado no es brillante. A estas horas, Chloé quizá ya esté muerta, no localizamos a su secuestrador y Lucas ya no contesta al teléfono. En cuanto a ti…

—¿Sí? —preguntó Ducamp, esta vez mirándolo directamente a los ojos.

—En cuanto a ti, no lo sé. Adelante, dime, ¿qué harías tú en mi lugar?

Antes de responder, Ducamp esperó unos segundos a que su superior estuviera realmente en condiciones de escucharlo.

—Todo lo que te pido, Martin, es que no me retires de la investigación hasta que encontremos a Chloé. Después, haz lo que quieras. Me trae sin cuidado.

—¡De eso ya me había dado cuenta!

—¿De qué?

—De que lo que pasaba aquí te traía sin cuidado.

—¡No sabes nada de nada!

—Ya lo creo que sí. A mi manera, he intentado integrarte en este equipo. Probé a motivarte confiándote a Chloé. Deberías haberle cubierto las espaldas, haberle enseñado los trucos del oficio. Era una tarea a tu medida, pero ni eso te ha dado la gana de hacer. Este trabajo ya no te interesa, y quienes pagamos las consecuencias somos los demás.

—¡No te atrevas a decir eso! —respondió Ducamp, colérico—. No tienes ni la menor idea sobre lo que pienso o lo que siento. No sabes nada de mí, Vaas. ¿Te digo por qué? ¡Porque nunca has querido saberlo! Así que ahórrate tus sermones sobre la cohesión del equipo. En cuanto te pusiste al mando de esta unidad, me catalogaste. Era el viejo del grupo, el que no había querido subir en el escalafón haciendo méritos. Dicho de otra forma, era el peso muerto con el que tenías que cargar.

—Habrías podido encontrar tu sitio…

—Yo no tenía que demostrarte que sé hacer bien mi trabajo. Que no fanfarronee o que evite las demostraciones de fuerza no significa que no sea un buen investigador. Chloé sí lo sabía.

—¡Deja tranquila a Chloé! —le advirtió Vaas, enojado—. Si tanto la apreciabas, ¿por qué la dejaste sola?

—No hables de ella en pasado —replicó Ducamp, glacial.

—Y tú deja de tomarme por idiota. Hacerse la víctima funciona un tiempo. Todo el mundo sabe que solo esperas una cosa: jubilarte y largarte. Haces acto de presencia porque no tienes más remedio, pero nunca has intentado formar parte de este equipo. Vas a tu aire, sin preguntarte siquiera si eso afecta al resto de la unidad. Todo lo que quieres es volver con tu mujercita todas las noches y que te dejen tranquilo.

—¿Quién te ha dicho que tengo mujer?

La pregunta sorprendió a Vaas, no en sí misma, sino por el tono en que la había hecho. La voz de Ducamp se había vuelto más cortante.

—¿Qué quieres decir?

—Mi pregunta es sencilla, ¿no?

—Pues no lo recuerdo… Todo el mundo lo sabe, no es un secreto.

—No, no todo el mundo lo sabe. Te lo dijo Chloé.

—Muy bien, puede que me lo dijera ella. ¿Qué importa eso?

—¿Sabes cómo se llama mi mujer? —Vaas no fingió pensarlo. Con un movimiento de la cabeza, admitió que no tenía la menor idea—. No, no lo sabes, ni Chloé tampoco.

—De acuerdo, Francis, no sé cómo se llama tu mujer. No creo que sea tan grave…

—Mi mujer se llama Alain.

Vaas dejó de tamborilear en la mesa con los dedos, como llevaba haciendo desde el principio de la conversación, y miró a Ducamp con más atención, preguntándose si los oídos lo habían engañado.

—Has oído bien. Mi mujer, o más bien mi compañero, se llama Alain.

—Pero Chloé...

—Chloé malinterpretó mis palabras la primera vez que hablamos de nuestra vida privada. Le dije que mi objetivo era volver sano y salvo junto al amor de mi vida todas las noches. Le hablé de mi media naranja, de mi alma gemela..., todas esas expresiones que aprendes a manejar para mantener la discreción.

Martin no quería que la sorpresa que debía entreverse en su rostro se malinterpretara.

—Muy bien, vives con un hombre. No veo dónde está el problema.

—Déjalo, ¿quieres? —dijo Ducamp, irritado—. No soy un chaval de veinticinco años que trabaja en el mundo de la comunicación ni nada parecido. Soy un madero a punto de jubilarse.

—¿Y qué?

—Pues que, entre maderos, un viejo maricón queda feo.

—Antaño no digo que no, pero hoy esas gilipolleces se han acabado.

—No seas ingenuo, Martin. Nunca he sido muy popular dentro de la DJP. Si encima hubiera dicho que era homosexual, ¿cómo crees que me habrían tratado?

Martin no quiso ofenderlo contradiciéndolo. A su llegada, sus superiores les habían hecho un retrato nada favorecedor de Ducamp sin necesidad de conocer su orientación sexual.

—Si a alguien se lo podías haber dicho era a Chloé...

—Estuve a punto de hacerlo varias veces, pero ella se había hecho una idea a la que yo mismo me había acostumbrado.

—Eso sigue sin explicar por qué la abandonaste a su suerte.

Ducamp dejó de desafiar a Vaas con la mirada y se agitó en la silla.

—Es algo personal —dijo, incómodo.

—¿Personal? ¿Me tomas el pelo? Acabas de salir del armario delante de mí reprochándome entre líneas que no comprendiera lo que habías ocultado a todo el mundo desde que ingresaste en el cuerpo, ¿y ahora me sales con que «es algo personal»?

La fuerza que sostenía a Ducamp desde el principio de la conversación se había agotado. Había dejado caer los hombros y aflojado los puños.

—Tenía que organizar el ingreso de Alain en una clínica privada —dijo con voz débil—. Estaba previsto para esa tarde, pero tú nos mandaste a Barbizon. Me quedé con Chloé todo el tiempo que pude, pero sabía que, pasadas las seis, sería demasiado tarde. Llevaba días posponiéndolo. Al contrario de lo que crees, había decidido dar prioridad a la investigación, pero la situación era insostenible. Ya no podía dejar a Alain solo en casa. —Martin comprendía que esa confesión desgarraba las entrañas de su compañero. Lo dejó continuar sin apremiarlo—. Alzheimer —dijo al fin Ducamp—. Alain tiene unos años más que yo. Ya lleva cinco jubilado. Tardé en comprender lo que ocurría. O quizá no quería verlo. Esta historia, nuestra historia, nos la hemos callado durante más de treinta años. Ni siquiera nuestros padres lo supieron en vida. Era nuestro secreto. Éramos los únicos que compartíamos nuestros recuerdos. Ahora solo quedo yo. Alain ya no me reconoce. A veces me parece vislumbrar un brillo en sus ojos, pero no es a mí a quien ve. Vive en un pasado que yo no conocí y que nunca podré compartir con él.

Ducamp ya no era más que una sombra de sí mismo. Incapaz de encontrar las palabras apropiadas, Martin se guardó para sí las frases vacías que le venían a la mente.

—Por supuesto que seguirás en la investigación hasta que encontremos a Chloé —dijo al fin—. De todas maneras, solo me quedas tú.

Ducamp sonrió tristemente.

—Puedo explicárselo a Lucas si quieres.

—No te molestes. En cualquier caso, no soportará la inacción mucho tiempo. Estará en el bar de abajo, esperando un buen momento para hacer su aparición.

—Supongo que tienes razón. Lo conoces mejor que yo. ¿Y ahora, qué?

Vaas resopló ruidosamente para expresar su impotencia.

—Esperaremos a que el juez Vendôme nos dé luz verde para convocar a Isolda Dupré y a que las patrullas nos llamen para decirnos que le han echado el guante a Tristan Jacquet.

—¿En serio no podemos hacer nada más?

—Si tienes alguna idea, te escucho.

Francis Ducamp se estaba mordiendo una uña mientras reflexionaba, cuando su móvil emitió el sonido característico que anuncia la entrada de un mensaje. Antes de que pudiera sacarse el aparato del bolsillo, Vaas recibió otro. Ambos hombres leyeron a la vez la alerta e intercambiaron una mirada inquieta. Francis fue el primero en levantarse. Vaas cogió la chaqueta y echó a correr tras él.

46

Rodilla en tierra, Lucas miraba hacia la orilla opuesta. Cuando Vaas y Ducamp lo vieron agachado en el muelle, de espaldas a ellos, avivaron el paso.

El mensaje enviado a todos los miembros de la unidad de la 3.ª DPJ informaba del hallazgo de un cadáver en la región de París. Especificaba que, en la dársena de Bonneuil, se había sacado del agua el cuerpo de una mujer, pero al remitente no le había parecido necesario precisar si la habían identificado.

El subinspector Morgon había llegado el primero y había levantado las cintas de delimitación con autoridad, sin perder el tiempo en presentaciones. Luego había ido directo hacia los buceadores de la brigada fluvial, ignorando a los dos policías encargados de asegurar el perímetro. Mientras llegaba el forense, el cuerpo descansaba en el mismo muelle. Nadie se había molestado en cubrirlo. A quince metros de distancia, Lucas ya había podido constatar que le habían amputado los pies.

En los últimos metros había aflojado instintivamente el paso, con los músculos en tensión e incapaz de oír lo que le decía el agente de la brigada fluvial que iba a su encuentro.

Después de ver el cadáver, el subinspector se había alejado de él caminando pesadamente, encorvado y sin energía.

—¿Lucas? —tanteó Vaas, preocupado, posando una mano en el hombro de su segundo.

—No es ella —dijo Morgon con la voz rota, sin apartar los ojos de la gabarra que un gruista cargaba de cemento—. No es Chloé. Es Zoé Mallet.

—Lo sé. Me lo ha dicho el agente de guardia.

—Casi grito de alegría, Martin. He visto a la pobre chica, pero lo único que he sentido ha sido alivio.

—Para, Lucas.

—¡Imagina por un momento que hubiera sido ella!

—Pero no lo es —se limitó a responder Vaas—. Sabíamos que Zoé Mallet tenía los días contados. Nuestro asesino sigue el ritual que empezó.

—Pero ahora tiene a Chloé estorbándole. Desde luego, no va a mantenerla con vida mientras elimina a los rehenes uno tras otro.

—Lucas, mírame, por favor.

Lucas se levantó y, al volverse hacia Martin, vio a Ducamp a su lado. Apretó los puños mecánicamente, y luego vio el destrozo que había causado. Ducamp lo miraba con un solo ojo; el otro estaba demasiado hinchado.

—Ya arreglaremos cuentas más tarde —dijo Martin—. Ahora debemos concentrarnos si queremos tener alguna posibilidad de salvar a Chloé, pero también a Clara Faye. —Lucas dio media vuelta y respiró hondo. La simple mención de su joven compañera le impedía mirar a Ducamp a los ojos—. Lucas, si ya no eres capaz de trabajar en esta investigación, dímelo.

—¡O sea, que el problema soy yo! —exclamó indignado—. ¡Si me hubieras puesto a mí con Chloé, no habría pasado esto!

—Otro comentario como ese y te vas a casa, ¿entendido? —Lucas miró unos segundos a su superior y acabó comprendiendo que no bromeaba—. Cuando todo haya acabado podrás aclarar las cosas con Francis —añadió Martin para zanjar el asunto—. Ahora dime qué piensas de este asesinato.

Lucas apretó la mandíbula varias veces antes de responder.

—Lo has dicho tú mismo, nuestro asesino sigue con su ritual, solo que ahora sabemos que no es Isolda Dupré quien se ha encargado de él. En estos momentos está en su casa, los gendarmes nos lo han confirmado.

—Eso no significa que no maneje los hilos desde allí. Puede que le pidiera a su cómplice que se deshiciese de Zoé. Para borrar las pistas, precisamente. Habrá que echarle un vistazo a su registro telefónico.

—Yo me encargo —dijo Lucas de inmediato—. ¿Y los controles? ¿Algún resultado?

—De momento, nada. A estas alturas, Tristan Jacquet podría estar muy lejos, me temo.

—Los de la brigada fluvial calculan que pudieron dejar el cuerpo de Zoé entre las siete y las siete y media de la mañana —dijo Lucas.

—¿Cómo pueden ser tan precisos? —preguntó Martin, sorprendido.

—A unos veinte metros, había un barco amarrado para pasar la noche. Dejó el fondeadero a las siete menos cuarto. Los compañeros han conseguido la información entre los habituales del lugar. A esa hora no hay mucha gente, al menos en ese lado de la dársena. Pero, a las ocho, el puerto está en plena actividad.

—Las siete de la mañana… —murmuró Ducamp para sí mismo—. ¿Nuestro asesino se arriesgó a dejar el cadáver cuando ya había amanecido?

—Ante todo, lo de las siete de la mañana confirma lo que acaba de decir Martin —replicó Lucas con vehemencia—. Puede que ese cabrón ya esté en la otra punta de Francia.

—A no ser que haya vuelto a esconderse en su madriguera —terció Vaas—. De todas formas, ha conseguido retener como rehenes a cuatro víctimas sin llamar la atención del vecindario. Ya es la tercera vez que logra cargar un cadáver en su coche en plena noche sin que nadie lo vea. Tenemos que continuar con nuestra búsqueda. Hablar con todas las personas que hayan tratado a Tristan Jacquet. Puede que en algún momento se le escapara algo, un detalle que podría permitirnos localizarlo.

Ducamp asintió, y comprendió que la tarea de ir de puerta en puerta y patearse la calle le tocaba a él.

El juez Vendôme aún no había llegado, lo que no había impedido al doctor Ferroni iniciar su examen preliminar. Martin y Lucas esperaron a que se quitara los guantes para ir a su encuentro. Por desgracia, no les fue de gran ayuda. Sus primeras constataciones eran idénticas a las que había hecho tras el descubrimiento de los cuerpos de Jordan Buch y Nathan Percot. Zoé Mallet presentaba marcas de garrotes en las pantorrillas, además de tres heridas en el tórax, aunque solo una era profunda. No, de momento no había encontrado ningún mensaje oculto. Calculaba que la muerte se había producido hacía solo unas horas.

Vaas prefirió alejarse para no oír que habría que esperar los resultados de la autopsia para tener más respuestas. De todas formas, su cabeza ya estaba en otra cosa. Intentaba reconstruir algo parecido a una cronología.

A última hora de la tarde, Chloé había hablado sin saberlo con el cómplice de Isolda Dupré, mientras esta se encontraba a cientos de kilómetros, en los Altos Alpes. Eso significaba que Zoé Mallet seguía viva cuando Tristan Jacquet había llegado al Royal Barbizon para empezar su turno. ¿Fue su encuentro con Chloé lo que precipitó los acontecimientos? ¿Había matado a la chica al sentirse acosado por las preguntas de una agente de la policía judicial? Sin embargo, si había que dar crédito a las palabras del dueño del bar, Chloé ya no representaba una amenaza. Había salido borracha como una cuba del local. En ese momento, Martin se preguntó si su estado se debía realmente a los siete Jack Daniel's. A Chloé le gustaba beber, pero no recordaba haberla visto empinar el codo de esa manera. Quizá se había dejado llevar por Tristan, o puede que él la hubiera ayudado a emborracharse.

«La cuestión es que te ganas la confianza de Chloé —se dijo Martin—, le pones ojitos e intentas averiguar en qué punto se encuentra la investigación. En un momento dado, ella dice algo que te hace pensar que podrían llegar hasta ti. A no ser que a ti se te hubiese escapado algo. Un indicio que Chloé habría acabado descifrando una vez sobria. Sea como fuere, de pronto empiezas a verla como una amenaza. La emborrachas un poco más, le propones ir a tu casa y, allí, la dejas fuera de combate».

Martin se obligó a hacer una pausa. No estaba seguro de querer ir más lejos.

Oyó maldecir a Lucas a lo lejos y se dirigió hacia él.

—¿Qué pasa?

—¡Acabo de recibir esto! —respondió su segundo tendiéndole el móvil.

—¿Qué es?

—El retrato robot de Tristan Jacquet. —Martin cogió el teléfono y observó atentamente el dibujo—. ¿No te dice nada? —preguntó Lucas, impacientándose.

—La foto que tenemos es un poco antigua… —respondió Vaas, dubitativo.

—¡Venga ya! No te quepa duda, es él.

47

Isolda Dupré estaba sentada con la espalda rígida y las manos sobre la mesa, una sobre la otra. Había pedido que le dejaran tener puestas las gafas de sol, porque la luz cruda de la sala de interrogatorios intensificaba su migraña, pero hasta eso le habían negado. Ninguno de los presentes estaba dispuesto a andarse con miramientos con ella. El tiempo apremiaba, y todos estaban convencidos de que solo ella podía decirles dónde se encontraba Chloé.

El juez Vendôme, que tenía decidido oírla en audiencia libre, lo había pensado mejor tras la llamada de Lucas. Todo se había precipitado. Su señoría había pedido a Vaas y Morgon que se reunieran con Lazlo y él en la Gare de Lyon, y los cuatro hombres se habían subido al primer tren en dirección a Gap.

Mientras cruzaban buena parte de Francia a más de trescientos kilómetros por hora, cuatro agentes de la policía de la zona se presentaron en casa de Isolda y le pidieron que los acompañara a comisaría para interrogarla en el marco de la investigación emprendida por la 3.ª DPJ de París. La viuda de Marcel Dupré no ofreció resistencia. Se echó sobre los hombros un chal rojo, que ocultaba en parte su largo vestido negro, cogió su bolso en la entrada y se sentó en la parte posterior del coche patrulla sin mediar palabra.

Una vez en comisaría, la mujer se identificó y respondió pacientemente a las preguntas relacionadas con sus actividades cotidianas, sus relaciones y sus movimientos durante las últimas semanas. El policía que le tomaba declaración tecleaba sus respuestas con dos dedos, como habría hecho un niño de cinco años. La escena habría resultado cómica si, por una vez, no hubiera estado preparada. El agente de la policía judicial de Gap obedecía instrucciones. Le habían pedido que perdiera todo el tiempo que pudiera. El juez Vendôme quería que la detención le fuera comunicada a Isolda Dupré lo más tarde posible, para que los equipos de la 3.ª DJP dispusieran de suficiente tiempo para interrogarla.

La policía de Altos Alpes cumplió la consigna al pie de la letra: formuló tal cantidad de preguntas, relacionadas más o menos directamente con la investigación, que, a la llegada del juez Vendôme, Lazlo y los dos compañeros de París a la comisaría de Gap, Isolda Dupré aún mantenía la condición de declarante voluntaria.

Cuando el subinspector Morgon se sentó frente a ella, la mujer lo saludó con un ligero movimiento de la cabeza. Antes de sentarse él también, Vaas se presentó con voz seca. Los agentes de la comisaría habían acondicionado una sala para que el interrogatorio pudiera desarrollarse en un lugar cerrado, e instalado una cámara con el fin de grabarlo, pero también de transmitir las imágenes a otra sala, en la que se encontraban el juez y el comandante Lazlo. Picados por la curiosidad, los agentes de la judicial de Gap se habían apelotonado delante del monitor y esperaban a que Vaas iniciara las hostilidades.

—¿Sabe por qué está aquí, señora Dupré?

—Me han dicho que ustedes tenían que hacerme más preguntas relacionadas con su investigación. Si no entendí mal a su compañero el otro día, su caso tiene similitudes con el de mi marido.

—Efectivamente. Muchas, la verdad.

—Pero mi marido está muerto, y era él quien habría podido responder, no yo.

Vaas sonrió mirándola directamente a los ojos.

—Porque fue él quien secuestró a aquellos dos ingleses, los mató y abandonó sus cadáveres a orillas del Durance, ¿no es eso? —Isolda Dupré frunció el ceño ligeramente, lo que no pasó inadvertido a Vaas—. Es lo que usted quería que comprendiese, ¿me equivoco?

—No, es justo eso. Su pregunta me sorprende, es todo.

—¿Ah, sí? ¿Por qué?

—Parece usted dudar de la culpabilidad de mi esposo.

—¿Usted no?

—Ya se lo expliqué a su compañero. Era culpable, lo declararon como tal y lo encarcelaron por eso. No veo por qué tendrían que cuestionarse esos hechos después de transcurridos tantos años.

—Precisamente porque el caso que investigamos nos hace pensar que las cosas no son tan simples.

—¿De veras? —preguntó la mujer, esta vez, sonriendo—. ¿Me está diciendo que la justicia cometió un error?

A dos metros de allí, al otro lado de la pared, el juez Vendôme apretó las mandíbulas. Había autorizado a Vaas a aventurarse en el terreno del error judicial, confiando en que esa estrategia no se volviera contra él.

—Estoy diciendo que tal vez su marido no fuera el único culpable en ese triste asunto —matizó Vaas—. Los datos que hemos reunido a lo largo de nuestra investigación nos llevan a creer que, en el momento de los hechos, tenía un cómplice y que dicho cómplice sigue actuando con total impunidad.

—Y usted piensa que yo lo conozco… —dedujo Isolda Dupré, como si esa suposición no tuviera nada de sorprendente.

—Para serle totalmente franco, pensamos que ese cómplice es usted, y por esa razón hemos decidido ponerla bajo custodia.

Sin mirarla siquiera ni darle tiempo a reaccionar, Vaas hizo constar la fecha y la hora de la detención. Acto seguido, informó a Isolda Dupré de sus derechos, entre otros, recibir la asistencia de un abogado, guardar silencio, avisar por teléfono a alguien cercano y que la examinase un médico. Entretanto, Lucas observaba atentamente las reacciones de la mujer. Una vez más, quedó impresionado ante su sangre fría. Su rostro no expresaba la menor ansiedad. Miraba a Martin, que seguía ignorándola mientras leía disposiciones que se sabía de memoria.

—No necesito un abogado —sentenció Isolda cuando Vaas puso fin a la letanía—. Y no tengo a nadie con quien contactar.

—¿Ni siquiera su hijo? —preguntó el capitán de policía sin levantar la vista del dosier.

—No quiero preocuparlo innecesariamente. Vive a varios miles de kilómetros de aquí.

—¿Está segura?

Por primera vez, Isolda parecía desconcertada. Lucas habría jurado que fruncía los labios y que las pupilas se le dilataban.

—Mi hijo vive en Japón —respondió la mujer recuperando el dominio de sí misma—. Creo que ya se lo dije.

—Eso nos dijo, efectivamente. Pero tenemos motivos para dudar de ello.

Lucas ya no le quitaba ojo a la detenida, que, poco a poco, iba perdiendo el aplomo. También Martin había percibido ese cambio. Aprovechó esos instantes de silencio para sacar una hoja del dosier y volverla hacia su interlocutora.

—¿Reconoce usted a este hombre, señora Dupré? —le preguntó con voz tranquila. Isolda Dupré cogió el retrato robot que le tendían y todo el mundo pudo ver, directamente o en el monitor situado en la sala contigua, que la mano le temblaba—. Le repito la pregunta, señora Dupré. ¿Conoce a este hombre?

Isolda dejó caer la hoja en la mesa y soltó un largo suspiro antes de responder:

—Claro que lo conozco. Es mi hijo, Léandre. Pero no comprendo...

—¿Qué es lo que no comprende?

—¿Por qué han hecho su retrato robot?

—Porque, en estos precisos instantes, todos los cuerpos de policía de Île-de-France lo están buscando.

Lucas apretó los puños bajo la mesa. Seguía sin perdonarse no haber puesto más empeño en contactar con Léandre Dupré cuando había tenido ocasión. Como había comentado a sus compañeros, las dos veces que lo había llamado le había saltado el contestador; solo entonces había caído en la cuenta de que intentaba hablar de madrugada con alguien que vivía en Japón. Se había prometido intentarlo de nuevo por la mañana, al despertarse, pero los acontecimientos se habían sucedido a tal velocidad que había acabado olvidándose. Vaas no le había hecho ningún comentario al ver el retrato robot de Léandre hacía unas horas, pero eso no impedía que Lucas se sintiera culpable e imaginara todos los escenarios que esa llamada habría podido generar.

—Hasta ahora, hemos buscado a un individuo conocido con el nombre de Tristan Jacquet —prosiguió Vaas, ajeno a las cavilaciones de su compañero—. Sabíamos que era una identidad falsa, pero ¡cuál no sería nuestra sorpresa al descubrir que el tal Tristan no era otro que su hijo!

Isolda, que ahora tenía las manos ocultas bajo la mesa, no apartaba los ojos del retrato robot.

—Lo que dice no tiene el menor sentido —respondió al fin tratando de defenderse—. Mi hijo trabaja en Kioto, ya se lo expliqué.

—Nos lo ha dicho y repetido varias veces, de hecho. Pero lo han identificado varios testigos.

—Pues se equivocan.

—Parece que el retrato robot es muy fiel al original. Nos ayudó a hacerlo uno de sus jefes.

—¿Uno de sus jefes?

—Sí, su hijo trabajaba para él desde hacía tres semanas, como camarero en un bar de Barbizon.

—Pues ¡yo le aseguro que ese hombre se equivoca! —replicó Isolda, exasperada por primera vez—. Mi hijo no tiene ningún motivo para estar en la región de París y menos aún para cambiar de nombre. ¡Todo lo que dice es absurdo!

—Creo que ha llegado el momento de que deje de hacer teatro, señora Dupré. Puede seguir mintiéndonos, si lo desea, pero sepa que eso solo empeorará su situación.

—¿De qué lo acusan, exactamente? —preguntó Isolda recobrando su altanería por un momento.

—¿Por dónde empiezo? —Vaas resopló ostensiblemente—.

Secuestro y retención por la fuerza de cuatro personas, asesinato o complicidad en el asesinato de otras tres y, para acabar, secuestro de un agente de la policía judicial. Una joven de veintiocho años a la que el subinspector Morgon y yo mismo apreciamos mucho. Me parece que esos datos deberían bastar para hacerle comprender que no estamos aquí para perder el tiempo.

—Deben de haber cometido un error —murmuró Isolda Dupré, pero tanto Martin como Lucas habían vislumbrado un cambio en su postura. Su cuerpo estaba rindiéndose.

—Señora Dupré, parece usted una mujer inteligente —insistió Vaas—. ¿Qué cree que pasará si su hijo no se entrega voluntariamente?

—No ha hecho nada —respondió la mujer, y volvió a alzar la cabeza.

—Me parece que no ha entendido lo que intento decirle, señora. Olvide por un momento las acusaciones de asesinato. Si todo va bien, su hijo será juzgado por sus crímenes y pasará muchos años en prisión. Si todo va bien, he dicho. Ahora me gustaría que se metiera por un instante en la cabeza de un policía. En estos momentos, la mayoría de los agentes de Île-de-France, y pronto los de todo el país, tienen en su poder el retrato robot de su hijo, incluso una foto reciente que hemos conseguido en las redes sociales. También disponen de una ficha en la que dice que su hijo es sospechoso de un triple homicidio, pero, sobre todo, que tiene como rehén a una compañera nuestra. Cuentan igualmente con una foto en la que la oficial Chloé Pellegrino, que es una gran chica, sonríe a la cámara llevando su uniforme con orgullo. En su opinión, ¿qué probabilidades tiene su hijo si se encuentra en el punto de mira de uno de nuestros compañeros?

El aire se electrizó al instante. La mirada de Isolda se volvió negra; su rostro se ensombreció. Por un momento, Lucas creyó que iba a saltar sobre el cuello de Vaas. Así que se quedó doblemente desconcertado al ver el rictus que esbozaron sus labios.

—Puede sujetar a sus perros, capitán. Mi hijo no tiene nada que ver con este asunto. No sé por qué estaba en los alrededores de Barbizon. Una coincidencia desafortunada, supongo. No tengo la menor idea, pero puedo decirle que Léandre no ha hecho nada. Ni a esas tres personas ni a su compañera. Tenía usted razón desde el principio. Efectivamente, fui cómplice de mi marido. Lo ayudé a matar a aquellos dos ingleses, y confieso que disfruté mucho haciéndolo. Así que volví a empezar. Soy la única responsable de todas esas muertes.

48

—¡Se ríe en nuestra cara! —gritó Lucas pegando un puñetazo en la puerta que acababa de cerrar.

Su reacción no pareció incomodar al juez Vendôme, que debía de opinar más o menos lo mismo, pero le hizo señas para que bajara la voz.

Martin había suspendido el interrogatorio antes de que la detenida exigiera la presencia de un abogado. La señora Dupré conocía la maquinaria de la justicia; la había visto triturar a su marido. Ahora que estaba dispuesta a confesar, la próxima frase que pronunciara sería para formular esa petición. Vaas hubiera preferido hablar con el juez antes de que sus preguntas pasaran por la criba de un experto en leyes.

—No me digas que te has tragado una sola palabra de lo que nos ha contado… —le espetó Lucas, asombrado ante su falta de reacción—. Sabes tan bien como yo que lo ha dicho para salvarle el culo a su niño.

—Señores —dijo Vaas volviéndose hacia los agentes de la comisaría—, ¿podrían cedernos la sala un par de minutos?

—A regañadientes, los oficiales de la policía judicial lo dejaron solo con su segundo, Lazlo y el juez Vendôme—.

Cálmate, Lucas —dijo Martin cuando cerraron la puerta de nuevo.

—¿Que me calme? ¡Chloé está en manos de su hijo, ¿y tú me pides que me calme?! ¿No irás a decirme que la crees? ¡Una coincidencia desafortunada! —gritó Lucas—. Pero ¿tú la has oído?

Vaas se sentó ante el monitor para observar a Isolda Dupré, que permanecía bajo vigilancia en la sala de interrogatorios.

—Recuérdame cuántos años tenía Léandre Dupré cuando asesinaron a los ingleses —preguntó sin mirarlo siquiera.

—Cinco, ¿por qué?

—¿Y cuando encontraron a los alemanes a orillas del Mosela?

—Lógicamente, diez.

—¿Y cuando se cometieron los asesinatos de las gargantas del Tarn?

—Veinte, pero ¿a qué juegas, joder? ¿Estás buscando la combinación ganadora de la lotería?

Vaas se volvió hacia él y habló con la misma calma que antes.

—Estarás de acuerdo conmigo en que Léandre Dupré no puede ser responsable de los asesinatos de los ingleses ni de los alemanes. Era demasiado pequeño.

—Lo que tú digas.

—En cuanto a los del Tarn —continuó Martin en el mismo tono—, todos los presentes en esta sala estamos convencidos de que los cometió Grigore Orban.

—No veo adónde quieres ir a parar —se impacientó Lucas.

—Grigore Orban estaba bajo la influencia de una mujer. Una mujer a la que llamaba la princesa de las manos blancas.

—¿Qué intentas decirme entonces? ¿Que la responsable de esos asesinatos es ella? Creo que en eso estamos todos de acuerdo. Lo que no impide que arrastrara a su hijo en su delirio y que sea él quien tenga retenida a Chloé.

—Isolda Dupré está dispuesta a confesar. Dispuesta a contárnoslo todo, con una sola condición: que dejemos tranquilo a su hijo.

—Y entonces ¿qué? ¿Estás dispuesto a negociar con la vida de Chloé, y todo para resolver unos casos de hace quince o veinte años, que todo el mundo ha enterrado?

—Olvidas que Clara Faye sigue con vida —respondió Martin, esta vez con sequedad—. Si, efectivamente, Isolda Dupré es responsable, de una forma u otra, de esos asesinatos, significa que sabe dónde se encuentra la chica y que aún puede salvarla.

—¿De una forma u otra? —preguntó el juez Vendôme—. ¿Ya no la cree culpable?

—Sí, por supuesto, pero sabemos que, cuando asesinaron a Zoé Mallet, se encontraba a cientos de kilómetros. Y me fío del informe del agente que le ha tomado declaración esta misma mañana: Isolda Dupré también estaba en su casa en el momento de los asesinatos de Jordan Buch y de Nathan Percot.

—De acuerdo, no los mató, pero sabemos que es ella quien está detrás de todos esos rituales —lo interrumpió Lucas con los puños apretados—. Y también sabemos que fue ella quien abordó a nuestras cuatro víctimas en Barbizon.

—No podemos probarlo —repuso Martin.

—¿Y qué?

—Que su capitán está buscando la manera de hacerla hablar —terció el juez con voz pausada—. Porque, si no, nos veremos obligados a soltarla. Efectivamente, no tenemos ninguna prueba concreta que pueda permitirnos inculparla. Hasta un mal abogado nos pondría en ridículo, sumario en mano. ¿Los asesinatos de los ingleses? Su marido fue declarado culpable y condenado. Él nunca mencionó un posible cómplice y a su mujer nunca se la encausó. ¿Los alemanes? Ningún elemento la relaciona, ni directa ni indirectamente, con ese caso. A menos que demostremos que Isolda Dupré se encontraba en el Mosela hace quince años, no veo cómo podríamos implicarla en esos asesinatos. En cuanto al Tarn, estamos en las mismas. No podemos demostrar que conocía a Grigore Orban. Fue su marido quien lo trató en la cárcel, no ella. Su marido, al que se consideró culpable, se lo recuerdo. Por último, en lo relativo a los asesinatos del Sena, todo lo que tenemos es un testigo que nos ha descrito a una mujer que, según él, tiene veinte años menos que Isolda Dupré.

—Ya ha visto usted que Isolda no aparenta su edad… —probó a argumentar Lucas.

—De acuerdo, pero de ahí a decir que se le pueden echar cuarenta y cinco…

—El chico la vio de lejos —insistió el subinspector.

—No digo que no haya podido cometer un error de cálculo —respondió el juez pacientemente—, pero su capitán tiene razón. No tenemos nada que justifique la detención de esta mujer, lo que significa que necesitamos su confesión ineludiblemente.

—Y entonces ¿nos olvidamos de Chloé?

—En serio, Lucas, ¡¿cómo puedes creer ni por un momento lo que estás diciendo?! —exclamó Vaas, enfadado—. Solo tenemos que conseguir ablandarla. Darle confianza. Necesitamos que nos explique cómo empezó todo y cómo consiguió perpetuar ese ritual con total impunidad. Tenemos que comprender esta historia si queremos contar con alguna posibilidad de adelantarnos a los próximos acontecimientos. Así es como conseguiremos llegar hasta su hijo, Clara Faye y, por supuesto, Chloé. Eso lo puedes entender, ¿no?

Lucas se disponía a responder cuando la pantalla atrajo su mirada. Isolda Dupré, que no se había movido desde que habían salido de la sala de interrogatorios, intentaba llamar la atención de uno de los agentes. Martin subió el volumen y comprendió que la sospechosa quería ir al lavabo. El policía le hizo una seña a uno de sus compañeros para pedirle ayuda, y los dos hombres flanquearon a la mujer en el momento en que se levantaba. Con las esposas en las muñecas, se dirigió hacia la puerta con una actitud muy digna.

Vaas frunció el ceño. Algo en los andares de la detenida le había llamado la atención.

—Más que caminar, parece deslizarse —murmuró para sí mismo.

—Es verdad —dijo Lucas—. Cuando la visité en su casa tuve la misma sensación. Me recuerda a Morticia Addams.

—¿Siempre se mueve así?

—Por lo poco que he visto, sí.

—Y ese día, ¿también llevaba un vestido largo?

—Sí. Bueno, creo. Ahora que lo dices, quizá era una falda. La verdad es que no me fijé.

—Falda o vestido, tanto da. Lo que quiero saber es si la ropa le llegaba más abajo de los tobillos, como ahora —insistió Martin.

Lucas se concentró en el recuerdo que conservaba de aquella visita.

—Era más o menos igual de larga —dijo al fin, esta vez con seguridad—. ¿Por qué es importante eso?

Vaas cerró los ojos y dejó pasar unos instantes sin responder. El juez Vendôme iba a insistir, pero Lucas le indicó por señas que tuviera paciencia. Martin acabaría explicándose.

—Tenías razón —dijo al fin muy serio.

—¿En qué?

—Isolda Dupré se está riendo en nuestra cara.

49

—Señora Dupré, ¿dónde se encuentran la oficial Chloé Pellegrino y Clara Faye? —Isolda Dupré miró a Vaas de arriba abajo, imperturbable—. Señora Dupré…

—Mi clienta ha decidido acogerse a su derecho a guardar silencio.

Ahora Isolda Dupré estaba sentada junto a un abogado que solo había tenido una hora para consultar todos los dosieres y hablar con su clienta.

Lucas, ayudado por Lazlo, había aprovechado esa pausa obligada para continuar indagando sobre el pasado de Isolda, y seguía haciéndolo al reanudarse el interrogatorio. Así que Vaas se encontraba solo frente a la detenida y su letrado, puesto que el juez Vendôme había preferido permanecer en la sala adyacente.

—Francamente, no creo que sea la mejor actitud que puede adoptar —respondió.

—No obstante, está dispuesta a hablarle de todo el asunto —volvió a interrumpirlo el abogado.

—Lo que me interesa ahora es encontrar a Clara Faye y a nuestra compañera sanas y salvas.

—Lo lamento, capitán, pero lo toma o lo deja —persistió el abogado.

Vaas juzgó a Isolda Dupré con la mirada. Su juego estaba claro. Estaba dispuesta a confesarlo todo con el único fin de ganar tiempo para su hijo. Cuando el interrogatorio acabara, Léandre Dupré se encontraría a miles de kilómetros, mucho más allá de las fronteras. Valoró el trato que le ofrecían. Sin su confesión, no tendría más remedio que soltar a Isolda Dupré al finalizar la detención preventiva, a falta de pruebas en su contra. Si conducía el interrogatorio con habilidad, cabía la posibilidad de que obtuviera alguna información que pudiese llevarlo hasta Chloé.

—Muy bien —dijo—. ¿Y si empezamos por el principio?

—Imagino que quiere que le hable de los asesinatos de los dos ingleses… —propuso Isolda sonriendo ligeramente.

—Me parece un buen comienzo, en efecto —respondió Vaas poniéndose cómodo en la silla y cruzando los brazos sobre el pecho.

El abogado se inclinó hacia Isolda para susurrarle algo al oído, pero su clienta lo rechazó con la mano.

—Fui yo quien provocó la muerte de los Browning —declaró la mujer tranquilamente.

A Vaas le divirtió observar al letrado, que hojeaba el dosier en busca de aquel apellido. Le había sido imposible retener los pormenores de todos los casos en tan poco tiempo.

—¿Significa eso que su marido era inocente? —preguntó Vaas concentrándose de nuevo en la sospechosa.

—Yo no he dicho tal cosa. A la mujer la apuñaló él. El marido murió de deshidratación, así que no sé si se puede hablar de asesinato.

—Desde el momento en que la intención era matarlo, se puede. Así pues, su marido era culpable de esos asesinatos, pero fue usted quien lo incitó a cometerlos, ¿es eso?

—Eso es.

—¿Puedo preguntarle por qué?

—Para recuperar la intensidad y la potencia de nuestros primeros amores, supongo. —Vaas frunció el ceño para darle a entender que esa explicación no era suficiente—. Antes de casarnos, mi marido y yo vivimos una gran pasión. Desgraciadamente, el aislamiento en Rochebrune y el nacimiento de Léandre apagaron ese fuego. Les pasa a muchas parejas.

—Pero no todas deciden asesinar a inocentes para reavivar la llama.

—¡Muy bien, pues nosotros sí!

—Perdone, señora Dupré, pero no es un motivo muy sólido, ¿no le parece?

—Porque usted no sabe lo que es el amor, capitán. El verdadero amor, quiero decir.

Vaas sintió como una descarga eléctrica en la base del cuello. Allí las tenía: las palabras pronunciadas por Grigore Orban ante su amante, Véronique Laval, saliendo de la boca de Isolda Dupré, la princesa de las manos blancas, la mujer que había inspirado aquel macabro ritual.

—¿Por qué matar a aquella pareja recién casada y, por tanto, supuestamente enamorada, iba a reavivar la llama del amor de ustedes, señora Dupré?

—No lo comprende, capitán. Matando a esos jóvenes no buscábamos una especie de excitación. Se trataba más bien de una demostración.

—¿Una demostración?

—Una demostración, sí. Quería probarle a Marcel que nuestro amor era más hermoso, más fuerte, más intenso que el de los demás.

—No comprendo.

—Son muchos los que piensan que aman por encima de todo. Incluso afirman estar dispuestos a morir por el otro. Pero solo son palabras. Cuando se trata de demostrar ese amor, no queda ninguno. —Vaas temía oír la continuación, pero dejó que Isolda Dupré se explicara sin mostrar la menor reacción—. Los Browning tenían su destino en las manos. Sabían las reglas del juego. Solo uno de ellos podía salvarse. Nada más fácil: bastaba con que alguno de los dos se suicidara con el cuchillo colocado entre ellos, a la misma distancia de los dos. El marido, o la mujer, no tenía más que hundirse la hoja en el corazón, o cortarse las venas, y su pareja quedaría libre de inmediato. Lo único que no sabían era que los observábamos.

—Dado que el cuerpo de Tom Browning se encontró tres semanas más tarde, deduzco que su mujer no se suicidó…

—No. La mató su marido. Intentó hacernos creer que se había sacrificado por él, pero sabíamos que era mentira. No dudó en apuñalarla para salvar su pellejo. Así que le hicimos creer que había ganado, pero lo dejamos morir de inanición. Era lo que se merecía.

El abogado de Isolda se agitó en la silla evitando la mirada de Vaas. Aquella confesión tendría mucho peso en el sumario. Por su parte, Vaas comprendía que aquel ritual debía de haberse aplicado a los demás protagonistas del caso. Indudablemente, los alemanes habían corrido la misma suerte; pero, en lo que respectaba a los asesinatos de las gargantas del Tarn, había un detalle que lo incomodaba. Se puso recto en la silla y abrió el dosier en busca de una foto concreta. Cuando la encontró, se la puso delante a Isolda Dupré.

—En esta foto, puede ver los cuerpos de Julie Verne y de Paco Spontini. Julie Verne era la compañera de François Spontini, el padre de Paco. Este solo tenía quince años y medio. ¿Puede explicarme por qué un chico de su edad se tuvo que ver implicado en la demostración de fuerza de ustedes dos?

—Se supone que el amor paternofilial supera al amor carnal... —respondió fríamente Isolda sin apenas mirar la foto—. Manifiestamente, el padre de ese chico no estaba dispuesto a morir por su vástago.

—Manifiestamente... —repitió Vaas para sí mismo, estupefacto ante esa formulación—. ¿También fue usted quien instigó esos asesinatos?

Por primera vez, Isolda pareció pensarse la respuesta. Hasta ese momento, había recitado sus confesiones sin la menor vacilación.

—Digamos que, en cierto modo, estuve en el origen —dijo al fin, y frunció los labios.

—Sea más precisa, por favor.

—Encontré una manera de demostrar que el verdadero amor existía. Puede que otros se inspiraran en mi método.

Vaas sentía que el interrogatorio se le iba de las manos. Las respuestas de Isolda Dupré no eran lo bastante precisas para que pudiera atribuírsele la matanza de las gargantas del Tarn.

—Creemos que Grigore Orban estuvo implicado de un modo u otro en esos asesinatos, pero el otro día nos dijo usted que no lo conocía...

—¡Mentí!

La respuesta había sido tan rápida que sorprendió incluso a Vaas.

—¿Conocía a Orban? —insistió—. ¿De qué?

—Estaba en la cárcel, con mi marido.

—Pero, que yo sepa, no se paseaba usted con él por el patio de la prisión…

—Mi marido me había hablado de él.

—Lo que, una vez más, no quiere decir que usted lo conociera.

—Vino a verme al salir de la cárcel.

—¿Eso cuándo ocurrió?

—Ya no lo recuerdo. Hace unos años.

—¿Y tuvo una relación amorosa con él?

Isolda Dupré volvió a fruncir los labios. El tic no pasó inadvertido a Vaas, que no obstante no supo cómo interpretarlo.

—Sí —respondió la mujer al cabo de unos segundos—. Fuimos amantes. Grigore Orban se enamoró locamente de mí. Le dije que yo no lo amaba, al menos no con auténtico amor. Le conté la historia que había vivido con Marcel y lo que habíamos hecho para medir nuestro amor. Todo partió de ahí, imagino. Debió de querer comprobar por sí mismo que el amor podía demostrarse.

Vaas era consciente de que las respuestas de la sospechosa estaban demasiado sujetas a interpretación para apuntalar el dosier, pero el tiempo volaba. Desde que Chloé había desaparecido, no dejaba de imaginársela atada en una cueva o algún cuchitril, sin agua ni comida. Dentro de poco, Clara Faye moriría deshidratada. En unos días o unas semanas, su cadáver aparecería a la orilla de un río o un riachuelo. No tenía la menor idea de la suerte que le reservaban a su compañera. Procuró serenarse y continuar con el interrogatorio como si tal cosa. Una vez detenida Isolda, tendría tiempo de sobra para volver sobre los detalles de cada caso.

—¿Y los alemanes encontrados a orillas del Mosela? —preguntó con voz tranquila.

—¿Qué?

—¿En quién influyó para que asesinara a aquellos tres chicos? —Isolda se movió ligeramente en la silla. Poco a poco perdía la confianza. Si su abogado se hubiera dignado mirarla con más atención, habría podido darse cuenta e intervenir para sortear la cuestión. Pero apenas tenía treinta años, y se notaba su falta de experiencia—. ¿Quién mató a esos tres alemanes, señora Dupré? —insistió Vaas.

—No sabría decirle.

—¿No sabe o no quiere?

—No sé. Tal vez Grigore Orban.

—No, parece poco probable que fuera él.

—Entonces, otro de mis amantes. No lo sé.

—¿Quiere decir que les contó esa historia a todos sus amantes? —A Isolda no pareció gustarle la pregunta, porque optó por el silencio. Vaas podía insistir, pero quedaban otros muchos puntos oscuros—. ¿Por qué los pies? —preguntó el capitán abruptamente.

—¿Cómo?

—Los pies —repitió Vaas con paciencia—. ¿Por qué cortarlos? —El policía creyó intuir un gesto interrogante en los ojos de Isolda Dupré—. ¿No sabía que sus examantes les cortaban los pies a sus víctimas antes de sacrificarlas?

—Sí, bueno… ¡No sé al detalle lo que hizo cada uno! De todas formas, no veo qué importancia tiene eso…

—¿Para usted es un detalle?

—La tortura es un medio más para llevar a cabo esa demostración.

Vaas no podía quedarse con esa respuesta, pero Isolda había vuelto la cabeza hacia un lado, lo que significaba que había dicho todo lo que deseaba revelar sobre el asunto y que no tenía intención de añadir nada. Martin empezaba a desesperarse por encontrar una pista verdadera en aquel relato. Probó a cambiar de enfoque.

—Me gustaría volver a su historia de amor con Marcel Dupré. Ha dicho que el amor de ustedes dos era más fuerte que el de los demás…

—Exacto.

—¿Cómo estaba tan segura? ¿Lo había puesto a prueba?

—No comprendo.

—Dice que el amor se demuestra, pero no es a su marido a quien encerró en ese granero. No fue él quien tuvo que sacrificarse para demostrarle su amor. ¿Cómo sabía que el suyo era auténtico?

Vaas se esforzaba en utilizar los mismos términos que ella para ponerla frente a sus propias confesiones.

—Marcel me lo había demostrado hacía años.

—¿Cómo?

—Matando a su mujer —respondió Isolda, esta vez mirándolo directamente a los ojos, como si quisiera provocarlo.

Vaas pasó unas cuantas páginas del dosier y fingió leer algo.

—Aquí dice que Élisabeth Dupré, la primera mujer de su marido, murió por causas naturales…

—Eso fue lo que concluyó el forense.

—¿Se equivocó?

—Sí. Bueno, no. El corazón de Élisabeth falló, efectivamente, pero con la ayuda de Marcel. Todos los días le hacía tomar una pequeña dosis de cianuro. Las comidas se las preparaba él. Al cabo de un tiempo, eso le provocó el aborto. Marcel continuó hasta que Élisabeth sufrió un paro cardiaco y murió.

—¿Y lo hizo para demostrarle su amor?

—Sí.

—¿Se lo pidió usted?

—No. Solo le dije que el nacimiento de ese niño nos separaría. Él actuó en consecuencia.

—Habría podido divorciarse y no volver a ver al niño…

—Un niño que nace nunca desaparece, capitán.

—¿Qué quiere decir con eso?

Isolda Dupré volvió a fruncir los labios y luego miró a su abogado para que interrumpiera el interrogatorio. El joven letrado se enderezó en la silla, pero Vaas intervino antes de que pudiera abrir la boca.

—No se moleste, abogado. Tengo otras preguntas más concretas para su clienta. Ahora me gustaría hablar de los asesinatos cometidos recientemente en la región de París. Nos ha dicho que fue usted quien secuestró a Clara Faye, Zoé Mallet, Nathan Percot y Jordan Buch…

—Así es.

—¿Por qué? Hasta ahora, se había limitado a influir en hombres para poner en práctica lo que usted llama una demostración de amor. ¿Por qué cambió de método y lo hizo sola?

—No he dicho que estuviera sola. Recientemente conocí a un hombre, con el que viví una hermosa historia. Creyó que estábamos enamorados. Quise demostrarle lo contrario.

—Entonces, quien se encargó de poner en práctica su ritual, ¿fue él?

—Sí.

—¿Fue él quien se deshizo de los cadáveres de Jordan Buch, Nathan Percot y Zoé Mallet?

—Sí.

—¿Y cómo se llama ese hombre?

—Su nombre carece de importancia.

—Siento no estar de acuerdo con usted.

—Todo lo que necesita saber es que no es mi hijo.

—Deje de decirme lo que necesito saber o no, señora Dupré.

—El hombre en cuestión se limitó a seguir mis instrucciones, solo era un peón. Lo utilicé. Fui yo quien lo organizó todo. De todas formas, ahora ya está lejos.

Vaas había topado con un muro. Isolda Dupré nunca le daría aquel nombre.

—Después de tantos años, ¿por qué decidió reproducir el ritual?

—Ya se lo expliqué. Sentí la necesidad de volver a hacerlo.

Isolda lo miraba fijamente, desafiándolo a hacerle otra pregunta.

—No obstante, hay un punto que me gustaría aclarar —repuso Vaas inclinándose de nuevo sobre el dosier—. Durante la investigación que llevamos a cabo en Barbizon, un testigo nos dijo que había oído a una mujer de unos cuarenta y cinco años ofrecer alojamiento a cuatro jóvenes viajeros que buscaban un sitio para pasar la noche.

—Era yo —se apresuró a responder Isolda.

—Sin ánimo de ofenderla, usted no tiene cuarenta y cinco años…

—Siempre he parecido más joven.

—Entonces ¿me confirma que fue usted quien propuso a las cuatro víctimas que la acompañaran?

—¿Quién si no?

—¿Cómo se las arregló para convencerlos?

—Nunca he tenido que esforzarme para que me siguieran.

—Respecto a eso, estoy dispuesto a creerla —dijo Vaas sonriendo—. ¿Podría enseñarme los tobillos?

La pregunta sorprendió tanto a la mujer como a su abogado.

—¿Qué interés tienen para usted los tobillos de mi clienta?

—Lo entenderá en un instante, letrado. Señora Dupré, sus tobillos, por favor.

Isolda interrogó con la mirada a su abogado, que se encogió de hombros para disculparse por no poder intervenir en su favor. Luego se agachó lentamente y se subió el borde del vestido unos veinte centímetros.

—¿Satisfecho? —dijo con frialdad.

—Lo que lleva, ¿es una prótesis?

—No, solo una tobillera ortopédica —respondió Isolda.

—¿Cuánto hace que la usa?

—Casi cuarenta años. Algunos días puedo prescindir de ella. Me fracturé el tobillo, pero no se soldó bien. El dolor me lo recuerda a menudo. Esta férula tiene la virtud de aliviarlo.

—¿Se la prescribió un especialista?

—No. Soy capaz de saber lo que me ayuda sin necesidad de acudir al médico.

—¿Cómo ocurrió?

—Un accidente de coche.

—¿Iba sola en ese coche?

—Sí.

Vaas detectó un fruncimiento de labios.

—Supongo que no suele usar tacones de aguja… —Isolda se disponía a responder, pero se mordió la lengua a tiempo—. Es una pregunta anodina, señora Dupré.

—No veo qué interés tiene eso para usted…

—No se preocupe por eso. Simplemente, dígame si alguna vez se pone zapatos de tacón alto. Pero, antes de responder, sepa que, en estos momentos, hay agentes de la policía judicial registrando su casa y, por tanto, sus armarios. Nos será bastante fácil comprobar el desgaste de las suelas de sus diferentes pares de zapatos.

—No, nunca me pongo tacones —admitió al fin la mujer—. Y ahora, ¿me dirá a qué vienen esas preguntas?

Vaas hizo una mueca y cerró el dosier que tenía delante.

—Verá, señora Dupré, tenemos una descripción bastante detallada del atuendo de la mujer de la que le he hablado hace unos instantes. Llevaba un traje de chaqueta y tacones de aguja. Estoy dispuesto a aceptar que puedan echarle veinte años menos a cierta distancia, pero no conozco a ningún testigo capaz de equivocarse hasta ese punto al describir un atuendo. Solo puedo sacar una conclusión: usted no es nuestra desconocida de Barbizon. Y, si no es esa mujer, eso significa que no ha parado de mentirme desde el comienzo de este interrogatorio. Creo que, en realidad, no tiene la menor idea sobre el paradero de Chloé Pellegrino y Clara Faye. Nos ha hecho creer que era la responsable de su secuestro con el único fin de ganar tiempo para su hijo. Permítame decirle que ha sido un mal cálculo, señora Dupré. Un muy mal cálculo.

50

Vaas iba de aquí para allá por la sala adyacente a la de interrogatorios. Había decidido hacer una pausa para serenarse. Ya no podía apartar de su mente la imagen de Chloé en agonía, aguardando desesperadamente que fueran a liberarla. Había confiado en obtener una pista interrogando a Isolda, pero estaba ante una maraña de mentiras, sin el menor indicio que les permitiera dar con su hijo.

El juez Vendôme intentaba calmarlo. Lazlo lo observaba en silencio. En cuanto a Lucas, sabía que su empeño era en vano; si le hubieran dejado acercase a Isolda Dupré, le habría apretado el cuello hasta hacerle escupir la verdad.

—Debe volver ahí dentro —insistió el juez—. Esa mujer tiene que saber algo, por fuerza.

—Por supuesto que sabe algo, pero no dónde está Chloé —replicó Martin.

—No puede rendirse. Aún no. —Vaas lo fulminó con la mirada—. No puede haber mentido en todo —insistió Vendôme.

—¿Qué le hace pensar eso?

—Veinte años de oficio. He oído confesiones de todo tipo. Esta es demasiado coherente para ser simplemente una sarta de mentiras. Puedo pedir un psiquiatra para que nos ayude a hacer la criba...

Pese a todo, Vaas compartía el parecer del juez: Isolda Dupré les había proporcionado demasiados detalles para que su declaración se pudiera desechar sin más. También era consciente de que la desaparición de Chloé le impedía pensar con claridad. Le faltaba distancia, y no estaba acostumbrado a enfrentarse a situaciones como aquella. Recurrir a un psiquiatra no era una mala idea, pero les haría perder demasiado tiempo.

—Si me permiten —dijo Lazlo interviniendo al fin—, me gustaría recordarles el significado de las siglas de mi unidad. UAC3: Unidad de Análisis Criminal y Comportamental de Casos Complejos. Aunque sin duda no puedo compararme con un psiquiatra, creo que debería poder ayudarles.

—¿Y a qué esperas, si se puede saber? —replicó Martin irritado.

—A que todos demos un paso atrás. Morgon, ¿puede volver a poner la grabación del interrogatorio?

Los cuatro hombres dejaron desfilar las imágenes sin pausarlas. Esperaron al final de la cinta para analizarlas. El juez Vendôme y Lazlo estaban sentados delante de la pantalla; Martin y Lucas permanecían de pie, listos para actuar.

—Si nos atenemos estrictamente a sus palabras —empezó a decir Lazlo—, no admite ser responsable más que de la muerte de los dos ingleses. En lo que respecta a los alemanes y la familia Spontini, da a entender que solo fue una fuente de inspiración.

—«Si nos atenemos estrictamente a sus palabras»... —repitió Vaas con voz cansada.

—Tú que la tenías delante… —dijo Lazlo—. ¿Qué estás dispuesto a comprar?

—Francamente, no sé qué responder. Poca cosa, aparte de lo del asesinato de los ingleses. Y con reservas. Se sabe el caso del Durance de memoria, porque lo vivió muy de cerca. Puede haberse atribuido esos asesinatos solo para embaucarnos con más facilidad. En cuanto a los otros casos, sus respuestas eran demasiado evasivas para que podamos aferrarnos a ellas. Estoy convencido de que aprovechaba información que le había proporcionado yo mismo.

—¿Puedes darnos algún ejemplo concreto?

—Los pies. Cuando he mencionado los pies amputados a las víctimas, se ha quedado callada unos instantes. Como si esa revelación la hubiera desconcertado.

—¿Te ha parecido impresionada?

—Yo no diría tanto.

—Ya. ¿Alguna otra cosa?

—Cuando le he preguntado si había tenido relaciones amorosas con Orban, ha hecho un mohín de asco.

—Sin embargo, ha admitido que fue su amante…

—Sí, pero es como si le hubiera costado. Ha fruncido los labios. Ese tic se ha repetido varias veces.

—Ya me he percatado. ¿Crees que mentía en ambas ocasiones?

—Que mentía o que disfrazaba la verdad. Como respecto al accidente.

—Explícate.

—Que tuviera un accidente de joven, me lo creo; que se fracturara el tobillo en él, también. Pero cuando le he preguntado si iba sola en el coche me ha dado la sensación de que mentía. Me ha contestado que sí haciendo esa mueca otra vez.

—¡El accidente de coche de su primer amor! —exclamó Lucas de pronto pegando un puñetazo en la pared. Todos lo miraron, estupefactos—. ¿No lo recuerdan? —preguntó, sorprendido de tener que explicárselo—. Ya les conté que el primer amor de Isolda murió en un accidente de coche… También les dije que había indagado sobre ella y que no constaba ningún ingreso hospitalario suyo, antes de su embarazo. Si hubiera estado sola en el coche con un tobillo roto, por fuerza la habría tratado un equipo de emergencias sanitarias. Lo lógico habría sido que la llevaran a urgencias.

—Quizá usó un nombre falso —apuntó Martin.

—O quizá provocó el accidente y se dio a la fuga antes de que llegara la ayuda.

—¿A la pata coja?

—¿Por qué no? Ella misma ha dicho que la fractura no se soldó bien. Debió de salir sola del coche para que no le hicieran preguntas y curarse la fractura ella misma.

—Entonces habría matado a su primer marido… —dedujo Lazlo en voz alta.

—Eso no cambia nada… —gruñó Vaas.

—Cambia muchas cosas —repuso el comandante—. Si llegó a asesinar a su marido es porque él debía de haberla decepcionado.

—Su amor por ella no era tan verdadero —ironizó Lucas.

—¡Exacto!

La impaciencia de Vaas era palpable. La hipótesis resultaba plausible, pero no aportaba la menor pista para encontrar a Chloe.

—Morgon —continuó Lazlo, impertérrito—, repítame lo que le contó el compañero de facultad de Marcel Dupré.

—¿Denis Berger? Me dijo que solo había visto a Isolda una vez, pero que era evidente que Marcel estaba loco por ella.

—¡Concéntrese, subinspector! Lo que nos interesa es el pasado de Isolda.

Lucas comprendió la importancia de la pregunta y sacó su libreta para consultar sus notas.

—Marcel le contó a su amigo que Isolda había tenido un gran amor que había fallecido en accidente de coche y que él se consideraba afortunado por el hecho de que ella hubiera querido revivir un amor tan fuerte con él.

—¿Eso es todo?

Lucas pasó una página y, luego, retrocedió dos.

—No. Refiriéndose al aborto de su mujer, Marcel Dupré confesó que formaba parte de los sacrificios que había que estar dispuesto a hacer para vivir un gran amor. Y añadió que Isolda lo sabía por experiencia. Que ella misma había hecho un sacrificio enorme. El sacrificio supremo

—Pues ¡claro, eso es! —exclamó el comandante levantándose de la silla. Vaas, que caminaba por la sala maldiciéndose por no ser lo bastante perspicaz, se detuvo en seco. A modo de explicación, Lazlo repitió palabra por palabra la frase que había dicho Isolda Dupré hacía dos horas—: «Un niño que nace no desaparece jamás»…

51

Martin iba agarrado a la manilla de la puerta del copiloto; Lucas Morgon, al volante, ignorando los límites de velocidad; y Lazlo y el juez Vendôme, en el coche que los seguía, conducido por un agente que se las veía y se las deseaba para no quedarse atrás.

En total, les había costado doce horas. Doce horas de encarnizamiento para arrancar una confesión real y una dirección. Agotada por el prolongado interrogatorio y acorralada por los datos que le presentaban, Isolda Dupré había acabado contándoles la verdad. Una verdad muy alejada de la primera versión que les había dado. El resto les había parecido trabajo de rutina. Una foto difundida entre todos los cuerpos de policía, la geolocalización de la última llamada efectuada por un móvil, la fijación aproximada de la ubicación del aparato y el visionado de varias cámaras de vigilancia en una zona bien delimitada.

Todo ese trabajo lo habían hecho de noche, sin que un solo agente del orden destinado directa o indirectamente al caso pusiera la menor objeción. Estaba en juego la vida de una compañera, y la noticia había corrido como la pólvora. Al amanecer se había efectuado un puerta a puerta mientras Vaas, Morgon,

Lazlo, el juez y su escolta circulaban por la A6 a toda velocidad. A las ocho tomaban la carretera provincial 11: ya solo estaban a una decena de kilómetros de su destino, donde los esperaban dos unidades de intervención.

Martin no había tardado en comprender el razonamiento de Lazlo. Él mismo había dudado si detenerse sobre las palabras de Isolda Dupré mientras la interrogaba. Le había pedido que se explicara, pero la mujer había vuelto a cerrarse en banda, y él no había insistido.

«Un niño que nace nunca desaparece, capitán», había dicho fríamente Isolda, que, conscientemente o no, los había puesto sobre la pista, porque, en efecto, de quien hablaba era de su hijo. No de Léandre, al que había criado y mimado, sino del que había abandonado, o más bien sacrificado, en el altar de su primer amor. Un sacrificio que ninguna otra mujer habría estado dispuesta a hacer, había dicho Marcel Dupré.

Armado de esa suposición, Lucas se propuso encontrar el rastro de ese niño. En el registro civil no descubrió nada, como cabía esperar. Lo más probable era que Isolda hubiera abandonado a su hijo sin llegar a inscribirlo, así que Lucas optó por tomar otro camino. En el fondo, el eslabón débil de aquella familia era Léandre, el individuo al que buscaban desde hacía más de veinte horas por una decisión poco juiciosa: secuestrar a una oficial de policía tras pasar la velada con ella ante numerosos testigos. Podía haber cometido otras imprudencias.

Ahora que tenía claro lo que debía buscar, Lucas volvió a estudiar las redes sociales de Léandre. Al chico le gustaba compartir sus viajes y otras experiencias. Se fotografiaba delante de monumentos o en playas exóticas. Al subinspector le llamó la atención una imagen en particular. Léandre la había publicado seis meses antes. Posaba ante un majestuoso pórtico dorado cuya arquitectura hacía pensar en un templo asiático. El texto explicaba que se trataba del castillo de Nijo, en Kioto. En la foto, Léandre no estaba solo. Lo acompañaba una mujer que se parecía en gran medida a su madre, Isolda Dupré, salvo por el hecho de que era al menos veinte años más joven. Léandre había utilizado una sola palabra para describir el momento: «Family», seguida de dos corazones azules.

Así pues, Isolda Dupré tenía una hija, de la que nunca había hablado y que no figuraba en el registro civil. Martin había vuelto a la sala de interrogatorios con la foto, y la había dejado delante de Isolda sin decir palabra. La mujer, tan altiva y segura hasta ese momento, no pudo detener su mano. Con las yemas de los dedos acercó la imagen a ella, mientras los labios le empezaban a temblar.

—No es culpa suya —había dicho con un hilo de voz.

Cada vez que Lucas aceleraba a la salida de una curva, Martin apretaba con ambos pies unos frenos imaginarios mientras revivía la conversación que había tenido lugar unas horas antes.

—Lo único que nos falta, señora Dupré, es su nombre.

Ya fuera debido a lo tarde que era, a su persistente migraña o al mero hecho de comprender que ya no tenía escapatoria, Isolda Dupré, que hasta ese momento no había mostrado la menor debilidad, había empezado a hablar sin oponer más resistencia.

—Alceste —respondió con una sonrisa triste en los labios—. Mi hija se llama Alceste.

Lazlo, que había querido asistir a la continuación del interrogatorio, no pudo evitar intervenir.

—Supongo que ese nombre no hace referencia al misántropo de Molière, sino más bien a la heroína de Eurípides...

Isolda Dupré lo miró sorprendida.

—Efectivamente. No sabía que los policías eran tan amantes de la literatura...

Vaas se abstuvo de hacer ningún comentario, pero le alivió oír que Lazlo proseguía.

—Mis conocimientos sobre mitología griega son escasos —respondió el comandante de la UAC3 con falsa modestia—, pero, si no recuerdo mal, la reina Alceste da la vida para salvar la de su marido.

—Sabe más que la mayoría de la gente que conozco —respondió Isolda—. Tiene razón, Alceste se sacrificó por su marido, lo que después le permitió salvarse de los Infiernos. Su amor por su esposo era tan puro que fue recompensada por él.

—¿Por eso llamó así a su hija?

Isolda Dupré bajó la mirada, como si aún no estuviera lista para asumir lo que estaba a punto de confesarles.

—Ella era mi vida —murmuró—, y yo la sacrifiqué por el hombre al que amaba. No había mejor nombre.

—Si ella era su vida —dijo Martin sin poder contenerse—, ¿por qué la abandonó?

La mujer alzó la cabeza e intentó sostener la mirada del policía, pero su postura mostraba que sus últimas defensas ya habían caído.

—Bernard pensaba que un niño sería un obstáculo para nuestro amor —confesó con voz débil—. Decía que un amor como el nuestro debía preservarse. Un hijo ocuparía demasiado espacio, incluso nos separaría.

—¿Bernard?

—Bernard fue el primer amor de mi vida. Por aquel entonces, pensaba que sería el único.

—¿Y compartía su opinión? —la provocó Martin—. ¿También creía que un niño ocuparía demasiado espacio?

—Tenía veinte años, capitán, y Bernard, veinte más que yo. Creía que estaba en mejor posición que yo para saber lo que era bueno para nosotros. Estaba locamente enamorada de él y, sobre todo, no quería que me dejara. Me había tomado bajo su protección tras la muerte de mis padres, y le debía todo lo que era. No tenía a nadie más, ¿comprende?

—Pero se quedó embarazada —replicó Vaas fríamente por toda respuesta.

—No estaba previsto. Tenía tanto miedo de su reacción que esperé mucho tiempo antes de decírselo. Demasiado tiempo.

—Tanto que ya no pudo abortar —continuó Lazlo en su lugar.

—Creía que, ante el hecho consumado, Bernard aceptaría la llegada del niño, que incluso lo vería como un regalo del cielo. Pero su postura era inamovible.

—Podría haberlo dejado…

Isolda miró a Vaas como si hubiera soltado un disparate.

—¿No ha escuchado una sola palabra de lo que acabo de decir? Estaba perdidamente enamorada de ese hombre, capitán. Supongo que hoy se diría que estaba subyugada por él.

Bernard seguía asegurando que un niño siempre provocaba el alejamiento de los amantes. Me quería solo para él. Acabó por convencerme al explicarme que ese sacrificio glorificaría nuestro amor.

—¿Ese sacrificio? —rezongó Martin.

—Sí. Decía que ese acto reforzaría nuestra unión.

—Ese hombre también era un enamorado de las tragedias griegas, ¿me equivoco? —preguntó Lazlo.

—Fue él quien me inició en el tema —confesó Isolda—. A mí lo que siempre me había apasionado eran los cuentos y leyendas celtas.

—Como la de Tristán e Isolda…

—De ahí viene mi nombre. Crecí rodeada de historias de amor y sacrificio.

Ahora Isolda Dupré se mostraba tal cual era, sin la menor reserva.

—¿Dio a luz en secreto? —continuó Lazlo con voz grave pero tranquila.

—Sí. Bernard me ayudó. En esa época vivíamos en una casita aislada, cerca de Guidel, en el Morbihan, no muy lejos del lugar en el que crecí. Después del parto intenté por última vez hacerle cambiar de opinión, pero Bernard seguía en sus trece, así que, en cuanto estuve en condiciones de andar, me fui a orillas del Laita, un río por cuya margen solía caminar todas las mañanas. Metí a Alceste en una cesta de mimbre, envuelta en una pequeña colcha que me había tejido mi madre, y la dejé allí, sola. Introduje una nota en la cesta en la que pedía a quien la encontrara que la llamara Alceste y que cuidara de ella.

—Habría podido morir de frío o inanición… —le hizo notar Vaas, indignado.

—Todos los días me cruzaba con gente que paseaba junto al río —se justificó Isolda con la voz impregnada de culpa.

—Pero acabó arrepintiéndose de su acto y volvió a buscarla… —dijo Lazlo con convicción. Isolda lo miró sin comprender—. Mató a su amante, Bernard, porque no podía perdonarle que le hubiera pedido que abandonara a su hija, y luego partió en busca de Alceste…

Isolda Dupré volvió a bajar la mirada, y, por instante, Martin creyó que iba a echarse a llorar.

—Me habría gustado tener el valor necesario, capitán, pero no, no hice nada de eso. Bernard y yo tuvimos un accidente de coche. Él murió en el acto. Yo solo me fracturé un tobillo. Acabábamos de tener una discusión terrible, y me sentía responsable de lo que había ocurrido. Era de noche, Bernard había bebido y yo no paraba de gritarle. Hacía algún tiempo que sentía que ya no lo quería. No podía perdonarle que me hubiera obligado a abandonar a mi hija, y, no obstante, pese a ello, no era capaz de dejarlo. Todavía me cuesta admitirlo, pero, cuando lo vi muerto a mi lado, sentí una especie de alivio. Me sentía liberada. Solo estábamos a ochocientos metros de casa. Salí del coche como pude y me arrastré a duras penas hasta allí. No quería que me encontraran con Bernard. Tenía miedo de que me culparan de su muerte, así que hui. Fui una estupidez, ahora lo sé. Supongo que me encontraba en estado de shock. Hice creer a los gendarmes que vinieron a comunicarme la noticia que me había caído dos días antes y que por ese motivo no estaba con Bernard esa noche. Estuve unas semanas recuperándome de la fractura y luego abandoné definitivamente el Morbihan. Pero no, capitán, no fui en busca de mi hija. Estaba demasiado avergonzada de lo que había hecho y no tenía la menor idea de dónde se encontraba la niña. Había conseguido convencerme de que estaba mejor sin mí.

—Entonces fue ella quien la encontró a usted.... —supuso Vaas. La mujer lo confirmó asintiendo con la cabeza—. ¿Cuándo? ¿Cómo?

—Gracias a la colcha. Nunca se separaba de ella. La llevaba consigo a todas partes, a todas horas, era su peluche, incluso cuando ya fue mayor para tener uno. Sus padres adoptivos no conseguían quitársela de las manos, tanto es así que le dejaban llevársela cuando salían de casa. Un día, mientras paseaban por el pueblo de mi infancia, una vieja amiga de mi madre reconoció la colcha. Estaba adornada con escudos de armas celtas diseñados por mis padres. Yo había querido legarle a mi hija algo personal, un trozo de la historia de su familia. No podía imaginar que la adoptarían personas de mi región. No había prácticamente ninguna posibilidad de que ocurriera algo así, y sin embargo ocurrió... Así que Alceste acabó enterándose de cómo me llamaba; pero no hizo nada con esa información hasta que cumplió los dieciocho. Fue a esa edad cuando sintió la necesidad de conocerme. Me buscó durante meses, hasta que vio por casualidad un artículo publicado en una revista de arte, en el que el autor se preguntaba qué había sido de mí, la escultora que, después de un comienzo discreto pero prometedor, había desaparecido de la circulación. Alceste echó mano de todo su ingenio para encontrarme, y una buena mañana se presentó en Rochebrune. Fue entonces cuando comprendí que, para un hijo que emprende la búsqueda de su madre, no hay obstáculos que valgan.

—Su marido, Marcel Dupré, ¿conocía su existencia? —quiso saber Martin.

—Sí. Yo le había dicho que había abandonado a mi hija por amor. Esa historia lo había impresionado tanto que no había dudado en hacer enfermar a su mujer, Élisabeth, para que perdiera a su bebé.

Mentalmente, Vaas tomó nota de que, en su confesión inicial, Isolda le había dicho la verdad sobre aquella historia: Dupré había envenenado a su primera mujer hasta provocarle un ataque al corazón.

—Sin embargo, tuvo un hijo con Marcel —le recordó—. ¿Ya no pensaba que podía ser un obstáculo para su amor?

—Quien opinaba eso era Bernard, no yo. Ya se lo he dicho, tenía veinte años, y lo creí, pero separarme de Alceste fue un desgarro. Lo he lamentado toda mi vida. Cuando me quedé embarazada de Marcel, en ningún momento me planteé revivir aquel drama. Marcel comprendió enseguida que no tenía otra opción que aceptarlo.

—Sin embargo, no había dudado en envenenar al bebé que llevaba en su vientre su primera mujer...

—¡Yo no se lo pedí! —gritó Isolda, súbitamente enfadada. Luego, más tranquila, añadió—: Creo que también se arrepentía de haberlo hecho. Nunca me lo dijo abiertamente, pero yo lo sentía. Siendo sincera, me parece que él también se alegraba de tener una segunda oportunidad.

—Así pues, Alceste fue a visitarla —intervino Lazlo, visiblemente impaciente por conocer el final de la historia—. ¿Cómo fue el reencuentro?

—Al principio, mejor de lo que yo esperaba. Parecía contenta de conocer a su nueva familia. Jugaba constantemente con Léandre y se entendía de maravilla con Marcel.

—¿Pero?

—Ya se lo he dicho, mi relación con mi marido no era tan sólida como en sus inicios. Me había amado con locura, pero siempre le había costado resistirse a las tentaciones. Antes de Élisabeth, encadenaba las aventuras. Luego fui yo su amante mientras estaba casado con ella y decía amarla. Solo era cuestión de tiempo que se cansara definitivamente de mí.

—Y usted tenía miedo de que se enamorara de su hija… —adivinó Lazlo.

—Vi cómo miraba a Alceste —confirmó Isolda—. Mi hija y yo nos parecemos mucho, o digamos más bien que ella se parece a mí cuando tenía su edad. A sus veinte años, Alceste era magnífica y estaba llena de vida. No desconfiaba de Marcel, al que consideraba su padrastro. Creí hacer bien.

Isolda dejó de hablar de repente, considerando quizá que su última frase se bastaba a sí misma. Vaas esperó diez segundos antes de urgirla a proseguir.

—¿Qué hizo usted exactamente, señora Dupré?

—Se lo conté todo a Alceste. Absolutamente todo. Le confesé por qué la había abandonado. El sacrificio que había aceptado hacer. Tuve que admitir que había elegido el amor de un hombre en lugar del que habría debido darle a ella. Le expliqué hasta qué punto me había equivocado, que el amor verdadero no era más que una ilusión, un capricho. A pesar de eso, le supliqué que se marchara. Le expliqué que, si se quedaba, Marcel acabaría yéndose con ella, y que la mera idea me resultaba insoportable. Que era demasiado mayor para quedarme sola con un niño de cinco años. Que, si Marcel me dejaba, no levantaría cabeza.

—¿Quiere decir que volvió a elegir a su marido en lugar de a su hija? —no pudo evitar preguntarle Martin.

—¡Fue principalmente por su bien! —se defendió la mujer sin convencer a nadie aparte de a sí misma—. Marcel habría destruido a mi hija. Alceste era demasiado joven. Le habría prometido la luna y luego la habría abandonado también a ella. Yo me había perdido por amor, no quería que a Alceste le ocurriera lo mismo. Creía que la estaba salvando.

—¿Cómo reaccionó ella? —preguntó Lazlo sin el menor rastro de condena en su voz.

—Aunque debería haberlo supuesto, no me había dado cuenta de lo frágil que era Alceste emocionalmente —respondió Isolda mirando al vacío y retorciéndose los dedos—. Al principio descargó su cólera en Marcel. En lugar de huir de él, lo atrapó en sus garras. Lo sedujo sin pudor delante de mí, y no supe cómo reaccionar. Me encerré en mí misma mientras ella lo hechizaba. Alceste le prometió el amor verdadero, que yo ya no era capaz de darle. Mi marido era un hombre fácilmente influenciable. Tenía una tremenda falta de personalidad. Había matado a su hijo antes de nacer y después a su mujer solo para complacerme. Se había basado en mi historia personal pensando que su acto me impresionaría.

—¿No fue así?

—En parte sí. Nunca deseé la muerte de esa mujer, pero soñaba con que un hombre me amara con locura, sin límites. Más tarde comprendí que Marcel amaba sobre todo que lo amaran y que estaba dispuesto a lo que fuera para conseguirlo.

—Como usted, al fin y al cabo —no pudo evitar concluir Martin.

Si el comentario la ofendió, Isolda Dupré siguió hablando sin dar muestras de ello.

—Yo buscaba vivir algo único. Marcel era menos exigente. Ya se lo he dicho, era maleable. Bastaba que yo me quejara del vecindario para que se enfadara con el primero que pasaba. Adaptaba su personalidad a aquel o aquella a quien admiraba. Cuando Alceste entró en nuestras vidas, se convirtió en esa persona, y fue a ella a quien Marcel trató de impresionar.

—Fue Alceste quien la empujó a secuestrar y matar a aquellos dos ingleses… —afirmó Lazlo, más que preguntarlo.

—Sí. Alceste tenía fiebre desde hacía días, y yo aproveché para organizar esa visita al museo solo con Marcel y Léandre. Esperaba que ese día nos volviera a unir un poco. Marcel casi no me habló. Estaba completamente ausente. Ni siquiera me di cuenta de que se había pasado el día observando a esos ingleses, tanto en el museo como en el restaurante. Cuando volvimos a casa, no paró de hablar de ellos. Decía a quien estuviera dispuesto a escucharlo que soñaba con recuperar esa sensación que se tenía al comienzo de una historia de amor. Su intensidad, su pureza. Alceste le contestó que revivirla solo dependía de él. La continuación de la historia ya se la he narrado. Salvo que no era yo quien manejaba los hilos.

—¿Usted no intervino? —preguntó Martin, sorprendido.

—No. No tuve fuerzas. Mi hija pretendía castigarme por las decisiones que había tomado, y yo no podía reprochárselo.

—Pero ¡mató a dos inocentes bajo su techo!

—Lo sé, y no le pido que me entienda, capitán. Cuando se presentaron los gendarmes y comprendí que el único que pagaría sería Marcel, preferí callarme.

—Él nunca mencionó a su hija, ni siquiera durante el juicio…

—Alceste le había jurado que, si lo hacía, mataría a su hijo.

—¿Quiere decir a Léandre, su hermano?

—Sí. Marcel la creyó. Era fácil engañarlo. O puede que siguiera bajo su hechizo, no lo sé. Por mi parte, sabía que Alceste jamás habría cumplido esa amenaza. Quería mucho a su hermano menor. Pero yo entré en el juego y recé noches enteras para que Marcel guardara silencio.

—¿Nunca pensó en denunciar a Alceste?

Isolda Dupré miró a Vaas con estupefacción.

—Está hablando de mi hija, capitán. Y, si llegó a esos extremos, fue únicamente por mi culpa. La abandoné a la orilla de un río en un simple cesto de mimbre, y todo para vivir un amor quimérico. ¿Qué hijo habría podido soportar eso?

—¿Por eso estaba dispuesta a asumir la responsabilidad de todos esos asesinatos? —preguntó Lazlo.

—En mi lugar, usted habría hecho lo mismo…

—No estamos en su lugar —la atajó Vaas con sequedad—. Nos ha hecho perder un tiempo precioso, señora Dupré. Su hija retiene como rehenes a nuestra compañera y a una joven de veinticuatro años. Puede que a estas horas ya estén muertas. No tenemos forma de verificarlo.

—Mi hija está enferma, capitán.

—No me corresponde a mí juzgarlo.

—Basta con ver lo que le ha hecho a esa pobre gente.

—¿Sabía que había vuelto a las andadas?

—¡Claro que no!

La mujer había reaccionado con viveza.

—De saberlo, ¿la habría denunciado?

Martin sabía con certeza que aquella pregunta no requería respuesta.

—Necesitamos que nos ayude a detenerla —intervino Lazlo.

—Aunque quisiera, no sabría cómo hacerlo.

—Señora Dupré —continuó pacientemente el comandante—, de momento, solo buscamos a su hijo. Estoy dispuesto a creer que fue su hermana quien lo metió en esto…

—¡Fue ella! —lo interrumpió Isolda—. ¡Claro que fue ella!

—Es muy posible, pero, a pesar de ello, el primero al que detendremos será su hijo. Todos los policías de Francia están en ello. Y no serán amables, se lo puedo asegurar.

Lazlo era consciente del efecto que acababa de provocar. Ahora Isolda Dupré se encontraba ante una disyuntiva, una elección digna de las tragedias griegas que tanto parecían gustarle.

—Me está pidiendo que entregue a uno de mis hijos para salvar al otro… —dijo la mujer, al límite de sus fuerzas.

—Le pedimos que salve la vida de dos jóvenes inocentes —la corrigió Martin.

El argumento no pareció convencerla. Lazlo lo intentó de otro modo.

—Isolda —dijo con calma—. Alceste necesita ayuda. No decirnos dónde podemos encontrarla equivaldría a abandonarla una vez más.

Isolda Dupré había recibido una llamada de su hija dos semanas antes. Alceste le había pedido que, si se presentaba la policía haciendo preguntas, ocultara su existencia. Su madre había intentado averiguar algo más. La chica le había dado a entender que era la primera vez que le pedía un favor. La madre había aceptado de buen grado, pagando una vez más por su culpa.

Isolda Dupré facilitó a los investigadores el número registrado en su lista de llamadas. El móvil seguía activo. Los especialistas no habían tardado en localizarlo. La señal procedía de una zona forestal situada en las proximidades de Barbizon.

52

Después de que Chloé le hiciera una seña para que se sentara en la cama, Martin intentaba encontrar una postura cómoda. Se había acostumbrado al sillón de cuero sintético colocado bajo el viejo televisor, que a nadie se le había ocurrido encender.

Había velado a Chloé más de nueve horas seguidas, rechazando a todos los que se habían ofrecido a sustituirlo. Lucas había ido varias veces, siempre con algo en las manos. Primero habían sido unas flores, que una enfermera había aceptado poner en un jarrón. Luego, había optado por bombones, aunque no sabía si a Chloé le gustarían. Ante la duda, la siguiente vez había llevado aperitivos salados. En su última visita había dejado un oso de peluche y dos revistas en la mesilla de noche, y se había ido por donde había venido. A Lucas nunca le habían gustado los hospitales, lo sabía todo el mundo, y sus fugaces visitas demostraban a quienes lo conocían cuánto apreciaba a Chloé.

Chloé, ingresada en estado crítico, había recibido una transfusión de sangre y pasado cuatro horas en el quirófano. No obstante, el equipo de la 3.ª DPJ había podido saber poco después que su vida ya no corría peligro. Ahora necesitaba reposo y la atención adecuada.

En cambio, el camino sería bastante más largo para la joven Clara Faye. La chica, hallada apenas sin señales de vida, aún no había recuperado la consciencia. Los médicos no encontraban ninguna causa fisiológica para su estado. Sin embargo, el trauma que había sufrido durante las últimas semanas podía explicarlo. Tenían muchas esperanzas de que despertara en unos días, una vez que su cuerpo ya no tuviera que luchar contra la fiebre causada por la infección que había derivado de la amputación. Clara Faye conservaba el pie izquierdo, pero era poco probable que esto fuera un gran consuelo. Había visto morir al amor de su corta existencia y a sus dos amigos, puede que ella misma hubiera ayudado a matarlos. Necesitaría toda una vida para olvidar los horrores que había soportado.

A Clara Faye y Chloé Pellegrino las habían encontrado en el sótano de una casa situada a medio camino entre Barbizon y Fontainebleau. Alceste Le Gall, la hija de Isolda Dupré, se había reunido con ellas al oír llegar a los equipos de intervención.

Estaba de pie en mitad del sótano y sujetaba con mano firme a Chloé, de rodillas ante ella. La joven policía tenía los ojos cerrados y la ropa manchada de sangre. El responsable de la operación había analizado la situación con un solo vistazo. Chloé seguía viva, pero Alceste amenazaba con cortarle el cuello si alguien se acercaba.

Con un gesto, el oficial ordenó a sus hombres que no se movieran e inició la negociación. No había acabado la primera frase cuando Alceste volvió el arma hacia sí misma y, sin que le temblara el pulso, se hundió la hoja en el cuello. Su acción fue tan repentina que pilló desprevenidos a todos. El comandante del RAID se abalanzó sobre ella e intentó detener la hemorragia, en vano. Alceste murió en sus brazos con una sonrisa en los labios.

Paralelamente, Vaas, que permanecía dos metros más atrás, apartó con el brazo a los agentes para abrirse paso y agacharse junto a Chloé. La chica estaba inconsciente. Había sido necesaria la intervención de los técnicos sanitarios para que Martin aceptara soltarla.

Martin ahuyentó esa imagen de su mente y se concentró en su joven compañera. Cogió la mano que le tendía y consiguió al fin acomodarse en la cama.

—Fuisteis a buscarme… —le dijo Chloé con voz ronca.

—Dudamos un poco, pero, al final… Ya nos conoces.

La chica bajó la mirada, consciente de que su comentario rozaba el sentimentalismo.

—¿No está Lucas?

—Ha venido tres o cuatro veces. He dejado de contarlas. Volverá esta noche.

—¿Y Francis? —El rostro de Vaas se ensombreció—. No es culpa suya —dijo Chloé, como si le hubiera leído el pensamiento.

—Claro que sí. Debería haber estado contigo.

—Yo también habría podido volver a París con él. Quería demostrar mi valía, y lo único que hice fue fastidiarla.

—Ya no estás obligada a defenderlo, Chloé…

—No se trata de eso. Fui yo quien no tuvo sentido común, Martin, no Francis. Fui yo quien siguió a ese tipo sin desconfiar. Lo único que sabía de él era su nombre.

—Y ni eso. Tú lo conocías como Tristan Jacquet. En realidad, se trataba de Léandre Dupré.

—Lo sé. Me lo contó todo después de atarme.

—Porque creía que no serías una amenaza. Pensaban matarte.

—Tan delicado como siempre, por lo que veo… —dijo Chloé sonriendo abiertamente—. ¿Sabes qué? Nunca temí que él fuera a hacerme daño. Él no. Parecía totalmente superado por la situación. Se limitaba a seguir las instrucciones de su hermana.

—¿Fue él quien asesinó a Zoé Mallet?

—No, fue Alceste. Primero quiso que se encargara Clara, pero Clara se encontraba en muy mal estado. Ya no tenía fuerzas. Luego se lo pidió a su hermano, pero él se negó. Le dijo que no estaba dispuesto a matar a nadie. Entonces, Alceste se volvió hacia mí. —Martin la miró estupefacto—. Me amenazó —continuó la joven con voz opaca—. Me dijo que Zoé iba a morir de todas formas. Era una elección fácil. O me encargaba yo o Clara también moriría.

—¿Y? —se atrevió a preguntar Vaas.

—¿Cómo que «y»? ¡¿Me crees capaz de matar a una inocente a sangre fría?!

—Claro que no, pero…

—Pero nada. Le respondí que, si tenía que matarnos, se las apañara sola. —Martin sonrió pese a todo—. Por supuesto, no le hizo gracia —continuó Chloé, e hizo una mueca—. Ella reaccionó poniéndome el cuchillo en el estómago —dijo tocándose ligeramente el abdomen—. Me prometió una agonía lenta y dolorosa. No mentía. Creí que no lo contaba.

—Los médicos dicen que habrías podido sobrevivir seis o siete horas más.

—¡Se nota que no les clavan cuchillos en la barriga muy a menudo! Físicamente quizá hubiera podido, mentalmente lo dudo. —Martin se alegraba de oírla refunfuñar—. La cuestión es que Alceste acabó matando ella misma a Zoé —dijo más seria—. No pude hacer nada, Martin. Estaba atada. Intenté razonar con Alceste, pero no conseguí nada.

—Déjalo, Chloé. Tú lo has dicho, no podías hacer nada.

Chloé se sorbió la nariz con rabia y después continuó:

—Luego le ordenó a Léandre que se deshiciera del cuerpo. Él obedeció, pero no volvió como se suponía que haría.

—Se dio a la fuga.

—Es lo que pensé. ¿Lo habéis encontrado?

—Todavía no. Me preguntabas dónde está Francis... Creo que ha ido en su busca.

—¿Adónde?

—Sabe Dios. Apagó el móvil y nadie lo ha visto desde que os sacamos de allí.

—Tienes que encontrarlo antes de que haga alguna estupidez —dijo Chloé muy seria—. No quiero que su mujer me lo reproche algún día.

—Respecto a eso, tendría que contarte un par de cosas, pero pueden esperar. Y no te preocupes por Francis, ya es mayorcito.

Chloé frunció el ceño, pero aceptó dejar el tema por el momento.

—En este caso quedan muchos puntos oscuros, Chloé. ¿Te reveló algo Alceste respecto a los otros asesinatos?

—Dijo bastantes cosas, sí, pero creo que empezaba a desvariar a base de bien. Alguna vez controló la situación, pero estaba claro que ya no. No sé si fue el hecho de trabajar a dúo con su hermano lo que la trastornó, pero lo que decía no tenía ni pies ni cabeza. Mezclaba el pasado y el presente.

—Pero ¿confesó haber cometido los otros asesinatos?

—Haberlos cometido no, pero sí haber participado. Por ejemplo, me explicó que había guiado a Grigore Orban para matar a la familia Spontini en las gargantas del Tarn.

Martin no podía conformarse con esa simple información.

—¿Cómo se conocieron?

—Como imaginábamos, Orban congenió con Marcel Dupré mientras estaban presos. Dupré le habló de su encuentro con Alceste. Le dijo que su hijastra había conseguido demostrarle lo que era el verdadero amor. Orban no tardó en obsesionarse con esa historia. Al salir de la cárcel, trató de encontrar a Alceste. Incluso fue a casa de Isolda para preguntarle dónde estaba su hija. Isolda no quiso decírselo. Un año más tarde, leyó por casualidad un artículo que recordaba los asesinatos de los tres alemanes. Comprendió enseguida que Alceste estaba detrás de todo aquello y empezó de nuevo a buscarla. Acabó encontrándola unos años después. Al principio, Alceste jugaba con él. Le daba largas, pero reconoció que había acabado cogiéndole cariño. Consideraba que tenían algo en común. Una negrura que ambos necesitaban sublimar. No era su amante, solo una confidente. Se veían bastante a menudo.

—Entre las diferentes estancias en la cárcel de Orban.

—Exacto. Alceste me explicó que se dio cuenta de que Orban se volvía cada vez más violento, de que necesitaba exteriorizar su malestar. Hablaba a menudo de la mujer a la que consideraba el amor de su vida, Véronique Laval. Le dijo a Alceste que era su refugio, su faro en la noche. En realidad, focalizaba la rabia que le tenía a su padre. No le había perdonado que se hubiera deshecho de él mandándolo a casa de su tío. Alceste le explicó que su padre era como todos los padres: su propia vida les importaba más que la de su prole. Le dijo que tenía que dejar atrás esa historia. Pero Orban no se calmaba. Fue entonces cuando Alceste tuvo la idea de demostrarle lo que le decía. Le señaló a la familia Spontini y le sugirió que los secuestrara. Las reglas del juego eran muy sencillas: el padre daba su vida y, a cambio, su hijo y su novia se salvaban. François Spontini empezó a negociar. Ofreció dinero, mucho dinero, pero se negó a cortarse las venas con un cuchillo. Entonces, Alceste le pidió a Orban que mutilara a las víctimas para hacerle cambiar de opinión. Le dijo que empezara por los pies.

—Entonces, la idea de los pies fue suya… —murmuró Martin.

—Sí. Aunque confieso que no me quedó muy claro. Cuando quise profundizar, Alceste me habló de su madre. De que sus cicatrices eran el símbolo de su libertad.

Vaas, que solo había compartido parte de los resultados de la investigación realizada en las últimas veinticuatro horas, le habló del accidente de coche de Isolda y de la férula que llevaba desde entonces.

—Sigo sin ver la relación.

—El tipo por el que Isolda abandonó a Alceste murió en ese accidente —le explicó Martin—. Isolda nos confesó que, después de eso, se sintió aliviada. Ya no estaba bajo el influjo de ese hombre.

—Entiendo. Eso confirma lo que pensaba. El esquema mental de Alceste estaba en las antípodas del de su madre. Alceste no pretendía poner a prueba el amor, sino demostrar que no existía.

—Isolda la rubia, la enamorada, e Isolda la de las blancas manos, la celosa —murmuró Martin haciéndole un gesto para que continuara.

—En cualquier caso —dijo Chloé buscando una postura más cómoda—, se tomó muy mal que Orban se negara a ayudar a Léandre a desplazar el cuerpo de Nathan Percot. Estaba furiosa con él. Me contuve a la hora de contarle que, luego, su amante lo había asesinado. No estaba segura de cómo reaccionaría.

—Hiciste bien —respondió Vaas sonriendo—. ¿Y los asesinatos de los tres alemanes?

—Habló de ellos, pero me parece que mezclaba los recuerdos. Todo lo que puedo decirte es que estaba claramente implicada en su asesinato. Me habló de un hombre al que le había abierto los ojos, pero no me dio su nombre, lo siento.

—Algo es algo. Veremos qué puede hacer Vendôme con esa información. Al fin y al cabo, fue él quien se ocupó del caso en aquella época. Puede que quiera seguir esa pista. Ahora que sabemos que Alceste se encontraba en los alrededores del Mosela, llegado el caso podremos descubrir con quién se relacionaba y echarle el guante a ese individuo. Por lo demás, ¿te explicó por qué espaciaba su ritual cinco años?

Chloé cerró los ojos. Por un momento, Vaas creyó que se había dormido, atontada por el calmante que le circulaba por las venas. Hizo amago de levantarse, pero la chica lo agarró de la mano.

—Cuando le pregunté por la cronología de sus acciones —dijo volviendo a abrir los ojos—, me di cuenta enseguida de que no tenía ni idea de lo que le hablaba. Traté de ser más precisa. Mencioné a los ingleses, a los alemanes de cinco años después, a los Spontini y los asesinatos que se habían cometido recientemente. Incluso añadí que estábamos convencidos de haber pasado por alto un asunto que se remontaría a diez años atrás.

—¿Y?

—Me sonrió. Una sonrisa que me dejó helada.

—Pero ¿dijo algo?

—Que estábamos muy equivocados. Que nunca había hecho cuentas, pero que, en veinte años, se había visto obligada a demostrar lo que era el amor a muchas más personas.

—¿Me estás diciendo que hay más casos?

—No añadió nada más. Después de eso se fue del sótano, pero para mí no hay dudas.

Vaas temía esa posibilidad, aunque nunca la había descartado. Ahora que Alceste estaba muerta, sería complicado retomar la pista. Solo les quedaba confiar en que se hubiera abierto a su hermano y en que Léandre, una vez detenido, los sacara de dudas.

—De todas formas, hay algo que no entiendo —dijo para cambiar de tema—. ¿Por qué grababa la palabra «GANADOR» en la planta de los pies?

—Lo comprendiste desde el principio —respondió Chloé, cada vez más débil—. Hacía creer al último superviviente que, al decidir matar a su pareja, se había salvado.

—Pero a Clara se la grabó mucho antes de que los demás murieran… —En ese momento, Chloé hizo una mueca que

Vaas nunca le había visto. Parecía una mezcla de malestar y culpabilidad—. ¿Chloé?

—Creo que es más complicado de lo que quiso contarme.

—¿A qué te refieres?

—Estoy convencida de que lo hizo para ganar tiempo. A no ser que la fiebre la hiciera delirar y que sus confesiones no tuvieran ningún valor. A veces, el sentimiento de culpa puede empujar a contar cualquier cosa.

—No entiendo nada, Chloé. —La chica miró por la ventana con una expresión sombría. Vaas le apretó ligeramente la mano—. Cuéntame, Chloé.

—Clara pensaba que seríamos las siguientes en morir. Sintió la necesidad de confesarse. Alceste había cambiado las reglas del juego para ellos. El trato era muy sencillo. Si uno de ellos aceptaba eliminar a sus compañeros, se salvaría. La propuesta los dejó petrificados, y estuvieron de acuerdo en rechazarla de plano. Entonces Alceste les apretó las ligaduras, los amordazó y les cortó un pie a cada uno. Luego, repitió la oferta. Nadie la aceptó. Nadie excepto Clara. Aterrada ante la idea de morir, se comprometió a matar a sus amigos uno tras otro. Para demostrarle que había tomado la decisión acertada, Alceste les cortó el segundo pie a todos menos a ella. A partir de ese momento, Clara se convirtió en el brazo armado de Alceste. Si no se hubiera encontrado en un estado tan lamentable, habría sido ella quien habría acabado con Zoé Mallet.

53

Sentado en la penumbra, Vaas se frotaba los nudillos. Más que ver la sangre, la adivinaba. Sus pensamientos seguían un rumbo errático, que no intentaba corregir. Pese a las apariencias, estaba tranquilo. Sus antiguos compañeros aún tardarían un cuarto de hora en llegar. No tenía prisa. Le sobraba tiempo.

Habían pasado diez días desde el asalto a la casa de Barbizon y la muerte de Alceste Le Gall. La autopsia de la hija de Isolda Dupré no les había revelado nada relevante. La mujer, de cuarenta y cinco años, se había seccionado las dos arterias carótidas, privándose de ese modo de cualquier posibilidad de sobrevivir. El doctor Ferroni no había encontrado ninguna patología que hubiera podido alterar el juicio de Alceste durante las últimas semanas. Vaas había esperado un resultado diferente, que le aportara las respuestas que le faltaban. Había imaginado a Alceste afectada por un tumor cerebral o en fase terminal de un cáncer. Eso hubiese explicado por qué había llevado a cabo su último ritual de forma más radical, cambiando las reglas del juego, tras utilizar los mismos métodos durante años. También se había implicado más que nunca. Puede que Chloé estuviera en lo cierto. Al actuar con su hermano, Alceste había roto su propio patrón, y ese simple hecho había bastado para desequilibrarla.

A lo largo de los años, Alceste debía de haberse convencido de que, demostrando a almas excesivamente cándidas que el amor no existía, se limitaba a hacerles un favor. Con Léandre, esa excusa no podía funcionar.

Léandre era su hermano, y, según Isolda Dupré, pero también según Chloé, Alceste lo quería con locura. Seguramente ese amor era lo que la había perturbado. ¿Cómo demuestras que algo no existe cuando tú misma lo sientes? Puede que esa paradoja hubiera hecho que se derrumbase. Al comprender poco a poco que su necesidad de hacer daño solo estaba generada por ella misma, había buscado otros métodos para expresarse.

Léandre le había confesado todo a Chloé después de raptarla. La joven policía aún estaba bastante atontada en esos momentos, pero había intentado transmitir lo más fielmente posible lo que le había contado el hijo de Isolda Dupré.

Cuando él tenía cinco años, se había encariñado enseguida con aquella hermana surgida de la nada. En el pasado, era demasiado joven para comprender por qué su madre nunca le había hablado de ella. Tras la detención de su padre, Léandre se encontró de nuevo solo. Alceste había desaparecido de la noche a la mañana, y su madre no quiso explicarle nada. Léandre no supo la historia entera hasta la adolescencia. Un día, Alceste fue a verlo a la salida del instituto. Léandre trató de no juzgar a su madre, pero algo se había roto. Siguió viendo a Alceste a escondidas, y el amor que sentía por ella no hizo más que reforzarse. No obstante, decidió irse a vivir a miles de kilómetros, para no tener que elegir entre su hermana y su madre. Solo que Alceste también se había encariñado con él.

Un buen día, ella se presentó en Japón con un gran bolso de mano como único equipaje. Durante un tiempo, Léandre creyó que conseguiría hacer que se quedase en Kioto. Al final, fue ella quien lo convenció para que volviera a Francia.

Léandre la siguió hasta Barbizon y no tardó en enamorarse de aquel pueblo que atraía a tantos artistas. Imaginó una vida apacible en familia, una familia que incluiría a su madre. Isolda se reuniría con ellos y tal vez recuperara allí la inspiración de su juventud. No obstante, Léandre aceptó esperar hasta acabar de estar instalado con su hermana antes de ponerse en contacto con Isolda y sugerirle vivir con ellos.

Alceste le propuso a su hermano adoptar otro nombre para dar una oportunidad a aquel nuevo comienzo haciendo tabla rasa de su pasado. Una forma como otra cualquiera de olvidar a Marcel Dupré y sus fechorías. Seducido por la idea, Léandre eligió un nombre que fuera del gusto de su madre. Aceptó todo tipo de trabajos e incluso retomó sus estudios, entusiasmado con la idea de empezar una nueva aventura. No tardó en desengañarse al descubrir los tormentos que agitaban a su hermana.

Alceste observaba a todas las parejas con las que se cruzaban y sus palabras eran cada vez más vehementes. Estaba llena de odio y no soportaba que alguien se atreviera a proyectar una imagen de felicidad.

Cuando una noche Léandre volvió a casa y descubrió a los cuatro jóvenes viajeros, aturdidos y atados unos a otros en el sótano de la casa que había alquilado su hermana, se abalanzó sobre las ligaduras para soltarlos. Alceste lo detuvo, y los dos hermanos se enzarzaron en una acalorada discusión delante de los rehenes. Léandre intentó hacerla entrar en razón, pero ella amenazó con cortarse las venas si no la ayudaba a realizar su ritual. Las palabras de Alceste eran incoherentes, pero el joven la creyó cuando le dijo que estaba dispuesta a quitarse la vida. Le aseguró que aquellos cuatro enamorados solo tendrían que pasar una prueba y que serían los primeros en agradecerle la lección que iba a darles. Sin explicarle el motivo, le pidió que introdujera los pies de los chicos en barreños con agua, prometiéndole que sería lo único que les haría. Incapaz de plantearse siquiera que su hermana pudiera mentirle, Léandre obedeció.

Cuando, al volver del trabajo, descubrió los miembros amputados, estuvo vomitando más de una hora. Sin embargo, no se le pasó por la cabeza denunciar a su hermana a la policía. En cambio, dudó si llamar a su madre, pero la consideraba responsable en parte del sufrimiento de su hermana. Las dudas lo torturaban hasta el punto de paralizarlo.

Alceste aprovechó esa debilidad para pedirle que se deshiciera de los pies.

—Arrójalos al río al azar, como hizo nuestra madre conmigo —le espetó, llena de amargura.

Léandre, que ahora se sentía responsable de su hermana, aceptó, pero lo hizo a su manera. Confeccionó unas suelas de corcho y lanzó los pies al agua frente a la antigua sede de la policía, ignorando que había cambiado de ubicación mientras él vivía en el extranjero. Esperaba que esa petición de auxilio pusiera fin a la escalada de su hermana.

Al descubrir el cadáver de Jordan Buch a su vuelta del trabajo, Léandre se quedó petrificado. Ahora era cómplice de asesinato y ya no podía volver atrás.

Alceste llamó a Grigore Orban, al que Léandre no conocía, para que los ayudara a trasladar el cadáver a un sitio donde la policía no tardaría en encontrarlo. El único paso obligatorio era que hallasen el cuerpo en la orilla del agua. Ese era un punto crucial para Alceste. Necesitaba reproducir, una y otra vez, su propio abandono en la margen de un río. Léandre ejecutó sus órdenes con gran dolor de corazón. Sabía que ya no había escapatoria, ni para Alceste ni para él.

Durante su confesión, Léandre se disculpó varias veces ante Chloé. No la había secuestrado premeditadamente. De hecho, se lo había pasado bien la noche que habían estado hablando, pero, cuando había comprendido que la policía estaba buscando a su hermana, se había asustado. Había actuado por instinto, y poco después se había arrepentido.

Martin consideró conveniente recordarle a su compañera que eso no le había impedido abandonarla, dejándola sola con su hermana.

Se había emitido una orden de detención internacional contra Léandre Dupré. Ya nadie creía que siguiera en territorio francés. Sobre todo, después de que el móvil de Ducamp se hubiera geolocalizado en Kioto. El subinspector, a unos meses de la jubilación, ya no respondía a las llamadas, pero no había intentado esconderse. Al volver a encender el móvil, sabía perfectamente lo que hacía. ¿Disponía de información que lo llevaba a pensar que Léandre Dupré había regresado a la ciudad en la que había vivido durante años? Nadie estaba en condiciones de asegurarlo, pero Vaas no veía a Ducamp partiendo a la aventura de aquella manera sin tener una pista seria que seguir. ¿Qué pensaba hacer si encontraba a Léandre? Vaas tampoco podía responder a esa pregunta. Ducamp se había ido sin orden de misión, de forma que su presencia en Japón no tenía el menor carácter oficial.

Francis había informado al responsable del centro medicalizado en el que se encontraba su compañero de que estaría ausente por un tiempo indefinido. No obstante, le había facilitado el número de Vaas por si surgía una urgencia. Martin no sabía cómo interpretarlo. ¿Era una muestra de confianza, o una forma de hacerle saber que se había ido a las cruzadas? Seguramente quería redimirse frente a Chloé capturando a Léandre. Él, que creía conocerla bien, debería haber sabido que su compañera ya lo había perdonado.

Mientras esperaba que se produjera la detención de Léandre Dupré, el juez Vendôme no tenía mucho a lo que hincarle el diente. Alceste Le Gall estaba muerta, igual que Grigore Orban, de modo que los autores del asesinato de los Spontini en las gargantas del Tarn nunca serían juzgados.

Buscarían al hombre que había seguido las instrucciones de Alceste para matar a los tres alemanes, pero el juez no tenía intención de derrochar energía ni medios para encontrarlo. El caso se remontaba a quince años atrás, y desde entonces nadie se había interesado por él. En cuanto al resto de los asesinatos que hubiera podido cometer Alceste a lo largo de los años, sería complicado investigar sin más información. La UAC3 no había encontrado nada sólido en los archivos, así que los investigadores ni siquiera sabrían por dónde empezar.

Isolda Dupré podía ser acusada de complicidad en asesinato o, al menos, de negación de auxilio a personas en peligro, por lo que respectaba a las muertes de los dos ingleses. El caso de los desaparecidos del Durance estaba oficialmente cerrado. Se había juzgado y condenado a un hombre. El juez Vendôme aún no había tomado la decisión de reabrirlo.

Quedaba la joven Clara Faye. Había matado a Jordan Buch y Nathan Percot. Tras salir del coma, no había intentado negarlo. No obstante, había tratado de salvar a Zoé Mallet introduciendo un mensaje en el abdomen de su novio al tiempo que lo apuñalaba. ¿Podían culparla por haber obedecido a una desequilibrada que acababa de amputarle un pie? Un buen abogado alegaría irresponsabilidad penal por haber actuado bajo coacción, pero ¿era necesario añadir un juicio sórdido a lo que la joven había soportado? La justicia decidiría.

Eso era lo que pensaba Vaas mientras miraba el rostro ensangrentado de su padre. Sabía que, si volvía a Lyon, ese momento acabaría llegando. Sin embargo, no había intentado evitarlo.

Tenía previsto pasar unos días allí para ocuparse de su madre, a la que al fin le habían dado el alta. Apenas veinticuatro horas después de su llegada, su antiguo superior había accedido a decirle dónde se encontraba su padre. Martin no lo dudó mucho. Le bastó con mirar a su madre, las escayolas y los hematomas, todavía visibles.

Su padre le abrió la puerta con una sonrisa contrita en los labios. Lo invitó a entrar en el estudio, que olía a cerrado y al tufo acre de un cenicero lleno a rebosar. Se sentó y luego le propuso que tomaran algo. Una taza medio llena de un líquido dorado y una botella con una cuarta parte del whisky que había contenido presidían la mesa. Eran las once de la mañana.

El padre de Martin inició un monólogo que solo tenía sentido para su brumosa mente. De todos modos, Vaas no había ido allí con la intención de escucharlo. Esperaba un paso en falso. El momento llegó antes de lo que imaginaba.

Su padre habló de culpas compartidas y de lecciones a extraer. Vaas no oyó la continuación. Ya había soltado el primer puñetazo.

Cuando comprendió que su padre no se levantaría, dejó de golpearlo. Las burbujas de sangre que reventaban en sus labios tumefactos indicaban que seguía con vida. Acto seguido, Martin llamó a los antiguos compañeros de su padre y precisó que necesitarían una ambulancia.

Ahora los esperaba. No tenía prisa. Le sobraba tiempo.

AGRADECIMIENTOS

A vosotros, que me apoyáis y me regaláis tantas emociones. A mi familia, mi clan, mi fuerza.

A todo el equipo de Hugo Thriller. Por vuestro acompañamiento, vuestras palabras, vuestras sonrisas y la confianza que me manifestáis.

A los profesionales de la policía y la justicia que se toman la molestia de culturizarme. Sé que me perdonaréis las libertades que, pese a todo, me tomo a veces en pro de la fluidez de la narración.

A los lectores, los blogueros y los libreros, sin quienes esta aventura no tendría sentido. Sois esenciales.

Y, por último, a mi marido, que, una vez más, no comprendería que no lo nombrara…, con lo que se lo merece.